Katelyn Faith

Pleasure Business – Verführung

Band 1 der Reihe Pleasure Business von Katelyn Faith.
Alle Romane sind in sich abgeschlossen.

Pleasure Business – Verführung

Alicia Sinclair ist Produktdesignerin und die Gründerin von *Mila*, einem kleinen Unternehmen, das hochwertige Designer-Sextoys für Frauen herstellt. Die Firma steckt allerdings in einer dicken Krise, aus der nur noch ein Investor helfen kann.

Evan Hawk von der renommierten Diamond Group ist gegen die Idee seines Chefs, ausgerechnet in ein Unternehmen aus dem Pleasure Business zu investieren. Alicia beschließt, ihn mit Hilfe ihrer weiblichen Waffen zu überzeugen. Doch plötzlich muss sie feststellen: Wer mit dem Feuer spielt, läuft auch Gefahr, sich selbst zu verbrennen.

PLEASURE BUSINESS

Verführung

Band 1

Auflage 1, Juni 2014

Postfach 100455
45405 Mülheim a.d. Ruhr

www.katelynfaith.de
© Coverart by: Jacky Jdesign (www.jdesign.at),
unter Verwendung eines Motivs von www.shutterstock.com

Lektorat: Franziska Köhler
Korrektorat: A. Gentara
Layout & Werksatz: Hanspeter Ludwig, Wetzlar
www.imaginary-world.de

1

Ally

«Herrgott, du bist sieben Minuten zu spät! Kannst du nicht ein einziges Mal pünktlich kommen?»Ben streicht sich eine blonde Haarsträhne aus dem Gesicht und reißt die Glastür auf, die in eine von Marmor glänzende Lobby führt. Ein Logo mit einem riesigen Diamanten thront über allem. «Ally, wenn du das hier versaust …»

«Ist ja gut!» Ich tätschele seinen Arm und schenke meinem Freund und Geschäftspartner ein hoffentlich hinreißendes Lächeln, um ihn zu besänftigen. «Ich hab den Gürtel nicht gefunden und musste meinen ganzen Schrank durchwühlen.»

Er mustert mich von oben bis unten und zieht eine Braue hoch. «Hattest du nicht mal so ein seriöses Etuikleid? Das wäre für diesen Termin wohl angemessener gewesen.»

«Wieso das denn?» Verdutzt bleibe ich mitten in der riesigen Lobby stehen und werfe einen Blick in den Spiegel vor den Fahrstühlen. Ich finde, ich sehe quasi perfekt aus. Das bunte Kleid hat meine Ma entworfen, und der breite Korsettgürtel darüber lässt jede Wespe vor Neid über meine Taille erblassen. Und das ist doch wohl eine kleine Verspätung wert!

«Du bist der langweilige Zahlenmensch, Ben. Ich bin kreativ und darf deshalb so rumlaufen, wie ich will. Man erwartet das ja quasi von mir, im Gegensatz zu …»

«Ist gut jetzt.» Ben knurrt und schleift mich am Arm hinter sich her zu den Fahrstühlen. «Ich hab uns schon angemeldet, wir sollen gleich nach oben fahren.»

Im Lift richte ich meine Haare, während ich mich in den spiegelnden Edelstahlwänden betrachte. Vielleicht hätte ich sie doch besser hochgesteckt, aber weil ich ewig nach dem Gürtel suchen musste und eh schon spät dran war, habe ich sie einfach offen gelassen. Na, egal. Schließlich sind wir für einen Geschäftstermin hier, nicht für ein Date.

«Bist du nervös?» Grinsend zwicke ich Ben in den Bauch, er zuckt kurz zusammen. Ich sehe ihm sofort an, dass er vor Aufregung am liebsten an den Nägeln kauen würde, aber das gehört sich natürlich nicht für einen Mann. Schon gar nicht, wenn dieser Mann fast zwei Meter groß ist und Schultern wie ein Kleiderschrank hat.

Wegen des Gürtels habe ich aufs Frühstück verzichtet, was mir normalerweise nie passiert. Der Kaffee brennt noch in meinem Magen, der jetzt laut knurrend über fehlende Nahrung klagt. Gott, wie peinlich! Hoffentlich hört das nachher keiner.

Im zwanzigsten Stock des modernen Turms aus Stahl und Glas, der sich in der Fleet Street zwischen zwei uralte, windschiefe Häuser aus einem vergangenen Jahrhundert quetscht, steigen wir aus. Riesige Fenster empfangen uns mit einem fantastischen Blick über Londons Dächer, und ich fühle mich wie Mary Poppins, als ich die vielen Schornsteine unter uns entdecke. Am liebsten würde ich einen Regenschirm nehmen und damit losfliegen. Ich liebe es, die Stadt von oben zu betrachten. Ich könnte …

«Ally!» Ben stößt mich ungeduldig an.

«Sorry, ich … was?»

«Wir sollen hier warten, hat mir die Empfangsdame gesagt. Man wird uns dann gleich abholen und in den Meetingraum führen.»

«*Man* wird uns abholen?» Ich kichere und zupfe an meinem Gürtel. Vielleicht hab ich das Ding doch etwas zu eng geschnürt, im Eifer des Gefechts. «Wo bist du gerade, Ben? In einem Regency-Roman?»

«Kannst du nicht einmal ernsthaft sein? Es geht hier schließlich um unsere Zukunft.»

Okay, das hat gesessen. Wie ein Fausthieb in den Magen. Ich durchwühle meine Handtasche nach einem Haarband, ohne Ben aus den Augen zu lassen.

«Tut mir leid. Ich bin genauso nervös wie du, glaub mir! Ich lass es nur nicht so raushängen.»

«Scheiße.» Ben rauft sich die Haare. «Oh Gott, wenn das hier nichts wird …»

«Sei nicht so negativ», unterbreche ich ihn kopfschüttelnd. «Du musst positiv denken! Natürlich wird das was. Die Herren werden begeistert sein und wie geplant ihre Millionen in Mila stecken. Ich meine, das ist doch eine sichere Bank für Investoren. Hochwertige, anspruchsvolle Sextoys …!»

Eine rothaarige Frau im Hosenanzug mit einem Papierstapel in der Hand geht an uns vorbei. Bei meinen letzten Worten hebt sie zwei sorgfältig gezupfte Brauen und wirft mir einen Blick zu, als würde ich mich in diesem seriösen Gebäude prostituieren wollen. Ich grinse sie an, dann wende ich mich meinem ängstlichen Geschäftspartner zu.

«Du bist bestens vorbereitet, Ben. Mach dir keine Sorgen. Das wird schon klappen!» Ich streiche ihm sanft über die glatt rasierte Wange und er presst die Kiefer aufeinander. Mein Magen rumort wieder.

«Es *muss* klappen, Ally. Ich bin mir nicht sicher, ob du den Ernst der Lage erkannt hast, aber ohne diese Investition …» Er zuckt mit den Achseln, meine Hand rutscht von seiner Schulter. «Ob ich vorher noch schnell …?» Ben sieht sich suchend um, am anderen Ende des langen Flurs entdecke ich WC-Schilder.

«Geh nur. Ich warte hier und entschuldige dich, wenn jemand kommt. Nervöser Magen oder so was.»

«Alicia …»

«Los, geh!» Ich wedle mit den Händen, um ihn zu verscheuchen, und er trollt sich. Mit großen Schritten hastet er durch den vollkommen weißen Gang, von dem zahlreiche Büros abgehen. Schwere Holztüren, bestimmt schalldicht. Hinter diesen Türen werden bedeutende Geschäfte gemacht. Millionen werden von rechts nach links geschoben und manchmal wieder zurück. Eine ganz fremde Welt für mich; für Geld habe ich mich noch nie wirklich interessiert. Meine Ma hat mir schon früh beigebracht, dass Geld nur eine nützliche Randerscheinung ist. Viel wichtiger aber ist es, sein Leben mit etwas zu verbringen, das man liebt. Jeden Tag aufzustehen und sich auf die Arbeit zu freuen wie auf einen Kindergeburtstag. Und das tue ich. Meine Finger kribbeln, langsam spüre auch ich so was wie Nervosität durch meinen Körper summen.

Neugierig gehe ich auf eine offene Tür im linken Flur zu. Nur mal einen Blick reinwerfen, in eins der feudalen Büros. Ob die hier so riesige antike Schreibtische haben? Oder nur eine ganz nüchterne Einrichtung, so grau und langweilig wie der Rest des Gebäudes?

Als ich den Kopf vorsichtig um die Ecke schiebe, fallen mir zwei Dinge gleichzeitig auf. Der Raum ist menschenleer, was mich freut. Aber auf einem langen Tisch stehen mehrere Etageren mit duftenden Kleinigkeiten. Sandwiches, kleine Törtchen, Scones mit Marmelade und Clotted Cream. Porzellankannen verströmen den Duft verschiedener Teesorten. Und mein Magen schlägt beim Anblick der Köstlichkeiten Purzelbäume.

Ich drehe mich kurz um, doch der Gang hinter mir ist leer, kein Mensch weit und breit. Das Büro ist tatsächlich eingerichtet wie ein Gerichtssaal. Grau und grau und grau. Wenn ich eine Farbe nicht ausstehen kann, dann ist das grau. Eine Unfarbe, die sich verstecken will. Irgendwie trostlos.

Wie hypnotisiert mache ich zwei Schritte auf den vorderen Tisch zu. Als mein Blick auf ein Sandwich mit geräuchertem Lachs und Frischkäse fällt, gibt mein Bauch einen erschreckend lauten Ton von sich. Ich presse die Hände dagegen und versuche, ihn zu beruhigen, aber ich habe keine Chance. Mist, ich hätte echt frühstücken sollen heute. Ben hat sich außerdem ganz umsonst über meine sieben Minuten Verspätung aufgeregt, denn – hallo? – außer mir ist ja kein Mensch hier! Ob das ein schlechtes Zeichen ist? Falls die Typen diese Investition wirklich ernst nähmen, würden sie doch wohl pünktlich zum Termin erscheinen, oder nicht?

Bevor ich mich bremsen kann, strecke ich wie von selbst die Hand aus. Dann schnappe ich zu. Wenn ich mich beeile, wird niemand merken, dass ich mich an dem Essen bedient habe. Mein Herz klopft schneller, der köstliche Duft steigt mir in die Nase. Ohne mich noch mal umzudrehen, beiße ich eine Hälfte ab. Eine Geschmacksexplosion auf meiner Zunge! Mir entfährt ein unterdrücktes Stöhnen … Verdammt, das ist das beste Lachs-Sandwich meines Lebens! Was machen die da rein? Hastig schiebe ich den Rest hinterher, bis meine Backen sich wie die eines Hamsters anfühlen. Bestimmt sehe ich auch so aus. Ich kaue, schmecke, schlucke, schließe die Augen und genieße das Gefühl, wie sich mein Magen langsam beruhigt, als die ersten Bissen ihn erreichen. Gott, das ist so gut! Besser als Sex!

«Ms Sinclair?» Die dunkle Männerstimme hinter mir jagt meinen Puls in die Höhe. Vor Schreck fahre ich fast in die Luft. Mein Herz droht, mir aus dem Hals zu springen, aber da gibt es ein kleines Problem. *Schluck, Ally! Schluck, verdammt noch mal!*

Ich will mich umdrehen, gleichzeitig schlucken, mich beruhigen, kauen, mich verfluchen, aus dem Fenster stürzen, nach Ben rufen … Und dann passiert es.

Ein ziemlicher Brocken des köstlichen Sandwiches verirrt sich. Der nächste Atemzug bleibt ergebnislos. Kein Sauerstoff dringt in meine Lunge, stattdessen schießt ein lähmendes

Gefühl durch mich hindurch. Panisch greife ich mit beiden Händen an meinen Hals, ohne mich umzudrehen. Starre durch die Panoramafenster auf Londons Dächer und denke darüber nach, wer meine Anteile an Mila erben wird, wenn ich jetzt sterbe. Wenn ich ausgerechnet unter den Augen eines Finanzhais elendig ersticke. Ist das irgendwie ironisch?

Ich versuche noch mal, Luft zu holen, aber bis auf ein krächzendes Pfeifen und Rasseln, das eindeutig von mir stammt, passiert nichts. Nichts! Als hätte jemand einfach die Tür zu meinen Lungen zugemacht. Es brennt und sticht in meiner Kehle, meine Augen schwellen an. Ich beuge mich nach vorn und probiere, das Brotstück herauszuwürgen, doch es rührt sich nicht. Und dann spüre ich plötzlich zwei kräftige Arme, die sich von hinten um meinen Brustkorb legen. Muskulöse Beine, die sich gegen meinen Hintern pressen. Jemand drückt meinen Oberkörper runter, und seltsamerweise denke ich gerade nicht über meinen bevorstehenden Erstickungstod nach, sondern darüber, wie obszön diese Position aussehen muss. Ich meine, ich bin mir ziemlich sicher, dass ich da gerade etwas sehr Männliches an meinem Hintern spüre. Und da ich nicht davon ausgehe, dass irgendwer in so einem Büro eine Banane in der Hosentasche mit sich rumschleppt …

Großer Gott! Wie kommt dieser Unsinn in meinen Kopf, in dieser Situation? Das ist doch absurd! Ich werde gleich sterben, elendig ersticken! Den Schwanz eines Fremden am Po und ein Stück Lachs-Sandwich in der Luftröhre. Mein Puls klopft mir bis in die Schläfen, und die Panik lässt eine Menge Adrenalin durch meine Adern strömen.

Eine Faust schiebt sich unter meine Brüste. Und dann heben mich diese männlichen Hände fast von den Füßen. Mehrmals zieht der Unbekannte kräftig an meinem Oberkörper, reißt mich mit Wucht nach hinten. Ein Schuh rutscht mir vom Fuß, bis auf einmal etwas aus mir herausschnellt. In einem hohen Bogen. Ich schaue nicht hinterher, denn das

Gefühl, wieder Luft holen zu können, lässt mich erleichtert japsen und jagt mir brennende Tränen in die Augen.

Lieber Himmel! Ich lebe! Ich werde nicht sterben, jedenfalls nicht heute und nicht hier.

Ich atme mehrmals tief ein und aus, die kräftigen Männerarme sind noch immer um meinen Oberkörper geschlungen. Fingerknöchel streifen die unteren Rundungen meiner Brüste. Mein Herz rast, aber ich bin glücklich. Verdammt glücklich.

«Danke!», keuche ich und winde mich vorsichtig aus dem Klammergriff des Unbekannten. Als ich mich umdrehe, schwappt mir der Duft eines schweren Aftershaves in die Nase. Herb und männlich, eigentlich zu düster für das, was ich vor mir sehe. Dunkle Haare, oben etwas zu lang, um zu dem seriösen grauen Anzug zu passen. Mit Weste! Ernsthaft, wer trägt denn heutzutage noch so was? Das ist doch irgendwie …

«Vielen Dank», krächze ich wieder und wische mir eine Träne aus dem Augenwinkel. «Ich dachte wirklich, ich müsste gleich sterben!»

«Alicia Sinclair?»

Er verzieht keine Miene! Ich meine, okay, er muss mich ja nicht auslachen oder zu Tode erschreckt sein, aber könnte er vielleicht mal … lächeln? Eine graue Eminenz mit einem riesigen Stock im Arsch. Schade um das hübsche Gesicht.

«Ja, die bin ich.»

Ich huste weiter, bevor ich ihm die Hand reiche. Er nimmt sie mit festem Druck, und ich sehe ihm in die Augen. So grau wie sein Anzug.

«Evan Hawk. Wir sind wegen der geplanten Investition in Ihr Unternehmen Mila verabredet.»

«Ah!» Ich starre ihn an, ohne seine Hand loszulassen. Meine Finger kribbeln. Meine Kehle brennt, als ob ich gerade einen Auftritt als Feuerschluckerin hinter mir hätte. Ich brauche einen Schluck Wasser. Dringend. Aber ich traue mich nicht, danach zu fragen. Unsere Finger liegen immer noch ineinander verschränkt, unsere Blicke miteinander verhakt, als ich Bens Schritte vor der Tür höre.

«Mr Hawk! Entschuldigen Sie, ich war noch kurz …»

Er bleibt abrupt vor uns stehen und wirft mir einen Blick zu. Hastig ziehe ich meine Hand zurück und huste wieder diskret, während Ben und Evan Hawk Begrüßungsfloskeln austauschen. Großer Gott, er sieht wirklich gut aus. Also, ich meine, er würde ganz gut aussehen, wenn er nicht so … langweilig wäre. Spießig. Sein markantes Gesicht wirkt ungerührt, aber in den grauen Augen habe ich etwas aufblitzen sehen, als er mich ansah …

Reiß dich zusammen, Ally!

Mit dem nackten Fuß angle ich nach meinem Schuh. Ein schwarzer, schlichter Pumps mit knallroter Sohle. Hoffentlich sieht Ben das nicht, sonst weiß er, dass die blöden Schuhe neu sind. Wir sind ja nicht ohne Grund hier. Seit Monaten fehlt uns die Kohle, und die Bank verweigert einen weiteren Kredit, weil die Perspektive angeblich schlecht ist. Jetzt ruiniere ich Idiot den ersten Eindruck bei diesem wichtigen Investor! Evan Hawk muss mich für einen Gierschlund halten. Nicht mal genug Selbstbeherrschung, um an einer Etagere voller Sandwiches und Törtchen vorbeizugehen. Und es muss ja nicht sein, dass ich womöglich seine Entscheidung negativ beeinflusse dadurch. Falls er derjenige ist, der über unsere Zukunft entscheidet. Liebe Güte, mir wird ganz schwindelig bei dem Gedanken, dass meine Zukunft von einem einzigen Mann abhängt. Von diesem Mann.

«Ms Sinclair?»

«Wie bitte?» Ich fahre herum und lasse den Tisch los, an dem ich mich festgehalten habe, um das Gleichgewicht nicht zu verlieren. Das hätte mir gerade noch gefehlt. Erst muss ich wie ein Kleinkind vor dem sicheren Erstickungstod gerettet werden, und dann kippe ich womöglich wie ein Storch auf meinen schwindelerregend hohen Absätzen einfach so um.

«Geht es Ihnen gut?» Evan Hawk legt den Kopf schief und mustert mich. Ben presst seine Lippen zu schmalen Strichen zusammen. Seine Augen sind nur noch Schlitze. Oh Gott, ich kenne diesen Blick! Er weiß genau, was ich angestellt habe, und jetzt ist er sauer.

«Ja, danke.» Meine Stimme klingt brüchig. Ich räuspere mich und werfe Evan Hawk ein breites Lächeln zu. Offenbar etwas zu breit, denn Ben reißt die Augen auf und starrt mich an, als ob ich gerade vor seiner Nase ein paar Zähne verloren hätte. Evan Hawks linker Mundwinkel schnellt amüsiert nach oben. Was zum Teufel …?

Ben wischt mit dem Finger über seine Zähne, wie mit einer Zahnbürste. Und dann dämmert es mir. Ach du lieber Gott! Das Sandwich … Lachs, Frischkäse und … Rucola.

«Entschuldigung», murmle ich und wende mich ab. Mein Herz pocht heftig. Heute bleibt mir aber auch nichts erspart! Ben wird mich köpfen, wie Anne Boleyn, wenn ich das hier versaue. Und er hat allen Grund dazu. Nervös wühle ich in meiner Tasche, verfluche den Sadisten, der sich so riesige Handtaschen ausgedacht hat, die sowieso nur Schulterschmerzen verursachen. Wo zum Teufel ist der Puderspiegel, für den ich gerade meinen rechten Arm opfern würde? Wie durch Watte höre ich Ben und Evan Hawk miteinander reden. Belangloser Smalltalk über das Wetter, die Wirtschaftskrise, Banken. Nichts, wozu ich etwas beitragen könnte.

Zum Glück finde ich den Spiegel nach einer gefühlten Ewigkeit und werfe einen raschen Blick hinein. Tatsächlich klebt an meinem linken Schneidezahn ein wunderschön zernagtes Rucola-Blatt. Igitt! Ich pule es ab und lasse es diskret in meiner Handtasche verschwinden. Ein letzter prüfender Blick, ich bin erleichtert. Man sieht mir das Desaster fast nicht mehr an. Also ist es an der Zeit, das Selbstvertrauen zusammenzukratzen, um Evan Hawk irgendwie wieder in die Augen sehen zu können.

Lieber Himmel, der Mann überragt mich nur um eine

halbe Kopflänge (jedenfalls in diesen Schuhen), aber er wirkt wie ein Riese. Wie er schon dasteht … Stolz, aufrecht. Breite Schultern, schmale Hüften. Der Anzug spannt ein wenig am Oberkörper. Die graue Weste über dem weißen Hemd verleiht ihm das Flair eines altmodischen Filmstars. Absolut nicht mein Typ. Ganz und gar nicht.

«Setzen Sie sich.»

Evan Hawk deutet mit der Hand auf einen Stuhl am Tisch, und ich folge der Einladung unruhig. Ben ignoriert mich, aber an seinem mahlenden Kiefer kann ich ablesen, dass er sauer auf mich ist. *Sorry,* forme ich tonlos mit den Lippen und zucke die Achseln, ehe ich mich hinsetze.

«Bevor wir starten …»

Mein Gegenüber wirft mir einen amüsierten Blick zu. Dann schiebt er wortlos eine der Etageren zu mir rüber. Meine Wangen fangen an zu glühen. Empört schiebe ich das Porzellanding mit den Köstlichkeiten zu ihm zurück, nur um es Sekunden später erneut vor mir wiederzufinden. Himmel, das ist so unglaublich kindisch, aber ich kann das nicht auf mir sitzen lassen! Ich schaue ihm fest in die Augen, ohne eine Miene zu verziehen, und verrücke die Etagere noch einmal in seine Richtung. Sehr, sehr langsam. Bevor er wieder seine Finger danach ausstrecken kann, greift Ben ein und zieht sie an sich. Den Blick, den er mir zuwirft, habe ich zum letzten Mal vor ungefähr zwanzig Jahren gesehen. Bei meiner Mutter.

«Sie sind also die Produktdesignerin von Mila, richtig?» Evan Hawk lehnt sich im Stuhl zurück. Er lächelt. Aber ich bin ein bisschen sauer auf ihn, weil er sich über meinen Beinahe-Tod lustig gemacht hat.

«Ja, die bin ich. Produktdesignerin und Gründerin», erwidere ich. Ben hustet. «*Mit*gründerin», korrigiere ich mich genervt. Als ob das nicht klar wäre …

«Wie sind Sie auf die Idee gekommen, hochwertige Sextoys zu produzieren?» Er wirkt offen und interessiert, mein

Herz macht einen erfreuten Hüpfer. Über nichts auf der Welt rede ich lieber als über Mila. Meinen Lebensinhalt.

«Ich habe nach dem Studium einige Jahre als Produktdesignerin für Haushaltsgeräte gearbeitet. Was okay war, aber ganz ehrlich ... Haushaltsgeräte? Nicht gerade sexy, oder?»

Ben stöhnt unterdrückt. Aber Evan Hawk nickt mir aufmunternd zu, also rede ich weiter, während er duftenden Tee in drei Tassen einschenkt und an uns verteilt. Kaffee wäre mir lieber, aber zu meinem Leidwesen entdecke ich keinen auf dem Tisch. Mein Magen knurrt schon wieder, zum Glück ziemlich leise. Ich würde eher verhungern, als in diesem Gebäude auch nur einen Keks zu mir zu nehmen. Erst recht nicht vor seinen stechenden, grauen Augen, die mir seltsame Schauer über den Rücken jagen.

«Meine Freundin Emma hat sich vor ein paar Jahren mit einem kleinen Sexshop selbstständig gemacht», fahre ich fort.

Evan Hawk reißt eine Braue in die Höhe.

«Nicht so einen schmuddeligen Shop wie die in Soho, was Sie jetzt denken, sondern eine richtige Boutique. Für Frauen. Leider gab es damals noch nicht viele Produkte, die formschön, ästhetisch und trotzdem funktional waren. Ich meine, die Natur hat sich ja mit dem Design des Originals keine große Mühe gegeben, wenn man mal ehrlich ist. So ein Schwanz ist ja objektiv betrachtet nicht gerade ... schön. Zumindest nicht aus der Perspektive einer Designerin.»

Ben gibt einen komischen Laut von sich, und Evan Hawk grinst. Auf einmal sieht er fast nett aus, was mir Mut macht.

«Jedenfalls haben wir uns gefragt, warum wir das nicht einfach besser machen. Schöner. Keine fleischfarbenen Penisnachbildungen, sondern richtig hübsche Designerstücke, die man sogar im Wohnzimmerregal vergessen könnte, wenn die Schwiegermutter zu Besuch kommt. Die nicht im Kleiderschrank versteckt werden müssen. Also machte ich mich an die Arbeit und entwickelte den ersten Vibrator für Mila, den *Petit Ami.*»

«*Kleiner Freund*?» Evan schmunzelt amüsiert. «Ist das ein guter Produktname für einen Vibrator? Das bezieht sich auf das *klein* …»

«Frauen legen gar nicht so viel Wert auf die Größe!», erwidere ich hitzig. «Männern ist die Größe ihres Schwanzes viel wichtiger als den meisten Frauen. Schließlich befindet sich unsere reizbarste Stelle außerhalb der Vagina, und da spielt die Länge nun mal keine Rolle. Im Gegensatz zu Beweglichkeit und Einfallsreichtum.»

Evan beißt sich auf die Lippe und beugt sich vor, als ob er Angst hätte, etwas zu verpassen. Ich mag, dass er so aufmerksam zuhört.

«Also die meisten Frauen, das sagte auch meine Freundin Emma, mögen gern kleine Vibratoren. So wie unseren *Petit Ami*. Er ist superleise, sehr diskret, verschwindet in der Handtasche und darf sogar mit in die Badewanne! Er vibriert auf einer sehr hohen Frequenz, wie ein Kolibri. Es erinnert an Zungensex.»

«Ja, das kann ich mir gut vorstellen.» In seinem Gesicht zucken Muskeln.

Ben ist unruhig neben mir, sein Bein wippt so heftig auf und ab, dass ich die Bewegung an meinem Knie spüre. «Ally, ich glaube nicht, dass Mr Hawk sich für solche Details …»

«Doch, doch!» Evan hebt eine Hand, um Ben zu unterbrechen. Dann sieht er mich wieder an. Lächelnd. «Genau das interessiert mich. Ich möchte die Vision von Mila verstehen und kennenlernen. Das ist mir wichtiger als nackte Zahlen, zumal die, wenn wir ehrlich sind, nicht gerade Anlass zur Euphorie geben. Es geht aber nicht darum, was Mila bis heute erreicht hat, sondern darum, was aus Mila werden kann, wenn wir tatsächlich Geld investieren sollten. Also, machen Sie weiter, bitte.» Er nickt mir wieder zu.

Ich nippe am Tee, verziehe kurz den Mund und angle

nach dem Zuckertopf auf dem Tisch, um drei dicke Kandisbrocken in die geschmacklose Brühe fallen zu lassen. Dann rühre ich so hektisch um, dass der Löffel über das Porzellan quietscht.

«Nun, wir analysierten den Markt und testeten Konkurrenzprodukte aus normalen Sexshops. Viele davon waren minderwertig, stanken nach Lösungsmitteln und krebserregenden Weichmachern. Sahen aus wie schlabberige Gummipenisse. Und waren so schwach auf der Brust, dass sie uns nur ein müdes Gähnen entlockten statt eines Höhepunktes. Da gab es wirklich nichts, was uns angemacht hätte. Man merkt halt sofort, dass die meisten Produktdesigner in diesem Bereich Männer sind und gar keine Ahnung haben, was Frauen überhaupt wollen.»

Ich schüttle meine Haare über die Schulter und werfe Evan Hawk einen Blick zu. Er hängt förmlich an meinen Lippen, während ich spreche, und das macht mich nervös. Ich hoffe, mir kleben nicht noch mehr Speisereste auf den Zähnen!

«Im Gegensatz zu Ihnen.»

«Ja, natürlich! Emma und ich setzten uns zusammen und entwickelten die ersten Ideen. Dann habe ich die Prototypen gebaut. Unser Entwicklerteam von damals existiert heute noch, und wir sind stolz darauf, alle unsere Produkte in England herzustellen. Das meiste von dem billigen Kram in den Läden kommt nämlich aus China, und man weiß ja, unter welchen Bedingungen dort produziert wird. Außerdem hat man keinen Einfluss auf die Produktionsqualität, wenn man in Asien fertigen lässt. Und die ist mir persönlich sehr wichtig. Ich meine, in Kinderspielzeug sind gewisse schädliche Inhaltsstoffe schon seit Jahrzehnten verboten. Warum sollte das bei Spielzeug für Erwachsene, das ja mit sehr empfindlichen Körperteilen in Berührung kommt, anders sein?»

Evan Hawk stutzt, dann kritzelt er etwas auf einen Block. Ich sehe Ben fragend an, aber er schüttelt nur kaum merklich den Kopf.

«Bitte», fordert mich mein Gegenüber schlicht zum Weiterreden auf, als er mit seinen Notizen fertig ist. Ich räuspere mich, trinke einen Schluck von meinem selbstgemachten Zuckerwasser (ein Königreich würde ich jetzt für eine eiskalte Cola aus der Dose geben!), und fahre fort.

«Dann habe ich Ben getroffen.» Ich werfe meinem Sitznachbarn ein Lächeln zu, aber der wirkt so verkniffen, als kämpfte er gerade gegen die schlimmsten Blähungen seines Lebens. Nun ja.

«Im Gegensatz zu mir ist Ben Betriebswirt und kennt sich mit Betriebsführung, Finanzen und so was aus. Er war sofort begeistert von meiner Idee, half mir, das Konzept für Mila zu entwickeln und sorgte für den nötigen Kredit von der Bank. Für die Anfangsinvestitionen. Die waren zwar in einem kleinen Rahmen, aber trotzdem muss man ja auch von irgendwas leben, wenn man sich selbstständig macht.»

Evan Hawk schaut zu Ben, dann wieder zu mir. Er sitzt noch immer leicht vorgebeugt, das graue Sakko hat er inzwischen aufgeknöpft. Mein Blick wandert tiefer und ich stelle fest, dass ihm diese enge Weste wirklich gut steht. Sie betont seinen Oberkörper, der ziemlich muskulös wirkt. Ob er irgendeinen Sport treibt?

«Sind Sie beide ein Paar?»

Evan Hawk sieht mir ungerührt in die Augen. Meine Lider fangen an zu flattern. Was zur Hölle …?

«Wie bitte?», frage ich verwirrt, während Ben gleichzeitig «Nein!» ruft.

Etwas zu laut für meinen Geschmack! Das klingt ja fast so, als wäre das eine total absurde Idee. Wie eine Beleidigung. Und ja, jetzt bin ich beleidigt, gleichzeitig frage ich mich, wieso Evan Hawk das wissen will? Ist das etwa wichtig für die geplante Investition?

«Es interessiert mich nur, weil wir negative Erfahrungen mit Geschäftspartnern gesammelt haben, die auch privat miteinander liiert waren», erklärt er.

Ich atme innerlich auf.

«Ach so. Ja, das macht Sinn. Aber nein, ich kann sie beruhigen, wir sind kein Paar. Ich meine, wir haben mal … Sie wissen schon. Aber das war ein einmaliger Ausrutscher, wir waren beide ziemlich betrunken und hatten …»

«Alicia!»

Ben hält sich mit den Händen am Tisch fest und sieht mich verzweifelt an. Ich beiße mir auf die Lippe, dann hebe ich entschuldigend die Schultern.

«Sorry. Ich dachte nur, es ist einfacher, wenn wir keine Geheimnisse voreinander haben.»

Evan Hawks Mundwinkel zucken. «Danke für Ihre erfrischende Ehrlichkeit. Ich weiß das sehr zu schätzen.»

«Gut», antworte ich nur. Ich knibble an meinem Nagellack herum. Die Farbe ist ätzend, aber Sam meinte, dieser komische Hautton wäre total angesagt und würde perfekt zu meinen blonden Haaren und meinem hellen Teint passen. Außerdem meinte sie, wäre er absolut seriös. Okay, der Versuch mit der Seriosität muss für heute als kläglich gescheitert betrachtet werden. Aber die Bemühung zählt hoffentlich.

Ich erzähle weiter von Mila. Von meiner Vision, dass in jedem Nachtschrank Englands ein Mila-Vibrator liegen sollte. Warum jede Frau einen haben sollte. Weshalb ein Mila-Vibrator besser ist als ein Mann – weil er immer kann, nie schlechte Laune hat und vor allem ganz sicher niemanden enttäuschen wird. Als ich gerade dabei bin, von unseren Testpersonen für neue Produkte zu berichten (unter anderem testet meine vierundachtzigjährige Nachbarin, Martha, sehr eifrig und gern mit – man darf die älteren Damen nicht unterschätzen!), spüre ich plötzlich etwas an meinem Bein. Meinem nackten Bein. Das bunte Kleid ist zwar nicht sonderlich kurz, es endet knapp über meinen Knien, aber die Klimaanlage lässt mich offenbar frösteln. Jedenfalls bekomme ich auf einmal eine Gänsehaut.

Als sich jemand an meiner Wade zu schaffen macht, trete

ich instinktiv aus. Ziemlich heftig. Wie beim Arzt, wenn der einem mit dem Hämmerchen unters Knie klopft. Ich treffe auch tatsächlich etwas, und zwar mit meinem zwölf Zentimeter hohen Stiletto-Absatz. Evan Hawk zuckt zusammen, sein Gesicht verwandelt sich in eine schmerzverzerrte Grimasse. Erbost schaue ich ihn an, mit weit aufgerissenen Augen. Das ist doch wohl …

«Entschuldigen Sie.» Evan Hawk beißt kurz die Zähne aufeinander, dann richtet er sich schwer ausatmend wieder auf. «Ich dachte, das wäre das Tischbein.»

«Aha.» Meine Stimme zittert vor Aufregung. Was bildet der arrogante Typ sich eigentlich ein? Dass er mich befummeln darf, nur weil er die Kohle hat, die wir brauchen?

«Der Hund meiner Freundin hat auch eine Zeit lang ständig Tischbeine begattet. Das war ziemlich seltsam.» Ich beuge mich vor, und die Tatsache, dass ich meine Brüste gerade gegen die Tischplatte presse und er mir so in den Ausschnitt gucken kann, ist mir sehr bewusst. «Sie hat ihn deshalb kastrieren lassen», flüstere ich mit düsterer Stimme.

Ben gibt neben mir ein Winseln von sich. Mein Gegenüber verzieht keine Miene. Himmel, war der Typ mal ein Scots Guard und hat sich vor dem Buckingham Palace die Füße platt gestanden? Das wäre ihm glatt zuzutrauen. Er verströmt den Duft englischer Oberschicht aus jeder einzelnen Pore. Steife Oberlippe und ein ziemlich stabiler Stock im Arsch. Darüber kann auch das Grübchen auf seiner Wange nicht hinwegtäuschen.

«Ich glaube, ich habe fürs Erste einen ganz guten Eindruck von Mila und von Ihnen bekommen.» Evan Hawk räuspert sich und steht auf. Mit beiden Händen fummelt er an seinem Krawattenknoten rum, obwohl das Ding schnurgerade sitzt. Samantha hätte ihm den Fuß gebrochen, wenn er das bei ihr gewagt hätte. Da hat er ganz schön Glück gehabt, dass ich ihn nur ein bisschen getreten habe. Außerdem war es ein Reflex.

«Leider muss ich sagen, dass sich mein erster Eindruck

bestätigt hat. Ich denke daher nicht, dass wir ausgerechnet in ein Unternehmen aus dem Pleasure Business investieren sollten. Die Diamond Group ist ein seriöser Investor und ich fürchte, unsere Shareholder würden das nicht gutheißen.»

Ich schnappe nach Luft. Mein Gesicht läuft heiß an, während Ben sich bemüht, die Fassung zu wahren.

«Mr Hawk, ich möchte mich entschuldigen, dass meine Kollegin …»

«Es hat nichts mit Ihnen beiden persönlich zu tun. Es ist eine rein geschäftliche Entscheidung.»

Großer Gott. Mir wird immer heißer vor Wut.

«Haben Sie Angst vor dem Thema Sex, Mr Hawk?», frage ich und stehe ebenfalls auf, damit ich ihm in die Augen sehen kann.

Er schmunzelt, als hätte er uns nicht gerade zu verstehen gegeben, dass er unser Unternehmen für schmierig hält. Nicht, dass wir das nicht dauernd hören würden – vom Vermieter des Büros, von der Bank, von der Versicherung … Es ist unglaublich. Wahrscheinlich wäre es leichter, einen Kredit für Drogenhandel mit Minderjährigen oder Waffenhandel mit dem Nahen Osten zu bekommen als für eine Firma, die sich mit Sex beschäftigt. Als ob Sex die letzte große Sünde unserer Zeit wäre. Dabei treibt es doch wohl jeder, es ist nach Essen und Pinkeln vermutlich die natürlichste Sache der Welt. Diese Doppelmoral kotzt mich an.

«Angst ist nicht das richtige Wort, Ms Sinclair. Es geht eher um den Ruf, den die Diamond Group zu verlieren hat. Mr Diamond hielt die Investition für eine gute Idee, wie Sie wissen. Aber da er sich in naher Zukunft zur Ruhe setzen möchte und mich gebeten hat, das Geschäft für ihn zu übernehmen …»

Er hebt die Schultern, in seinem Blick liegt kein Ausdruck der Entschuldigung. Es ist mehr … Arroganz. Mein Puls pocht inzwischen heftig hinter meinen Schläfen.

«Es wundert mich nicht, dass die Weltwirtschaft am Boden liegt, wenn alle Geschäftsleute so voller Vorurteile sind wie Sie. Was ist denn bitte gegen guten Sex einzuwenden? Wir helfen Leuten, ihr Liebesleben zu verbessern, und im Ernst – warum sollte das anstößiger sein, als zum Beispiel Genmais anzupflanzen?»

Ha. Ich habe mich auch informiert und weiß genau, mit welchen Geschäften die Diamond Group sonst ihr Geld verdient.

Evan Hawk räuspert sich und wirft mir einen seltsamen Blick zu.«Ich habe nichts gegen guten Sex, Ms Sinclair. Ganz und gar nicht. Aber ehrlich gesagt … Ich kann mir nicht vorstellen, dass man Sex mit Spielzeugen wie Ihren besser machen kann.»

«Vielleicht sollten Sie das erstmal ausprobieren, bevor Sie so darüber urteilen?», fauche ich.

Ben stößt mir seinen Ellbogen so heftig in die Rippen, dass ich aufkeuche. Bremsen kann er mich dadurch allerdings nicht. Es ist sowieso alles verloren, wenn dieser Typ hier bei seinem Nein bleibt. Was für ein ätzendes Gefühl, so abhängig von einem einzigen Mann zu sein! Ich möchte heulen vor Wut.

«Sie wissen doch gar nicht, wovon Sie reden! Genauso gut könnte ich mit einem Blinden über Farben diskutieren. Warum informieren Sie sich nicht erstmal, bevor Sie sich ein Urteil bilden? Machen Sie das immer so, wenn Sie eine Investition prüfen? Auch in anderen Geschäftsbereichen?»

«Ally …» Ben umklammert meinen Unterarm, als ob er mich festhalten müsste.

«Im Gegensatz zu mir sind Sie ja offenbar eine Expertin für guten Sex.» Evan Hawk neigt den Kopf und betrachtet mich süffisant grinsend von oben bis unten. Mir wird warm. «Oder sind Sie vielleicht nur ein Fall von *‹Wer's kann, tut's, wer's nicht kann, lehrt's*?»

Ich reiße die Augen auf und stemme die Hände in die Hüften. «Ich muss doch sehr bitten! Auch wenn Ihnen das sogenannte Pleasure Business persönlich nicht zusagt, gibt es keinen Grund, respektlos zu werden.»

«Mr Hawk, es tut mir wirklich …»

Ben versucht, sich zwischen uns zu schieben, aber Evan Hawk macht einen weiteren Schritt auf mich zu, bis er dicht vor mir steht. Sein Duft dringt in meine Nase, ich muss fast den Kopf in den Nacken legen, um ihm noch in die Augen sehen zu können.

«Man sagt doch, dass der Schuster selbst die schlechtesten Schuhe hat.»

Er zwinkert mir zu. Meine Wangen glühen, und jetzt fällt mir wirklich nichts mehr ein. Weil er verdammt noch mal Recht hat! Ich rede ständig über Sex, dabei lebe ich seit zwei Jahren wie eine Nonne. Aber das kann er unmöglich wissen, und ich bin ganz bestimmt die Letzte, die es ihm sagen wird.

«Vielleicht schaffen Sie es ja, mich zu überzeugen, Ms Sinclair.» Seine grauen Augen funkeln. Verflixt, er macht sich über mich lustig! Ich schnaube verächtlich. «Ich werde mir Ihre Zahlen noch einmal im Detail ansehen, und dann sprechen wir weiter. Ist es in Ordnung, wenn ich mich im Laufe der nächsten Woche bei Ihnen melde?»

Er wendet sich Ben zu und ignoriert mich. Ich fühle mich wie ein Kind, das in eine Unterhaltung von Erwachsenen geplatzt ist und gerade gehört hat: *'Warte, Schatz, wir sind noch nicht fertig.* Mein Magen verkrampft sich.

«Ja, natürlich. Lassen Sie sich ruhig Zeit, Mr Hawk! Und wenn Sie Fragen zu den Unterlagen haben, rufen Sie mich einfach an. Ich bin jederzeit für Sie da.»

Ben schüttelt ihm die Hand, während ich zur Tür gehe und meine Handtasche wie eine Rettungsboje umklammere. Diesen Idioten werde ich niemals mehr freiwillig anfassen. Doch Evan Hawk ist schneller als ich. Mit drei langen Schritten ist er bei mir an der Tür und bleibt nah vor mir stehen. Sehr nah. Wieder erwischt mich ein Schwall seines garantiert teuren Aftershaves, und mir fällt auf, wie glänzend sein volles Haar ist.

«Auf Wiedersehen, Ms Sinclair. Es war mir ein echtes Vergnügen, Sie kennengelernt zu haben. Auch wenn man Geschäft und Vergnügen eigentlich nicht vermischen sollte, aber in diesem Fall …»

«Ganz meinerseits», lüge ich und verschränke die Arme vor der Brust, um ihm nicht die Hand reichen zu müssen. Ohne Zögern legt er seine Hände auf meine Oberarme, beugt sich zu mir vor und haucht drei Küsse gegen meine Wange. Ach du je … Was ist denn in den gefahren? Meine Nackenhärchen richten sich auf.

«Außerdem würde ich mich freuen, Ihnen bei Gelegenheit wieder mal das Leben retten zu dürfen.»

Er zwinkert mir zu, und mir steigt pochend das Blut in den Kopf.

«Äh … ja. Genau. Danke noch mal.»

Sein Duft begleitet uns in den Flur bis zu den Fahrstühlen. Er geht dicht hinter mir. So dicht, dass ich seine körperliche Präsenz spüre. Fast bilde ich mir ein, seine Hand auf meinem verlängerten Rücken zu fühlen. Beschützend. Aber da liegt sie natürlich nicht. Trotzdem bin ich mir sicher, dass er einer dieser Männer ist, die niemals eine Frau das Abendessen bezahlen lassen würden. Die einem die Tür aufhalten, ihren Mantel über eine Pfütze werfen, damit man sich nicht die Schuhe schmutzig machen muss, die im Restaurant das Essen auswählen und Einkaufstüten voller Dessous und Klamotten nach Hause schleppen. Ätzend altmodisch.

«Sie melden sich bei uns, ja?» Bens Unterwürfigkeit geht mir auf die Nerven. Ich meine, gut, wir brauchen das Geld. Dringend. Und der Typ scheint eine harte Nuss zu sein. Trotzdem muss man es doch nicht übertreiben. Ist das wirklich nötig?

Als die Lifttür sich langsam hinter uns schließt und Ben auf den unteren Knopf drückt, atme ich deutlich hörbar aus. «Oh Mann, das war …»

«Unglaublich! Du bist einfach unglaublich, Ally!» Ben funkelt mich wütend an. Kopfschüttelnd lehnt er sich mit dem Rücken gegen die Wand. «Wenn du das jetzt versaut hast …»

«Versaut? Ich?» Mein Kopf schwirrt. «Wieso sollte ich …?»

«Musstest du ihn unbedingt treten? Und was sollte diese Nummer mit der Etagere? Die ganzen Geschichten über Sex? Kein Wunder, dass er uns jetzt für unseriös hält. Großer Gott, Ally, du bist …»

Er schüttelt wieder den Kopf, schließt kurz die Augen. Mein Magen fühlt sich an wie ein Klumpen.

«Aber er hat angefangen», verteidige ich mich. «Er hat an meinem Bein rumgemacht, mit seinem Fuß. Ich bitte dich, was hätte ich denn tun sollen?»

«Du hättest zum Beispiel einfach ein bisschen nett zu ihm sein können. Es ist doch offensichtlich, dass er auf dich steht. Ein Glückstreffer! Wenn du nur etwas …»

«Was willst du damit sagen?» Ich schnappe entsetzt nach Luft. Der Fahrstuhl landet mit einem leichten Rumpeln im Erdgeschoss, die Tür teilt sich zischend. Unbehelligt treten wir in die leere Empfangshalle. Von draußen fallen Sonnenstrahlen auf den blank polierten Marmorboden, auf dem nicht ein Staubkörnchen zu entdecken ist. Meine Schritte hallen zwischen den hohen Wänden wider.

«Ben! Du willst doch wohl nicht sagen, dass ich zu Mr Hawk *nett* sein soll, damit wir die Investition von ihm kriegen? Das kann nicht dein Ernst sein!»

Ben reißt die Tür nach draußen auf, ohne sie für mich aufzuhalten. Sie knallt zurück und hätte mich fast getroffen, wenn ich nicht geistesgegenwärtig den Arm ausgestreckt hätte. Mit zusammengepressten Lippen eile ich hinter ihm her zur Tiefgarage. Ich bin mit der U-Bahn gekommen, weil ich schon so spät dran war und der Verkehr in London morgens entsetzlich ist, aber Ben hat offenbar unter der Erde geparkt. Da ich mit ihm zusammen ins Büro will, folge ich ihm. Er geht mit großen Schritten voran, sodass ich fast rennen muss. Es gibt Tage, da könnte ich ihn erwürgen. Und es ist mir ganz egal, wer dabei zusieht.

«He! Jetzt warte doch mal!», rufe ich ihm zu.

Vor dem Eingang zur Tiefgarage bleibt er abrupt stehen und wirbelt herum. Ich stolpere unsanft gegen ihn.

«Was denn noch?»

«Du hast das hoffentlich nicht ernst gemeint gerade, oder?», frage ich vorsichtig nach.

«Doch, das habe ich. Schließlich bist du nicht so ganz unschuldig an unserer aktuellen Situation, wenn ich dich erinnern darf. Also erwarte ich, dass du deinen Teil dazu beiträgst, Mila zu retten. Es ist unser Baby, und wenn du endlich mal mit neuen Produktideen kommen würdest, statt dich nur um Vermarktung und Presse zu kümmern …»

Mir wird heiß. «Du weißt genau, dass ich seit zwei Jahren eine Blockade habe. Und du weißt auch ganz genau, warum.» Ich raufe mir die Haare. «Jetzt gibst du also mir die Schuld an unserer Misere, ja? Mir allein? *Du* bist doch für die Finanzen zuständig! Du hättest mir rechtzeitig sagen müssen, wie es wirklich um uns steht, dann hätte ich vielleicht … was auch immer. Ich kümmere mich nicht um die Zahlen, wie du weißt.»

«Ja, genau.» Ben knirscht mit den Zähnen. Sein Blick geht an meiner Schulter vorbei irgendwo in die Ferne. «Ich weiß. Du kümmerst dich um gar nichts und um niemanden, Alicia. Nur um dich selbst. Aber manchmal … Man muss auch mal über seinen Schatten springen, wenn man Erfolg haben möchte. Dinge akzeptieren, mit denen man nicht hundertprozentig einverstanden ist oder die einem keinen Spaß machen. Kompromisse machen. Doch du schaffst es nicht mal, pünktlich zum wichtigsten Meeting unseres Lebens zu kommen.»

Er sieht mich an, und ich spüre, dass ich rot anlaufe. Aber ich entschuldige mich nicht. Stattdessen schiebe ich ihn zur

Seite, reiße die schwere Stahltür auf, die gegen die Wand dahinter knallt, und betrete das nach Urin und Zigarettenrauch stinkende Treppenhaus. Meine Augen brennen, während ich die Betonstufen runtergehe und höre, wie Ben mir folgt.

Es wird schiefgehen. Ich bin mir ziemlich sicher. Die Diamond Group wird kein Angebot machen, und das ist das Aus für Mila. Fünf Investoren haben schon abgesagt, die Bank gibt kein Geld mehr, meine winzige Untergeschoss-Wohnung in Kensington ist so hoch belastet, dass sie noch in 250 Jahren der Bank gehören wird, kurz gesagt – wir sind so gut wie pleite.

Ich werde Maggie entlassen müssen. Dave und Jonathan und Ken und Peggy und Megan und Susan und Mike. Ich werde selbst arbeitslos sein oder vielleicht mit Glück bei irgendeinem kleinen Unternehmen einen schlecht bezahlten Job finden, wo ich bis an mein Lebensende zusammenklappbare Tische oder Kopfhörer designen muss. In China. Ich werde wieder einen Chef haben, der mir sagt, was ich tun soll und mir zwischendurch unter den Rock fasst, wenn ihm danach ist. Mein Magen dreht eine Pirouette.

Im Auto reden wir kein Wort. Ben schaltet das Radio ein und stellt die Musik so laut, dass ich mir die Ohren zuhalten möchte. Ausgerechnet *Happy* von Pharrell Williams muss jetzt laufen, was für ein Hohn. Ich beiße mir auf die Unterlippe und starre aus dem Fenster. Obwohl der Weg von der Fleet Street in die Docklands nicht besonders lang ist, brauchen wir über eine halbe Stunde, bis wir auf dem Parkplatz vor unserem Büro ankommen. Ben steigt aus, knallt seine Tür so heftig zu, dass die Scheiben klirren, und geht mit großen Schritten zum Haus, ohne auf mich zu warten.

Also schön, Benedict Somerson. Wenn du meinst, ich müsste netter sein, zeige ich es dir. Ich kann das. Sogar bei einem grauen Langweiler wie Evan Hawk. Ich werde ihm schon beweisen, dass Mila eine gute Investition ist. Und dass ich ziemlich genau weiß, wovon ich rede, wenn ich über guten Sex spreche. Arroganter Mistkerl.

2

Evan

Ihr blumiges Parfüm hängt in der Luft, als die Türen des Fahrstuhls sich hinter den beiden geschlossen haben. Ich höre sie noch kurz debattieren, bevor sich der Lift auf den Weg nach unten macht und nichts von ihr zurücklässt als ihren Duft. Unentschlossen bleibe ich im Flur stehen, die Hände in den Hosentaschen vergraben, und hänge meinen Gedanken nach. Sie duftet genau so, wie sie aussieht. Nach Sommer. Das weizenblonde Haar, die strahlend blauen Augen, die Sommersprossen, die das Make-up nicht ganz überdecken kann … Ihr Anblick, als sie röchelnd im Büro stand, hat sich mir fest ins Gehirn gebrannt. Bevor ich sie sah oder hörte, habe ich sie gerochen. Diesen Duft, der auch jetzt nicht ganz verschwunden ist. Gleichzeitig hat sie mich rasend gemacht. Ein wichtiger Geschäftstermin, schließlich geht es hier um einige Millionen, und sie hat die Nerven, sich völlig ungeniert auf die angebotenen Häppchen zu stürzen? Ich kann mir ein Grinsen nicht verkneifen, als ich daran denke, wie ich sie von hinten umfasst und gewürgt habe, bis der in ihrer Kehle steckende Sandwich-Rest hervorkam. Ihr Körper war fest, die Taille so schmal, dass ich sie fast mit beiden Händen hätte umfassen können. Und ihre Brüste, von einem dünnen Spitzen-BH in Form gehalten …

Meine Finger prickeln bei der Erinnerung daran, wie sich

ihr Hintern an meinen Hüften angefühlt hat. Wieso wird mir plötzlich die verdammte Hose eng?

«Evan? Wie war das Meeting mit Mila?»

Die helle Stimme hinter mir lässt mich zusammenfahren und reißt mich aus den angenehmen Fantasien. Liz mustert mich lächelnd. Sie sieht perfekt aus wie immer. Obwohl sie es nicht nötig hat, trägt sie so viel Make-up, dass ihr Gesicht wie eine Maske wirkt. Die Fassade, die sie als Tochter des Chefs zur Schau stellt. Aber ich kenne die Abgründe, die sie dahinter verbirgt.

«Es ist eine Schnapsidee, in so ein Geschäft zu investieren», antworte ich achselzuckend. «Das hab ich ja schon im Vorfeld gesagt. Die Shareholder werden uns das übel nehmen.»

Liz kommt näher und legt eine Hand auf meinen Oberarm. Ich unterdrücke den Drang, zurückzuzucken.

«Dad hält es nach wie vor für eine sehr gute Idee.»

Sie saugt die Lippen ein, die vom kussfesten, rosa Lipgloss glänzen. Ich kenne sie so gut. Und trotzdem hat sie mich eiskalt erwischt. So kalt, dass mir heute noch ein Schauer über den Rücken läuft, wenn ich in ihre kühlen Augen sehen muss.

«Ich weiß. Ich habe gestern mit ihm gesprochen und er sagte wörtlich: *Evan, mein Junge, gefressen und gevögelt wird immer. Das ist eine sehr gute Sache.*»

Liz lacht. «Typisch Dad. Er hat einfach einen Instinkt für vielversprechende Geschäfte.»

Ich verdrehe die Augen. «Liz, ich glaube, dein Vater hat sich da in etwas verrannt. Und ich werde es ihm wie immer mit gründlichen Marktanalysen beweisen.»

Meine Frau verzieht den Mund. «Wenn du glaubst, dass du damit deine Chancen erhöhst, in seine Fußstapfen zu treten …»

«Ich weiß, dass du mir die Teilhaberschaft nicht kampflos überlassen willst. Aber du unterschätzt mich offenbar mal wieder.» Ich schiebe die Hände in die Taschen und sehe sie herausfordernd an. «Ich gebe nicht so leicht auf, das solltest du inzwischen wissen.»

Sie tritt näher und legt eine Hand auf meine Brust, während sie mir fest in die Augen sieht. «Das weiß ich auch, Evan. Aber mich hast du aufgegeben. Oder?»

Ich greife nach ihrem Handgelenk und schiebe ihre Finger von meiner Brust. «Vergiss es, Liz. Es geht nicht mehr um dich. Oder um uns. Alles, was ich will, ist, die ehrlichen Früchte meiner jahrelangen harten Arbeit zu ernten. Ich habe verdammt nochmal dafür gekämpft und bin nicht bereit, jetzt einfach so aufzugeben. Mir steht der Anteil zu, und das weißt du.»

Liz sieht mich mit großen Augen an. «Hast du dich nur deshalb noch nicht von mir scheiden lassen? Geht es dir nur um die Firma? Ich dachte …»

«Es geht mir nicht um die Firma oder um Geld. Es geht darum, dass ich es verdient habe. Seit zehn Jahren arbeite ich wie ein Tier für die Diamond Group, und jetzt, wo dein Vater sich zur Ruhe setzen und die Nachfolge regeln will, werde ich mich ganz sicher nicht diskret zurückziehen und dir das Feld überlassen.»

«Du glaubst doch nicht im Ernst, dass er dir die Mehrheit an der Diamond Group gibt, oder?» Sie lacht heiser. «Evan, ich bitte dich … Ich bin seine leibliche Tochter, auch wenn er dich behandelt wie den Sohn, den er nie hatte. Du wirst immer einen Platz in der Diamond Group haben, das weißt du. Weil du gut bist. Vielleicht sogar zu gut. Aber du bist nicht besser als ich.»

«Liz, die Idee, in so ein Unternehmen wie Mila zu investieren, ist irre. Allein welche Auswirkungen das auf das Image der Diamond Group hat … Es ist einfach unseriös, das können wir nicht riskieren. Ganz egal, wie vielversprechend die Investition wäre.»

«Wir werden sehen.» Liz verschränkt die Arme vor der

Brust und wendet sich zum Gehen. «Ich stimme Dad jedenfalls zu. Für Essen und für Sex sind die Leute immer bereit, Geld auszugeben.»

«Oh ja.» Ich lache gequält. «Für Sex sind einige Leute offenbar sogar bereit, alles aufzugeben.»

Sie zuckt nicht zusammen, aber ich weiß, dass ich sie getroffen habe.

«Sie ist hübsch, nicht?»

«Wie bitte?»

Verwirrt bleibe ich wieder stehen und wende mich ihr zu. Ihr Gesicht hat die üblichen Züge angenommen. Die verwöhnte, berechnende Tochter des großen Curt Diamond. Ich wünschte, ich hätte das einige Jahre früher festgestellt, aber ich musste erst eine bittere Lehrzeit durchmachen.

«Alicia Sinclair. Ich habe sie vorhin kurz gesehen, als sie gegangen ist. Ich finde sie sehr hübsch. Genau dein Typ.»

«Unsinn.» Kopfschüttelnd drehe ich mich wieder um.

«Sie ist eine natürliche, fröhliche Schönheit, Evan. Und da sie etwas von dir will, hast du vielleicht sogar Chancen bei ihr.»

«Selbst wenn ich … Es geht dich nichts mehr an», antworte ich über meine Schulter.

«Ich bin ganz bei dir, Evan!», ruft sie mir nach, ehe ich in den Flur einbiegen kann, der zu meinem Büro führt. «Ich halte die Investition genau wie du für keine gute Idee. Aber du weißt, wie mein Vater ist, wenn er seinen Kopf durchsetzen will. Und ich fürchte, du wirst gute Argumente brauchen, wenn du es wirklich verhindern willst.»

«Die habe ich, Liz. Mach dir keine Gedanken. Die habe ich.»

3

Ally

«Hey! Wo bleibst du denn? Sam hat schon ihr drittes Glas getrunken und wird langsam nervig.» Emma springt aus einer Sitzecke in unserem Lieblings-Pub auf, um mich mit einer Umarmung zu begrüßen. «Sorry, komme direkt aus dem Büro. Wir hatten heute das Meeting mit dem potenziellen Investor und Ben und ich haben uns gezankt.»

Samantha schiebt eine Korkenzieherlocke hinters Ohr und steht nur halb auf, um meine Begrüßung zu erwidern. «Dann setz dich, nachdem du die nächste Runde geholt hast.»

Ich verziehe das Gesicht, muss aber über ihre deutliche Aufforderung lachen. Meine Handtasche werfe ich neben Emma auf die schmale Bank. Ich brauche nicht zu fragen, was die zwei trinken, weil ich es weiß. Entschuldigungen murmelnd bahne ich mir einen Weg zur Theke.

«Einen Shiraz, ein Pint Stella und ein Guinness, bitte.»

Die junge Bedienung ist neu, ziemlich sicher Studentin. Ein Mann drängelt neben mir und rammt mir seinen Ellbogen in die Rippen. «Sorry.»

«Schon gut», erwidere ich und stütze die Unterarme auf der alten Holztheke ab. In diesem Pub fühlt man sich in das Jahr 1898 zurückversetzt, jedenfalls scheint das Mobiliar so alt zu sein. Mindestens. Aber gerade deshalb treffen wir uns gerne hier. Aus trendigen Bars machen wir uns nichts, wir lieben es bodenständig, auch wenn unsere Jobs alles andere als das sind.

«Soll ich dir helfen, oder …?» Die Blondine mit dem Zopf und der Tätowierung am Hals schiebt zwei Pints und ein fleckiges Rotweinglas über die Theke.

«Kein Problem, das krieg ich hin.» Mit Schwung klemme ich mir die beiden Biergläser in die Ellbogen und balanciere Sams Shiraz vor mir her. Schließlich habe ich mein Studium mit Kellnern finanziert.

«Also, was gibt's Neues?», frage ich am Tisch, während ich die Beute abstelle und neben Emma Platz nehme. Ich muss mich ablenken von diesem aufregenden Tag. Ben hat kein Wort mehr mit mir gesprochen und sich nicht mal verabschiedet, als er nach Hause gefahren ist. Der alte Sturkopf.

«Du hast doch bestimmt irgendwas Lustiges erlebt im Geschäft, oder? Ich brauche dringend eine Aufheiterung!»

Ich liebe die Geschichten aus Emmas kleinem Sexshop. Niemand erzählt solche Anekdoten besser als sie.

Emma zieht ihr helles Bier zu sich. «Allerdings! Ich hatte mal wieder Besuch von einem Herrn im feinen Zwirn aus der Threadneedle Street. Und rate, was er wollte?» Sie sieht mich über den Rand ihres Bierglases hinweg auffordernd an.

«Hm, mal sehen. Also ein Banker, ja? Bestimmt suchte er wieder Damenunterwäsche. In Größe XXL?»

Emma kichert. «Ganz genau! Manchmal frage ich mich, ob das gesamte Bankenviertel Londons unter dem Anzug sexy Spitzendessous trägt.»

Sam rollt mit den Augen. «Grundgütiger. Wo soll das mit den Kerlen noch hinführen? Irgendwann hat man gar keine Auswahl mehr.»

«Als ob du dich über mangelnde Auswahl beklagen müsstest», werfe ich ein und zwinkere Emma zu. Sam lässt nun wirklich nichts anbrennen, was kein Wunder ist. Sie sieht einfach umwerfend aus, wie eine Südstaatenprinzessin. Im Gegensatz zu mir hat sie verführerische Kurven an den richtigen Stellen. Obendrein organisiert sie seit einigen Jahren sehr exklusive Sexpartys für schöne, reiche Menschen in

London. Ihr Unternehmen *The Secret* ist so erfolgreich, dass sie ihre Wohnung in Kensington bar bezahlen konnte.

«Ich bitte dich … Damenunterwäsche? Was ist los mit den Männern? Sind das Auswirkungen der Emanzipation?» Sam schüttelt den Kopf. Wenige Strähnen der hochgesteckten Locken umrahmen ihr schmales Gesicht.

«Konntest du ihm wenigstens helfen?», frage ich Emma, weil ich die Geschichte zu Ende hören will.

«Leider nicht. Er hätte BH-Größe 100A gebraucht, aber damit kann ich nun wirklich nicht dienen.» Sie zuckt mit den Achseln und nippt an ihrem Lager. «Deshalb fing er an zu heulen, sank auf mein Sofa hinten im Laden und schüttete mir sein Herz aus.»

«Heiliger», murmelt Sam. «Du solltest langsam Geld für deine therapeutischen Dienste verlangen. Was denken sich die Leute eigentlich dabei?»

«Das gehört halt dazu», meint Emma.

Sie ist gelernte Krankenschwester; ihr Drang, Menschen zu helfen, ist riesig. Emma und ich kennen uns seit der gemeinsamen Schulzeit, Sam lernte ich durch ihren Ex-Mann kennen, für dessen Haushaltswaren-Produktion ich zwei Jahre lang als Produktdesignerin gearbeitet habe. Er ist ein attraktiver, aber entsetzlich stoffeliger Engländer mit Adelstitel und ohne Manieren. Ich bin wirklich froh, dass sie ihn los ist, nur hätte sie ohne ihn nie ihre Partys umsetzen können. Die Kontakte für die ausgewählten Gäste kommen ausnahmslos von ihm, und auch er selbst ist inzwischen ein regelmäßiger Besucher. Sam sagt, dass sie noch nie so glücklich über seinen zu klein geratenen Schwanz war, denn daran würde sie ihn auf jeden Fall erkennen. Auf ihren Veranstaltungen sind Masken Pflicht, und ihr Albtraum ist es, versehentlich mit ihrem eigenen Exmann zu vögeln.

«Jedenfalls meinte der Typ, dass er sich seit Jahren danach sehnt, Damenunterwäsche zu tragen. Seine Frau hat aber kein Verständnis dafür. Zumindest glaubt er das, er hat sich nämlich noch nicht getraut, es ihr zu erklären», erzählt Emma weiter.

«Das kann ich mir vorstellen», sage ich kopfschüttelnd. «Ich weiß nicht, was ich dazu sagen würde, wenn mein Mann mit so was …»

«Er hat sich mal heimlich in ihre Dessous gequetscht, aber nachdem er zwei teure Seidenhöschen von Agent Provocateur dabei zerrissen hat, traut er sich das nicht mehr.»

Emma kichert und schließt für drei Sekunden die Augen, als wollte sie sich das gerade bildlich vorstellen. Herr im Himmel, bitte keine Bilder! Nicht davon, jedenfalls.

«Er war ziemlich kräftig. Also muskulös, nicht dick oder so. Ich hab ihm am Ende einen Catsuit aus elastischer Spitze verkauft, in Übergröße mit offenem Schritt. Da kann er sich dann reinquälen und sich im Spiegel bewundern, und sein Gehänge gleich dazu.»

Ich pruste so heftig, dass ich mein Bier über den Tisch spucke. Sam legt die Stirn in Falten, muss aber auch lachen.

«Emma, das ist doch nicht dein Ernst! Du hast einem Banker einen Catsuit aus Spitze verkauft? Großer Gott!»

«Wieso nicht? Wenn er das schön findet …»

«Ich werde nie wieder eine Bank betreten können, ohne vor Lachen zusammenzubrechen», meint Sam. «Wenn ich mir ausmale, was mein Banker unter seinem Anzug trägt …»

«Damenwäsche, oder einen Analplug», konstatiert Emma und ergötzt sich an unserem erneuten Lachanfall. «Die sind nämlich im Viertel auch sehr gefragt, und die meisten Kunden wollen wissen, ob man die Dinger den ganzen Tag tragen kann. Im Büro zum Beispiel.»

«Ach komm …» Sam reißt ihre Rehaugen auf. «Das hast du dir doch gerade ausgedacht!»

«Ich erzähl keinen Quatsch! Analplugs gehören zu meinen meistgefragten Produkten. Zumindest führe ich ja sehr hübsche Modelle aus Edelstahl, mit Glitzerstein am Ende. Das ist auch noch dekorativ.»

«Du meinst, in einigen Büros sitzen Männer, denen ein Edelstein aus dem Arsch funkelt?», frage ich schockiert.

Ob Evan Hawk auch so einer ist? Sein Hintern sah jedenfalls ziemlich knusprig aus in der grauen Anzughose. Oh Gott, wann genau habe ich denn Evan Hawk auf den Allerwertesten gestarrt? Ich kann mich gar nicht erinnern. Hoffentlich hat er das nicht gemerkt, wie peinlich.

Emma nickt ernsthaft. «Oh ja. Und dem Absatz von den Dingern nach zu urteilen, dürfte halb London inzwischen mit so was ausgestattet sein.»

Sam stöhnt erneut. «Echt mal, ich sehe ja auch so einiges auf meinen Partys, aber im Büro …? Was haben die davon?»

«Prostatamassage. Den ganzen Tag einen Halbsteifen. Manche stehen offenbar drauf.»

«Hoffentlich vergisst keiner, den rauszunehmen, bevor er aufs Klo geht.» Sam denkt praktisch. «So ein Stahlding würde doch sicher die teure Keramik sprengen, oder?»

Ihre Worte zaubern Bilder in meinen Kopf, die mich vor Lachen fast zum Heulen bringen. «Sam, hör auf damit!», flehe ich.

Die jugendliche Clique am Nachbartisch hat sich neugierig zu uns umgedreht und lauscht grinsend. Wie immer kümmert das keine von uns. Wir reden über unsere Jobs so selbstverständlich, wie das Ärzte, Verkäufer oder Friseure auch tun würden. Und auf Partys sind vor allem Emmas Geschichten der Renner.

«Na ja, bei starken Blähungen würde ich so einen Plug nicht gerade empfehlen.» Emma zieht ihre kleine Nase kraus. «Das könnte sonst tatsächlich zu unerwarteten Geschossen führen.»

«Hört sofort auf!», rufe ich und wische mir Lachtränen aus den Augen. «Ihr seid ja irre!»

«Wir?» Sam sieht mich empört an. «Also *ich* laufe nicht den ganzen Tag mit so einem Ding im Arsch rum. Das ist offenbar Männersache. Oder? Emma? Das ist doch Männersache, nicht? Sag bitte ja!»

«Klar.» Emma lacht. «Ab und zu verschwindet auch mal so ein Ding. Dann rufen die Kunden mich panisch an und ich muss sie beruhigen, dass der Plug von selbst wieder zum Vorschein kommt. Im Gegensatz zu verschwundenen Vibratoren – die arbeiten sich nämlich den ganzen Darm hoch, bis der Akku leer ist. Und das wissen leider nicht alle!»

«Grundgütiger!» Sam schlägt die Hände vors Gesicht und schüttelt sich. «Ich glaube, ich will das lieber nicht mehr hören!»

«Übrigens sind besonders Allys Vibratoren für solche Zwecke sehr beliebt.» Emma grinst mich breit an. Ihre eigentlich vollen Lippen werden dünn.

«Was? Meine? Die sind für Frauen gedacht, nicht für Männer, die sie sich in den …»

«Aber sie sind so schön klein und schmal. Vor allem die vergoldete Variante, wie dekadent! Männer finden sie praktisch, weil sie ja kaum dicker als ein Finger sind. Ich sage neuerdings bei jedem Verkauf dazu, dass man ein Bändchen durch die Öse ziehen soll, falls man vorhat, das Teil auch anal zu benutzen. Sonst geht der Kleine nämlich wirklich auf Wanderschaft, und dann kann nur noch der Chirurg helfen.»

«Meine armen Kleinen!», jammere ich. «An so was hab ich gar nicht gedacht. Meinst du, wir müssen das als Warnhinweis in die Anleitung aufnehmen? Nicht, dass uns mal jemand deswegen verklagt.» Ich ziehe mein Notizbuch aus der Handtasche und schreibe mir zwei Stichworte auf, um mit Ben darüber zu sprechen. Neben den Finanzen ist er auch für die rechtlichen Dinge verantwortlich. Vielleicht kann ich ihn damit morgen ein bisschen versöhnen.

«Ich finde, Analsex ist absolut Neunziger», meint Sam trocken. «Das wird doch total überbewertet.»

«Finde ich auch», stimmt Emma ihr zu.

Ich kann nicht mitreden, denn das Thema steht ganz weit oben auf meiner Tabuliste. Die im Vergleich zu Sams Liste wahrscheinlich ziemlich lang ist.

«Oralsex ist so viel besser. Und Dreier. Jede Frau sollte mindestens einmal im Jahr einen Dreier genießen.»

Über Sams Gesicht huscht ein verträumter Ausdruck. Die Jungs hinter ihr haben knallrote Ohrspitzen, aber das stört uns nicht. Weil der Lärmpegel im Pub so hoch ist, flüstern wir natürlich nicht gerade. Solche Gespräche gehören eben dazu, wenn man wie wir im sogenannten *Pleasure Business* arbeitet. Zumal zumindest auf Emma und mich der schöne Spruch von dem Schuster, der die schlechtesten Schuhe trägt, tatsächlich zutrifft. Mein letztes Mal mit einem Mann aus Fleisch und Blut ist jedenfalls fast zwei Jahre her, wobei ich nicht wirklich was vermisse. Immerhin ist nach einem Rendezvous mit einem meiner batteriebetriebenen Freunde klar, wer wen benutzt hat. Und sehr viel effektiver sind die Dinger meistens auch noch.

«Jetzt mal was Ernstes …» Sam wendet sich mir zu und zeigt mit ihrem Weinglas auf mich. «Was ist mit dem Investor für Mila? Klappt das?»

Ich erstatte gehorsam Bericht und erspare mir nicht, mein Missgeschick mit dem Lachs-Sandwich zu beichten. Und natürlich empöre ich mich über Evan Hawk, den überheblichen Mistkerl, der es tatsächlich gewagt hat, unter dem Tisch mit mir zu füßeln. Als ich dann von Bens Unverfrorenheit erzähle, mir nahezulegen, *nett* zu Evan Hawk zu sein, habe ich sie endgültig auf meiner Seite. Meine Freundinnen wissen genau, wie ich auf so was reagiere, weshalb sich Emma auch gleich eine Hand vor den Mund schlägt.

Sam tippt während meiner Erzählung auf ihrem Handy rum. Am Ende strahlt sie mich an. «Aber er ist verdammt heiß!»

«Woher willst du das wissen?» Emma wirft mir einen Blick zu.

«Google Bildersuche.»

Sam hält Emma das Handydisplay hin. Die kneift ihre Augen zusammen und starrt auf den winzigen Monitor.

«Oh. Wow. Wirklich, Ally, der ist doch … genau dein Typ?»

Mir wird auf einmal warm. «Blödsinn! Der ist so was von nicht mein Typ!»

«Emma hat recht.» Sam nimmt ihr Handy wieder an sich. Mir jucken die Finger, weil ich neugierig bin, welches Foto sie von ihm dort gefunden hat, aber ich will mir keine Blöße geben und tue so, als ob es mich nicht interessiert. «So was von dein Typ.»

«Ich habe gar keinen Typ», beharre ich. «Und das wisst ihr!»

«Das *glaubten* wir. Vor Chris. Seitdem …» Sam hebt die Schultern und stopft das Telefon in ihre Handtasche zurück.

Emma schüttelt den Kopf. «Sam, wir erwähnen seinen Namen nicht in Allys Anwesenheit», rügt sie.

Sam verdreht die Augen. «Sorry, das ist doch albern. Nur weil er Ally verarscht hat …»

«Ist gut jetzt!» Die kleine Emma wird hitzig.

«Hört auf zu zanken», hake ich ein. «Es ist okay, seinen Namen auszusprechen. Ehrlich. Ich bin längst über ihn hinweg.»

«Bist du gar nicht, und das ist auch verständlich.» Sam drückt meine Hand. «Aber nach zwei Jahren könntest du dich wirklich langsam mal wieder nach Männern umsehen. Und dieser Evan Hawk ist ziemlich sexy. Also, wenn du ihn nicht willst …»

«Nee, schönen Dank auch. Noch so einen überheblichen Schnösel aus der besseren Gesellschaft brauche ich in meinem Leben nicht.» Ich rümpfe die Nase. «Der eine hat mir gereicht. Bis an mein Lebensende.»

Die Erinnerung an Chris verursacht noch immer einen Kloß in meinem Hals. Da habe ich Sam glatt angelogen. Ich bin nämlich nicht über ihn hinweg. Ganz und gar nicht. Schließlich waren wir fast zwei Jahre lang ein Paar – jedenfalls glaubte ich das, bis ich erfuhr, dass ich die ganze Zeit nur eine Affäre gewesen war. Zu Hause warteten eine Ehefrau und ein Baby auf meinen vermeintlichen *Freund.*

Noch heute schmerzt der Gedanke an meine eigene Doofheit, aber ich war so beschäftigt mit dem Aufbau von Mila, dass ich unsere lockere Beziehung immer nur positiv gesehen habe. Ich dachte nicht darüber nach, wieso wir nie in den Urlaub gefahren sind oder warum wir nur selten die Nacht miteinander verbracht haben. Ich war sogar froh darüber, dass Chris keiner von diesen besitzergreifenden, kontrollsüchtigen Männern war, sondern mir so viele Freiheiten ließ. Erst als ich von nächsten Schritten und Zusammenziehen sprach und seine Reaktion darauf heftig ausfiel, fing ich an, mir Gedanken zu machen. Und dann erlebte ich die Überraschung des Jahrhunderts. Mir läuft ein eisiger Schauer über den Rücken.

«Ich hoffe, das klappt trotzdem mit der Investition. Also ich meine, auch wenn du nicht mit Evan Hawk ins Bett gehst.» Emma legt ihre Hand auf meinen Unterarm. «Wenn das Geschäft erst in trockenen Tüchern ist, geht alles ganz schnell und du hast gar nichts mehr mit dem Typen zu tun. Die Diamond Group wirft dir ein paar Millionen in den Rachen, die du ausgeben darfst, und nach drei Jahren schauen sie sich an, was du damit gemacht hast.»

«Genau», stimmt Sam ihr zu. «Sie prüfen deine Kreditkartenabrechnungen. Und danach kaufen sie Harvey Nichols auf, weil die in der Zeit seltsamerweise so ein Umsatzplus gemacht haben.»

«Haha, sehr witzig, Samantha.» Ich leere mein halbes Pint, bis ich einen Schluckauf hochkriechen spüre. Leider kennen mich meine Freundinnen viel zu gut, als dass ich die dunklen Seiten meiner Persönlichkeit vor ihnen verbergen könnte. Aber wie heißt es so schön? Ein Freund ist jemand, der dich mag, obwohl er dich kennt.

«Du bist doch diejenige mit der schwarzen Kundenkarte. Übrigens, ist das Kleid neu?»

Sam hebt beide Arme, um mir einen ungehinderten Blick auf ihr pralles Dekolleté zu ermöglichen. «Prada. War ein Sonderangebot! Ehrlich!»

Emma kichert neben mir.

«So einfach ist das alles leider nicht», erkläre ich mein Dilemma weiter. «Unsere Zahlen sind zwar okay, aber eigentlich nicht gut genug für einen Investor. Meint jedenfalls Ben. Deshalb will die Bank uns ja auch keinen Kredit mehr geben. Die Diamond Group will sich bei uns einkaufen, und das bedeutet, dass dieser Evan Hawk eine Beteiligung an Mila erhält. Und damit natürlich ein Stimmrecht. Er könnte mir zum Beispiel zukünftig in die Produktentwicklung reinreden. Oder mich zwingen, irgendwelche Gummimuschis für Männer zu entwickeln.»

Oh Gott, jetzt kriege ich wirklich einen Schluckauf. Himmel hilf! Daran hab ich bis gerade eben noch gar nicht im Detail gedacht!

«Was meint Ben denn dazu?», fragt Sam.

Ich zucke mit den Achseln. «Wir haben ehrlich gesagt keine große Wahl», gestehe ich. «Entweder, es klappt, oder wir sind in spätestens zwei Monaten pleite.»

«Vielleicht ist dieser Hawk ja ganz in Ordnung?» Emma sieht mich fragend an. «Auf den Fotos sah er doch eigentlich nett aus.»

«Bilder können ja zum Glück auch nicht sprechen», brumme ich. «Sein Benehmen allerdings war so arrogant, dass es mich ankotzt.»

«Aber du findest ihn trotzdem scharf.» Sam zieht die Brauen zusammen. «Leugne es nicht, ich hab es dir angesehen, als du von ihm geredet hast.»

«Um Himmels willen, Sam. Es dreht sich nicht immer alles um Sex», antworte ich genervt. «Und könnten wir jetzt bitte das Thema wechseln?»

«Ach, Leute. Wer braucht schon Männer, wenn er solche Freundinnen hat?», sagt Emma und hält mir ihr Glas hin.

«Richtig», bekräftige ich aus vollem Herzen und lasse mein Glas gegen ihres klingen. «Und wer braucht überhaupt Männer, solange es Vibratoren gibt?»

«Oh ja!» Emma strahlt. «Die sind nicht nur schneller und zuverlässiger, sondern auch diskret und treu. Was wollen wir mehr?»

«Auf Vibratoren! Und Dreier!», ruft Sam, sehr zur Belustigung unserer Tischnachbarn, die prompt mit uns anstoßen. Komischerweise können die heiteren Worte meiner Freundinnen mich heute nicht aufmuntern. Mein Magen fühlt sich auch nach dem dritten Bier noch an, als hätte ich einen Eiswürfel verschluckt, wenn ich an morgen denke. Und an Evan Hawk.

4

Ally

«Und?» Wie an jedem Tag dieser Woche frage ich Ben gegen Mittag, ob er schon was von der Diamond Group gehört hat. Er schüttelt den Kopf. Sein Blick ist so vorwurfsvoll, dass ich körperliche Schmerzen verspüre. «Er hat ja gesagt, Ende nächster Woche», versuche ich, ihn zu trösten. «Vielleicht ist er noch nicht ganz durch mit den Zahlen und will erst …» «Ally … hör auf damit. Bitte.»

«Schon gut!»

Ich ducke mich und ziehe seine Bürotür eilig hinter mir zu. Als ich an Maggies Schreibtisch vorbeikomme, die gerade ihre knallrot lackierten Nägel mit winzigen schwarzen Totenkopfaufklebern verziert, schaut sie hoch.

«Immer noch dicke Luft?»

Sie wirft einen Blick in Bens Richtung. Ich zucke die Achseln.

«Schätze, das wird erst besser, wenn dieser Typ sich gemeldet hat. Mit guten Nachrichten.»

Maggie lächelt. Ihre Lippen sind ebenso rot wie die Nägel und bilden einen reizvollen Kontrast zu ihrem blassen Teint und den tiefschwarz gefärbten Haaren. Ihr Pony ist wie mit dem Lineal geschnitten und ziemlich kurz, der glatte Bob fällt ihr lässig ins Gesicht, wenn sie sich vorbeugt.

«Ich drücke uns allen die Daumen.»

«Ja, das musst du auch.» Seufzend setze ich mich auf ihren Schreibtisch und betrachte ihre Fingernägel. «Denn ehrlich gesagt … Wenn das nichts wird, weiß ich nicht, was wir machen sollen.»

Unsere Assistentin, die am Wochenende Geld als Burlesque-Tänzerin und Sängerin verdient und ab und zu bei Emma aushilft, schnalzt mit der Zunge. «So negativ kenne ich dich gar nicht, Süße. Das ist doch eigentlich Bens Job?»

Ich muss lachen. «Stimmt. Offenbar hat er mich mit einem komischen Virus angesteckt oder so.»

Mein Magen zieht sich zusammen. Nicht Ben hat mich infiziert, sondern der schonungslose Blick auf mein Bankkonto. Der Dispo ist seit Monaten überzogen, und nur weil Ben vor ein paar Wochen seinen Notgroschen ins Geschäft gestopft hat, konnten wir diesen Monat überhaupt die Gehälter für die Mitarbeiter bezahlen. Auf mein eigenes Gehalt habe ich verzichtet, weil die Büromiete seit drei Monaten überfällig ist. Ohne Ben hätten wir den Laden schon längst schließen und alle entlassen müssen. Ich atme tief ein, um mich wieder zu beruhigen. Es liegt nicht in meiner Natur, mir solche Sorgen zu machen, deshalb bereiten mir diese Gedanken regelrecht Panik. Eine lähmende, entsetzliche Panik, die meine Kreativität hemmt und mich damit zu einem Zombie macht. Nichts ist schlimmer für mich, als nicht arbeiten zu können. Aber seit zwei Jahren ist meine Inspiration versiegt wie eine trockene Quelle. Sams Hinweis, dass mir vielleicht harter, guter Sex helfen könnte, das kreative Tief zu überwinden, kommt mir jedoch ziemlich absurd vor.

«Ich müsste heute früher gehen. Emma wollte zum Arzt und hat mich gebeten, sie im Geschäft zu vertreten. Ist das okay?» Maggie kratzt sich an der tätowierten Wade.

«Ja, sicher. Hier ist ja im Moment sowieso nicht viel los. Also hau nur ab.»

«Danke! Das ist lieb.»

Sie steht auf und bückt sich nach ihrer Handtasche, die im Gegensatz zu meiner winzig ist. Ihr Kleid ist oben eng, ab der Taille sehr weit geschnitten, und es reicht bis knapp über ihre Knie. Wegen der kurzen Ärmel sieht man sowohl die großen, bunten Tattoos auf ihren Armen als auch die wilden Kunstwerke auf den Beinen, von denen ich weiß, dass sie sich bis zur Hüfte ziehen. Ben war entsetzt, als sie sich bei uns vorstellte. Eine persönliche Assistentin hatte seiner Meinung nach anders auszusehen, zumal sie ja im Büro auch gleichzeitig so eine Art Empfangsdame ist, aber ich habe mich durchgesetzt. Ich verknallte mich schon bei unserem ersten Kennenlernen in sie. Maggie studiert Psychologie (im dreißigsten Semester oder so), jedenfalls muss sie ziemlich viel nebenbei arbeiten, um die hohen Gebühren und ihren Lebensunterhalt zu finanzieren.

«Es wird alles gut gehen.» Maggie wirft mir einen aufmunternden Blick zu. «Stell dir einfach vor, was aus Mila wird, wenn es diese fette Finanzspritze gibt. Ein riesiges Unternehmen! Wir werden Werbeanzeigen in der Cosmopolitan schalten, Fernsehspots bei The Voice und Pop Idol. Kinowerbung vor Nicholas Sparks-Verfilmungen … Das wird super! Und groß. Richtig groß! Dein Traum geht in Erfüllung, alle Frauen werden Mila kennen und lieben.»

Maggie steckt mich mit ihrer Euphorie an, und meine Laune bessert sich schlagartig. Das ist nur einer der Gründe, warum ich sie liebe.

«Du bist herrlich. Danke!»

Ich drücke ihr einen Kuss auf die Wange, und sie winkt mir zum Abschied noch mal zu. Ich bleibe auf ihrem Schreibtisch sitzen, mit übereinandergeschlagenen Beinen, und blättere in einem Tattoo-Magazin. Sie hat gleich mehrere Motive angekreuzt, und während ich stirnrunzelnd eine rote Schlange betrachte, die sich aus einem Apfel windet, geht hinter mir eine Tür auf. Ben sieht aus, als ob ihm gerade ein Arzt mitgeteilt hätte, dass er dieses Jahr keine Weihnachtsdeko mehr kaufen soll.

«Was ist los?», frage ich alarmiert und springe vom Tisch auf.

Ben schüttelt den Kopf. «Es gibt ein Problem. Evan Hawk hat angerufen. Die aktuellen Zahlen genügen ihm nicht, meint er, deshalb will er sehen, was wir für die Zukunft planen und beurteilen, ob er da eine Perspektive sieht. Ansonsten kann er die Investition leider nicht positiv bewerten. Und das war unsere letzte Chance, alle anderen möglichen Investoren haben ja schon wegen der *Anzüglichkeit* abgesagt.»

Entsetzt plumpse ich auf den Tisch zurück. «Ben, du weißt, dass ich …»

«Ich brauche dich jetzt, Ally. Es liegt an dir, ob wir dieses Geld bekommen oder nicht. Reiß dich zusammen und arbeite endlich. Wir brauchen frische Ideen, mit denen wir Evan Hawk überzeugen können. Sonst …»

«Scheiße.» Ich ringe die Hände. «Ich versuche es ja, Ben. Seit zwei Jahren. Aber mir fällt einfach nichts Vernünftiges ein.»

«Dann versuchst du es nicht genug.» Ben verschränkt die Arme. «Ich jedenfalls habe die Absatzzahlen schon vorbereitet für die neuen Produkte, von denen leider noch nichts zu sehen ist. Wenn du das nicht hinkriegst, gibt es keine Lösung mehr. Höchstens …»

«Höchstens was?», frage ich und richte mich wieder auf, um ihn anzusehen. Er ist wirklich blass um die Nase.

«Ich hab gesehen, wie er dich angesehen hat. Vielleicht lässt er sich manipulieren, dass er der Investition einfach zustimmt? Wenn du mit deinen persönlichen Waffen kämpfst?»

Mein Gesicht läuft heiß an. «Ben, ernsthaft, ich habe dir schon mal gesagt, dass ich …»

«Mir fällt nichts anderes mehr ein, sorry.» Ben hebt ergeben die Arme. «Wenn du sonst nichts parat hast … Dann war‘s das wohl.»

Er dreht sich um und will das Büro verlassen. Meine Knie zittern.

«Ich denk drüber nach», rufe ich ihm hinterher. «Okay?»

«Tu das. Aber nicht zu lange», sagt er laut, bevor er die Tür zum Treppenhaus aufstößt.

Ich ziehe scharf die Luft durch die Zähne, dann schnappe ich mir mein Handy und tippe eine Nachricht ein.

Können wir darüber reden? A.S.

Die Antwort lässt nur wenige Sekunden auf sich warten, ich bin erstaunt. Gut, ein Typ wie Evan Hawk schläft wahrscheinlich sogar mit dem Handy am Ohr, damit ihm bloß kein Anruf entgeht, aber mit so einer raschen Reaktion hatte ich nicht gerechnet.

Sehr gern. Ist das ein Date? E.H.

Ich schnappe nach Luft. Heilige Scheiße, Ben hat recht. Offenbar hat er wirklich Interesse an mir. Ist das ein gutes Zeichen? Ich muss ja nicht unbedingt mit ihm … Vielleicht reicht es, ein bisschen mit ihm zu flirten. Das kann ich doch, auch wenn es lange her ist. Aber wenn ich mir Mühe gebe und ihm genug Hoffnung mache … Ich beiße mir auf die Lippe und schicke ihm eine Antwort.

Man sollte Geschäft und Vergnügen nicht vermischen. Ich glaube, das haben Sie gesagt. A.S.

Sorry, das Date ist natürlich rein geschäftlich. Ich bin nur an Mila interessiert. Und Sie? E.H.

Ich grinse. Okay, das klingt eigentlich ganz nett. Und absolut in Ordnung.

Jetzt gleich? A.S.

Habe noch zu tun, sorry. Nächsten Dienstag? E.H.

Nächsten Dienstag? Spinnt der? Ich werde kein Auge zu tun, solange ich nicht weiß, was aus Mila wird. Wenn mir nicht klar ist, ob ich Ende des Monats Kündigungen schreiben muss. Nein, das kann ich nicht. Das muss Ben machen. Ich fange schon an zu heulen, wenn ich nur daran denke! Entschlossen hämmere ich meine Antwort ins Handy.

> Die Sonne scheint. Sie sollten die schönen Seiten des Lebens genießen und Ihren Hintern zwischendurch mal nach draußen bewegen. Sie sind ein bisschen blass um die Nase. A.S.

Gott, war das jetzt zu frech? Nervös starre ich auf mein Telefon und warte auf eine Regung. Diesmal dauert es ein paar Minuten, was meinen Fingernägeln nicht gut bekommt.

> *lach*

Was zum …?

> Erst die Arbeit, dann … Wie wäre es denn am Wochenende? Da habe ich frei. E.H.

> Tut mir leid, am Wochenende bin ich verplant. Gerade heute war mir nach einem kühlen Bier in der Sonne. Und einem anregenden Gespräch mit Ihnen. Schade. A.S.

Ich kann zwar nett sein, aber er soll auch nicht denken, dass ich bedürftig bin. Schon gar nicht sollte er wissen, dass ich meine Wochenenden allein zu Hause verbringe. Womöglich denkt er sonst, ich hätte auf einen Typen wie ihn nur gewartet. Was absolut nicht der Fall ist, im Gegenteil. Ich brauche einen Mann in meinem Leben so dringend wie eine Blasenspiegelung. Doch der Zweck heiligt die Mittel, also muss ich wohl …

Bin in einer Stunde bei Ihnen. Okay? E.H.

Mein Mund verzieht sich zu einem breiten Grinsen. Ich springe auf, strecke die Faust in die Luft und rufe laut: «Strike!» Zum Glück bin ich inzwischen allein im Büro und mich hört niemand. Dann fällt mein Blick auf die Fensterscheibe und damit auf mein eigenes Spiegelbild. Ach du je … Daran hab ich gar nicht gedacht, vor lauter Eifer. Ich trage nur kurze, besser gesagt winzige Jeans-Shorts und ein dünnes Top. Nicht gerade passend für einen Geschäftstermin. Aber Zeit, nach Hause zu fahren und mich umzuziehen, habe ich jetzt auch nicht mehr. Vielleicht ist es gar nicht so verkehrt. Immerhin hab ich dank des Tanztrainings ziemlich ansehnliche Beine. Die hat er ja schon letzte Woche bei unserem Meeting ausgiebig bewundert.

Sehr okay. Freue mich auf Sie! A.S.

Ich schicke auch noch eine Nachricht an Ben hinterher, damit er sich hoffentlich wieder etwas beruhigt und mir vertraut.

Plan läuft. Gleich Date und dann … mal sehen *grins* Drück dich! Alles wird gut! Ally

Wäre doch gelacht, wenn ich es nicht schaffe, ihn umzustimmen.

5

Ally

«Guten Tag, Ms Sinclair.» Die dunkle, samtige Stimme lässt mich zusammenzucken. Der Lippenstift fällt mir fast aus der Hand, ich schaue verwirrt auf die Uhr. Er ist zu früh! Wie unhöflich ist das denn? Noch viel schlimmer als zu spät zu kommen, finde ich. Langsam drehe ich mich zur Tür um, wo Evan Hawk im Eingang steht, das dunkle Sakko lässig über die Schulter geworfen. Sein weißes Hemd ist aufgekrempelt und entblößt perfekt geformte Unterarme. Ich schlucke.«Mr Hawk! Ich habe noch gar nicht mit Ihnen gerechnet. Wie sind Sie denn unten reingekommen?»

«Jemand kam mir entgegen und hat mich reingelassen, da dachte ich, ich fahre einfach mal hoch und überrasche Sie.»

Ich schaue ihm ins Gesicht. Amüsierte Fältchen haben sich in den Augenwinkeln gebildet. Sein Blick ruht auf unserer Fensterbank, und ich sehe, wie er kurz stutzt. Dann geht er neugierig darauf zu und studiert die kleine Auslage von frivolen Urlaubs-Souvenirs.

«Inspiration», erkläre ich lachend, als er einen riesigen Keramikdildo in die Hand nimmt, den Maggie von La Gomera mitgebracht hat. Auf dem Brett stehen zahlreiche dralle Venus-Figuren aus aller Welt, Kamasutra-Schnitzereien, die Kenneth in Indien besorgt hat … An den Wänden in unserem Büro hängen so viele Fotos, Plakate und Bilder, das man kaum noch erkennen kann, welche Farbe die Wand darunter eigentlich hat. Und das ist mein Werk, weil meine winzige Wohnung in Kensington gar nicht genug Platz bietet für so viel Kram. Ich kann mich aber schlecht von Dingen trennen, also wandert alles, was ich zu Hause nicht mehr unterbringen kann, ins Büro. Wie muss das auf jemanden wirken, der sein Leben in einem klinisch sterilen, supermodernen Büro in der Fleet Street verbringt? Und dessen Apartment vermutlich genauso langweilig ist wie er selbst?

«Interessant, wovon Sie sich so inspirieren lassen.»

Lächelnd stellt er den Dildo zurück und widmet sich anschließend einer Figur, die einen Elefanten zeigt, der gerade eine Frau begattet. Oh mein Gott. Mein Gesicht läuft heiß an.

«Das ist … äh … aus Indien.»

Ich reiße ihm die Figur aus der Hand und halte sie fest. Sein Geruch dringt mir in die Nase. Fast fühlt es sich an, als würde die Luft zwischen uns vibrieren. Wie im Sommer, wenn es so heiß ist, dass der Asphalt flimmert und man glaubt, in eine Pfütze zu sehen. Ich blinzle, aber das merkwürdige Gefühl verschwindet nicht. Evan Hawk zieht eine Augenbraue hoch, greift zu einer anderen kleinen Statue und betrachtet sie aufmerksam. Diesmal hat er eine Frau erwischt, die einem Pferd einen Blowjob verpasst. Jetzt bricht mir der Schweiß aus allen Poren, obwohl ich wirklich nicht prüde bin. Diese Figuren sind Kunst, alte Kunst sogar, aber auf einmal schäme ich mich dafür. Warum, um alles in der Welt? Bevor er etwas dazu sagen kann, nehme ich auch diese Figur an mich.

«Entschuldigung, aber die sind *sortiert.*»

«Ah, okay. Das habe ich nicht bemerkt, tut mir leid.»

Er wirft mir einen Blick zu, der meine Beine urplötzlich in Pudding verwandelt. Wieder durchströmt Hitze meinen Bauch und sammelt sich in südlichen Körperregionen. Das muss an den Figuren liegen, die eindeutig eine erotisierende Wirkung haben. Natürlich. Hoffentlich geht es ihm nicht genauso!

Ich stelle die beiden kleinen Statuen auf die Fensterbank zurück und eile noch mal in mein Büro, um den Computer runterzufahren und meine Handtasche zu holen. Ich spute mich, weil ich nicht will, dass er sich noch länger umsieht. Was denkt er wohl von mir, jetzt, wo er diese ganzen Kunstwerke gesehen hat? Ich bin es nicht gewohnt, mit so steifen Spießern umzugehen. Ben ist so ziemlich der konservativste Typ, mit dem ich befreundet bin. Die meisten anderen Menschen in meinem Leben sind kreative, künstlerische Freigeister.

Ich fahre den Rechner runter und greife nach meiner Tasche. Als ich mich wieder aufrichte, schreie ich vor Schreck fast auf. Evan Hawk hebt lachend beide Hände.

«Entschuldigung, ich wollte Sie nicht erschrecken! Ich dachte nur …»

«Ist das Ihr Verständnis von Höflichkeit, einfach jemandem in ein fremdes Büro zu folgen?», frage ich und ziehe die Brauen zusammen. «Eigentlich hatte ich Sie für einen wohlerzogenen Menschen gehalten. Aber …»

«Es tut mir leid», wiederholt er stoisch.

Sein Blick gleitet über meinen Körper, als sähe er mich zum ersten Mal. Nur mein Schreibtisch trennt uns voneinander, und mir ist sehr bewusst, dass er gerade meine Beine betrachtet. Verdammt, hätte ich doch besser was anderes angezogen! Aber ich wusste ja nicht, dass ich heute noch einen Geschäftstermin haben würde. Mit *ihm*. Andererseits …

«Also, wollen wir?»

Ich werfe meine Riesentasche über die Schulter und marschiere an ihm vorbei zur Tür. Er folgt mir mit geringem Abstand und ziemlich langsam, weil er sich unverhohlen neugierig umschaut. Er betrachtet die Fotos, und besonders lange, so kommt es mir jedenfalls vor, bleibt sein Blick an den Schwarz-Weiß-Fotografien von mir haften, die Chris gemacht hat. Es sind Porträts, die mich ganz natürlich zeigen. Ich erinnere mich an jede einzelne Situation, und ich kann die Bilder erst seit einem halben Jahr wieder anschauen, ohne dass sie mir körperliche Schmerzen bereiten.

«Sie sind sehr fotogen», sagt er, während wir auf den Lift zugehen.

Ich schließe die Tür hinter uns ab und stopfe den Schlüssel in meine Tasche. «Danke. Der Meinung war der Fotograf auch. Deshalb hatte ich häufiger seine Linse vor Augen als sein Gesicht.»

«Ihr Freund?» Sein Tonfall ist so neutral, als ob er mich gerade nach dem Wetterbericht für morgen gefragt hätte. Versucht er, mich abzuchecken?

«Exfreund», erwidere ich ebenso nüchtern. «Haben Sie eine Idee, wo wir hingehen könnten, oder soll ich …?»

«Sie kennen sich hier draußen bestimmt besser aus als ich. Also überlasse ich das gern Ihnen.»

Eine Strähne hat sich aus seiner perfekten Föhnfrisur gelöst und fällt ihm in die Stirn. Ich kann mich nicht beherrschen und schiebe sie vorsichtig wieder zurück. Er lächelt.

Als der winzige Fahrstuhl sich öffnet, lässt Evan mir den Vortritt. Der Lift hat Platz für maximal vier Personen, aber dabei hat der Hersteller wohl nicht bedacht, dass Menschen wie Evan Hawk damit fahren könnten. Dessen Ego so viel Raum einnimmt wie drei Erwachsene. Die Sicherheit, die er ausstrahlt, hat eine verrückte Wirkung auf mich. Einerseits möchte ich ihn ständig aus der Reserve locken, andererseits verspüre ich das Bedürfnis, mich in seine Arme zu werfen. Als könnte sich seine innere Ruhe auf mich übertragen.

Er steht so dicht bei mir, dass sich unsere Oberarme berühren. Meine Härchen richten sich auf.

«Ihr Büro ist sehr interessant, Ms Sinclair. Es war gut, dass ich mir ein Bild davon machen konnte. Neben der Verlässlichkeit der Geschäftspartner ist mir auch der äußere Eindruck eines Unternehmens wichtig, und der ist durchaus gelungen.»

Mein Puls beschleunigt sich. Das ist doch eine gute Nachricht, nicht?

«Freut mich, dass es Ihnen gefallen hat. Es ist vielleicht etwas … ungewöhnlich. Aber irgendwie erwartet man das ja auch von einem Unternehmen wie Mila. Oder?»

Er nickt lächelnd. Sein Profil ist atemberaubend. Wenn Sam das jetzt sehen könnte … Ich bin mir sicher, sie würde auf den Notknopf drücken und den Fahrstuhl anhalten, um über ihn herzufallen. Aber schon haben wir das Erdgeschoss erreicht.

Draußen empfängt uns Wärme. Die Sonne lacht vom Himmel, als gäbe es einen Grund zum Feiern. Sofort steigt meine Laune. Ich bin ein Naturmensch und ich liebe es, an der frischen Luft zu sein. Im Sommer arbeite ich die meisten Entwürfe draußen aus, entweder im Hyde Park oder in den ruhigeren Roof Gardens in Kensington. Man kennt mich in den großen Dachgärten so gut, dass ich sogar bei geschlossenen Gesellschaften in meiner Ecke hinter dem kleinen Teich sitzen darf.

«Es ist nicht besonders schick, aber die Burger sind ganz gut. Außerdem ist es nicht weit», erkläre ich auf dem Weg zur All Bar One, die mitten am Canary Wharf an einem alten Hafenbecken liegt. «Und man kann natürlich draußen sitzen. Direkt am Wasser.»

«Okay für mich.»

Evan lächelt mich von der Seite an. Dann bemerke ich, dass sein Blick wieder über meine Beine gleitet. Wieso fühle ich mich plötzlich so unbeholfen neben ihm? Es kann mir doch egal sein, was er von meinem zu lockeren Outfit denkt, sofern er daraus keine Schlüsse über meine Fähigkeiten als Geschäftsfrau zieht. Von diesen Fähigkeiten muss ich ihn gleich sowieso erst noch überzeugen.

Die jugendliche Bedienung begrüßt mich mit Namen, als wir uns an einen freien Tisch direkt an der Wasserkante setzen. Ich habe keine Ahnung, in welchen Etablissements

Leute wie Evan Hawk normalerweise verkehren, aber es sind ganz bestimmt sehr viel vornehmere als diese kleine Bar am Hafenkai.

In der Schule war ich ein Außenseiter, weil meine Mutter als alleinerziehende und nicht gerade erfolgreiche Modedesignerin kaum die Schuluniformen bezahlen konnte. Meine waren daher immer gebraucht, was man ihnen leider deutlich ansah. Trotzdem war ich eins der glücklichsten Kinder der Schule, da bin ich mir inzwischen sicher. Es gab nur meine Mutter und mich, und sie war gleichzeitig auch meine allerbeste Freundin. Das ist sie noch heute. Aber andere Kinder machten sich darüber wenig Gedanken. In einem gewissen Alter zählen die richtigen Klamottenmarken mehr als ein glückliches Leben mit einer Mutter, die mit der dreizehnjährigen Tochter laut Nirvana hört (gemeinsames Headbanging inklusive) und mit der sechzehnjährigen Tochter deren ersten Joint raucht, damit die bei dieser weltverändernden Erfahrung nicht allein sein muss.

Evan Hawk sieht aus wie einer der Jungs, die mich früher mit Verachtung gestraft haben, weil ich ihnen nicht gut genug war. Meine alten Unsicherheiten kämpfen sich an die Oberfläche in seiner Gegenwart, und diese Erinnerung gefällt mir gar nicht.

Hey, ich bin fast dreißig und kann für mich selbst sorgen. Ich bin unabhängig, frei und manchmal bin ich sogar lustig, behaupten jedenfalls meine Freundinnen. Kein Grund also, mich irgendwie unterlegen zu fühlen, nur weil er Kohle hat und man ihm das deutlich ansieht.

«Die Burger sind super. Und das Steak kann man auch essen», erläutere ich kurz die Speisekarte, nachdem er sie minutenlang schweigend studiert hat.

Er lacht. «Steak hört sich prima an. Ich hatte kein Lunch heute, da kommt mir eine ordentliche Portion Fleisch gerade recht.»

«Ich trinke ein Bier dazu.» Ich werfe ihm einen herausfordernden Blick zu. «Ob die Weinkarte hier gut ist, kann ich leider nicht sagen. Ich fürchte allerdings …»

«Ich nehme nur ein Wasser. Ich muss noch fahren», winkt er ab.

«Nicht mal ein einziges Glas Wein?», frage ich mit hochgezogener Braue und grinse, als er wie erwartet den Kopf schüttelt. «Man verpasst eine Menge Spaß, wenn man sich immer an alle Regeln hält.»

Verdammt, Ally, du solltest wenigstens so tun, als ob du eine zuverlässige und seriöse Geschäftsfrau wärst! Wieso redest du so einen Unsinn?

«Genau so habe ich Sie eingeschätzt.» Er legt die Speisekarte zur Seite und mustert mich eindringlich. Ich rutsche unruhig auf meinem Stuhl herum. «Sie wirken tatsächlich nicht wie jemand, der sich gern an Regeln hält.»

«Das kommt auf die Regeln an …», versuche ich, mich aus der Schlinge zu winden, die sich mit jedem Satz enger um meinen Hals legt.

Wir schauen uns ein paar Sekunden lang schweigend in die Augen, dann vertiefe ich mich eilig in die Speisekarte, als ob es sich um die letzten Seiten eines sehr spannenden Krimis handelte. Also ehrlich, auch der Papst guckt bestimmt heimlich Internetpornos und nippt am Messwein! Ist Evan Hawk wirklich so ein Spießer?

Um ihn zu provozieren, hole ich eine zerknitterte Schachtel Silk Cut aus meiner riesigen Handtasche und stecke mir eine Zigarette an. Natürlich biete ich ihm eine an, und natürlich lehnt er ab. Bestimmt gehört er zu den Leuten, die nur in Bio-Supermärkten einkaufen, ihre Batterien nie in den Hausmüll werfen und jeden Tag drei Liter Wasser trinken, weil das angeblich gesund ist.

«Sie haben einen sehr ungewöhnlichen Musikgeschmack»,

sagt er unvermittelt, nachdem wir unsere Bestellung aufgegeben haben.

Verwirrt höre ich auf, an meinem Perlenarmband zu zupfen, und sehe ihn an. «Wie bitte?»

«Ich liebe Tampa Red. Ray Charles. Otis Rush. Ich habe noch nie eine junge Frau getroffen, die so alten Blues hört. Ich dachte, die meisten Leute heutzutage hören Pop oder Hip-Hop. Oder einfach irgendwas, das gerade im Radio läuft.»

Erstaunt ziehe ich die Brauen hoch. «Woher wissen Sie, welche Musik ich mag?»

«Ihr Facebook-Profil ist sehr aussagekräftig.»

Er zuckt die Achseln und lehnt sich im Stuhl zurück. Die Sonne streift seinen Kopf und einige hellere Strähnen blitzen zwischen den glänzenden, dunkelbraunen Haaren auf.

«Sie haben sich mein Facebook-Profil angesehen?» Mein Mund klappt auf. «Was sind Sie, ein Stalker?» Ich ziehe an meiner Zigarette, während ich ihn ansehe.

Er lacht ein angenehmes Lachen. «Ich mache mir gern ein Bild von meinen Geschäftspartnern, und zwar ein umfassendes. Natürlich benutze ich Google bei meinen Recherchen, und Sie sind ja sehr präsent im Internet, also gab es einiges für mich zu entdecken.»

Meine Wangen glühen. Du liebe Güte, sind meine Fotoalben bei Facebook eigentlich alle öffentlich oder privat? Sofort fallen mir ein paar peinliche Schnappschüsse ein, die Sam oder Emma von mir gemacht haben. Zum Beispiel die heimlichen Aufnahmen beim Yoga am Strand, als wir zusammen in Südfrankreich im Urlaub waren. Leider hatte ich erst auf den Fotos festgestellt, dass sich ein Bikini nur bedingt für einige Posen eignet. Die Bilder sind aber sicher nicht so schlimm wie die, die Sam bei unserem gemeinsamen Poledance-Kurs von mir geschossen hat. Oh mein Gott! Mein Blut pulsiert durch meine Adern. Was davon hat er gesehen?

«Sie haben mir gar keine Freundschaftsanfrage geschickt. Wieso nicht?», frage ich ablenkend.

«Ich bin gar nicht bei Facebook.»

Evan nimmt einen Stapel Bierdeckel aus dem Ständer und fängt an, sie übereinanderzustapeln. Mit seinen spießigen Klamotten und der steifen Art wirkt er wie ein Fremdkörper in diesem Ambiente. Aber falls er sich unwohl fühlt, lässt er es sich zumindest nicht anmerken.

Ich zupfe wieder an meinem Armband. Die bunten Glasperlen mache ich selbst. Seit zwei Jahren sind es allerdings immer dieselben Perlen; mir fällt kein anderes Muster mehr ein als dieses hier.

Er sieht mir fest in die Augen, und plötzlich durchströmt mich ein mulmiges Gefühl. Seine Maske ist undurchschaubar für mich, dabei besitze ich eigentlich eine ganz gute Menschenkenntnis. Nur ihn kann ich nicht einschätzen, ich weiß einfach nicht, woran ich bei ihm bin. Und das stört mich nicht nur, weil wir etwas von ihm brauchen. Mir wäre wohler, wenn ich wüsste, dass er auf meiner Seite ist. Auf Milas Seite. Aber das ist er eben nicht.

«Haben Sie sonst noch was Interessantes über mich rausgefunden?», frage ich forsch und bete innerlich, dass er *Nein* sagt. Oh bitte, sag …

«Wie gesagt, da Sie sehr aktiv sind im Internet … Ja, ich kann sagen, es war tatsächlich interessant.» Er stützt das Kinn auf eine Hand und grinst. Lässig lässt er ein paar Bierdeckel gegeneinander klacken. «Ich weiß, dass Sie allergisch auf eine teure Hautpflege reagiert und sich beim Hersteller böse darüber beschwert haben, dass man Ihnen die 150 Pfund für die Nachtcreme trotzdem nicht erstatten wollte.»

Ach du … Das darf nicht wahr sein. Ich verschränke die Arme vor der Brust. «Und? Das war tatsächlich unverschämt. Ich hab die Creme nur ein einziges Mal benutzt und am nächsten Tag war mein Gesicht voller Pickel! Ich meine, für so viel Geld kann ich doch wohl was erwarten, oder nicht?»

«Sie haben absolut recht.» Er nickt verständnisvoll. «Ich hätte mich auch beschwert, wenn ich so teure Kosmetik kaufen würde.»

Ich beiße mir auf die Lippe und wende meinen Blick von ihm ab. Okay, es geht gar nicht um meine Beschwerde, sondern darum, dass ich 150 Pfund für überflüssiges Zeug ausgegeben habe. Klingt nicht besonders sparsam, was leider der Wahrheit entspricht. Mit Geld konnte ich noch nie gut umgehen. Aber ist das vorteilhaft für eine angehende Geschäftspartnerin? Ich fürchte, nicht.

«Außerdem haben Sie sich bei Waitrose beschwert, weil die ein bestimmtes Mini-Dessert aus dem Sortiment genommen haben, obwohl sie mindestens zweimal pro Woche eine Packung davon kaufen. Da Sie den Tag angeblich nicht ohne diesen Schokopudding starten können, müssen Sie jetzt zwei Kilometer weiter zum nächsten Supermarkt fahren und sich dort damit versorgen.»

Oh Schande. Kann das wirklich wahr sein, dass das Internet so viel über mich verrät? Mein Herz klopft schneller, aber ich sage nichts. Was soll ich auch zur Entschuldigung vorbringen? Außerdem flüstert mir eine Stimme, dass dies noch nicht die Schlimmsten all meiner Internetvergehen sind.

«Sie besitzen eine schwarze Kundenkarte von Harvey Nichols und finden, dass das Zahlungsziel verlängert werden müsste.»

Oh mein Gott. Habe ich das wirklich irgendwo öffentlich im Internet geschrieben? Ich kann mich gar nicht erinnern.

«Sie lieben Burger und Pommes, essen Salat höchstens als Beilage und sind sehr sportlich. Sie mögen Kampfsport, Sie …»

«Halt!», unterbreche ich ihn. «Ich mache Capoeira, das ist kein Kampfsport, sondern eher ein Tanz. Nicht, dass Sie einen falschen Eindruck von mir bekommen.»

«Ich betreibe selbst Martial Arts, allerdings andere. Im Wesentlichen Krav Maga und Karate.»

Ich huste vor Schreck. «Ich kann mir Sie gar nicht bei so was vorstellen, ehrlich gesagt.»

Die Bedienung bringt ein Wasser und ein Pint Guinness. Ohne ihn anzusehen, trinke ich gierig einen großen Schluck, weil mein Mund plötzlich trocken ist.

«Ich dachte, Sie spielen eher Golf oder so.»

Er lacht. Ein schönes Geräusch, ganz echt und gar nicht aufgesetzt. Vorsichtig werfe ich einen Blick auf seinen Oberkörper. Seine Schultern sind wirklich breit, die Oberarme wirken trainiert, soweit man das durch das weiße Hemd beurteilen kann. Und seine Unterarme sind ... perfekt. Sehnig, muskulös. Ein Kribbeln läuft mir über den Rücken, das ich hastig mit einem weiteren Schluck Guinness betäube.

«Oh, vielen Dank für diese Einschätzung. Aber ich habe durchaus noch Sex.»

Ich muss grinsen. «So meinte ich das nicht», lenke ich ein.

Er winkt ab, ohne den Blick von mir zu lösen. Er starrt mir wieder dauernd auf den Mund, wenn ich rede, und das fühlt sich komisch an. Vielleicht stört ihn mein linker Schneidezahn, der ein bisschen länger ist als der rechte.

«Aber zurück zu Ihnen. Sie halten Vodafone für den teuersten Mobilfunkanbieter der Welt und werden wahnsinnig, wenn zu Hause der Internetempfang ausfällt. Sie wohnen in Kensington in einer wirklich hübsch eingerichteten Souterrain-Wohnung. Ihre Dusche gefällt mir, und ich mag den eingebauten Kaffeeautomaten in Ihrer Küche, obwohl ich lieber Tee trinke. Sie basteln Schmuck aus selbstgemachten Glasperlen. Ihre Mutter ist Mode-Designerin und Sie mögen ihre Entwürfe nicht besonders, tragen aber trotzdem ab und zu Einzelstücke aus der Kollektion, um ihr einen Gefallen zu tun. Sie mögen alles, was schön und ästhetisch ist, träumen von einem Red Dot Design-Award für Ihre Produkte, und Sie gehen einmal im Monat zu *Secrets of Eve* für eine Ganzkörperenthaarung und Pediküre mit kleinen Fischen.»

Ich schlage mir entsetzt die Hand vor den Mund. «Das darf doch nicht wahr sein!»

Er hebt fast entschuldigend die Schultern und trinkt einen Schluck Wasser. Mein Blut hat beschlossen, sich in meinem Kopf zu versammeln, und der fühlt sich gerade an wie eine Bombe kurz vor der Explosion. Ich möchte mich vor Scham am liebsten in die Themse stürzen. Ich mache mir eine geistige Notiz, mich zu Hause selbst zu googeln. Das ist ja einfach unglaublich!

«Okay, Sie haben mich erwischt.» Ich trinke einen so großen Schluck von meinem Bier, dass mir die eisige Kälte im Magen den Atem raubt. In meiner Brust zieht es. «Ich habe ehrlich gesagt noch nie darüber nachgedacht, dass jeder so was über mich herausfinden kann, wenn er sich ein bisschen Mühe gibt.»

«Ja, das vergessen viele. Und wundern sich dann, warum das eine oder andere Bewerbungsgespräch nicht zum Erfolg geführt hat. Aber wenn der Personalchef Fotos gefunden hat, auf denen der Bewerber mit glasigen Augen an einer Shisha nuckelt oder seinen nackten Hintern in eine Kamera hält …»

In meinem Kopf dreht sich alles. Habe ich das etwa …? Nein, ganz bestimmt nicht. Das war wohl nur ein Beispiel, das sicher nichts mit mir zu tun hat.

«Es tut mir sehr leid, dass Sie jetzt so viel über mich wissen. Was denken Sie bloß von mir?», frage ich verlegen.

Evan lächelt. «Ich denke, dass Sie eine sehr interessante Frau sind.»

Meine Wangen laufen warm an. Zum Glück rettet mich mein Handy, das mit einem durchdringenden Ton den Eingang einer Nachricht verkündet.

«Entschuldigen Sie, ich muss mal eben …»

Ich bücke mich unter den Tisch und krame in der Tasche, bis ich mein iPhone finde. Eine SMS von Ben.

Auf dich ist Verlass, Süße. Sexy as hell. Wer könnte da schon widerstehen? Mach ihn fertig!

«Wichtige Nachricht?» «Nein, nein. Nur von einer Freundin.»

Ich werfe das Handy in die Tasche zurück und lächle ihn an. Bevor ich noch etwas sagen kann, steht die Kellnerin an unserem Tisch.

«Rump Steak mit Pommes und Salat und ein XL-Burger mit Pommes und wenig Salat», schnarrt sie überflüssigerweise, während sie die Teller vor uns hinstellt.

Ich bestelle ein zweites Bier, Evan ein Seven Up, was mich zum Lachen bringt. Ehrlich, das habe ich zuletzt vor ungefähr 20 Jahren getrunken, jedenfalls ohne Wodka.

«Sie sind also nicht ganz zufrieden mit der Entwicklung von Mila», versuche ich, das Gespräch auf das Geschäft zurückzulenken, und drücke meinen Burger mit beiden Händen platt. «Ich kenne mich nicht so besonders aus mit den Geschäftszahlen, aber falls ich Ihnen trotzdem etwas darüber sagen kann …»

Evan greift zum Besteck und sägt langsam ein Stück von seinem Fleisch ab. «Die Zahlen können warten. Ich bin mir sicher, Ihr Partner hat einige gute Erklärungen dazu. Mit Ihnen möchte ich lieber über andere Dinge sprechen. Außerdem sind Sie eine sehr angenehme Gesellschaft.»

Hastig beiße ich in den Burger, um nicht antworten zu müssen. Mein Magen hat schon zweimal geknurrt, und das bedeutet: keine weiteren Ablenkungen bis zur Füllung. Also schweige ich, während ich mein Essen vertilge.

«Es ist schön, einer Frau mit gutem Appetit beim Essen zuzusehen», sagt er nach einigen Minuten, und ich stelle fest, dass er mich schmunzelnd beobachtet.

Herr im Himmel, mein Gesicht wird wieder ganz warm! Und wieso zum Teufel klingen Komplimente aus seinem

Mund irgendwie immer nach versteckten Zurechtweisungen? Ich lasse den Burger sinken und fahre mit dem Handrücken über meine Lippen, um etwaige Mayo-Reste zu vernichten.

«Sorry, ich hatte auch keinen Lunch heute, und ich werde leider unausstehlich, wenn ich Hunger habe. Das wollte ich Ihnen gern ersparen.»

«Kein Problem. Wirklich. Ich weiß es zu schätzen.»

Er beobachtet mich, und ich traue mich kaum, noch mal in meinen Burger zu beißen. Neben meinem Teller liegt Besteck, aber ernsthaft … Wer isst denn einen Burger mit Messer und Gabel? Nur ein Psychopath würde so was tun.

«Außerdem freut es mich, dass Sie offenbar nicht nur Lachs-Sandwiches zu sich nehmen.» Er grinst.

«Nein, in der Tat nicht. Und wie Sie sehen, bin ich unter normalen Umständen sogar in der Lage, meine Nahrung zu kauen», erwidere ich. Muss er dauernd auf dieser Sache rumreiten?

«Lassen Sie sich ruhig gehen. Ich bin ja gleich hier, falls Sie wieder vorhaben, zu ersticken.»

Ich beschließe, ihn mit Ignoranz zu strafen und mich einfach auf mein Essen zu konzentrieren. Hinter uns plaudern Leute, man hört das Klappern von Geschirr, das Klirren von Gläsern. Am Ende des Piers sitzt ein junger Mann mit einer Gitarre und singt einen Song von Alicia Keys. Aber seltsamerweise ist das Schweigen zwischen Evan und mir nicht unangenehm. Nicht so unangenehm jedenfalls wie die Tatsache, dass er sich so ausgiebig über mich informiert hat. Ich bin ein ehrlicher Mensch und mag keine Geheimnisse. Eigentlich ist es mir sogar ziemlich egal, was andere über mich denken. Aber was zum Teufel bezweckt er mit diesem Wissen? Will er es gegen mich verwenden, um seinem Chef die Investition auszureden? Indem er mich als unzuverlässige Kreative darstellt, die nur das Geld der Investoren verbrennen und die Diamond Group blamieren würde?

Der Burger liegt mir schwer im Magen, aber ich nehme mir vor, zu kämpfen. Als ob ich wegen so eines kleinen Spießers aufgebe! Ich werde ihn schon aus der Reserve locken, und dann …

6

Evan

Sie hat mich schon bei unserem ersten Treffen damit beeindruckt, dass sie so gern andere Menschen anfasst. Nicht nur Freunde wie ihren Geschäftskollegen Ben, sondern auch Fremde. Wie mich. Sie berührt sogar die Kellnerin, wenn sie eine Bestellung aufgibt. Es ist ihr offenbar nicht bewusst; ihre Berührungen sind flüchtig, selbstverständlich, aber niemals berechnend. Und sie sieht den Leuten fest in die Augen, mit einer Mischung aus unverhohlener Neugier und einer fast kindlichen Ehrlichkeit, die bei anderen Frauen naiv wirken würde. Nicht so bei ihr. Es war mir nicht peinlich, ihr zu verraten, was ich über sie herausgefunden habe. Diese Art von Recherche gehört nun mal zu meiner täglichen Arbeit, sonst wäre ich nicht so erfolgreich als Investor. Auch wenn ich, zugegebenermaßen, in ihrem Fall etwas über die Stränge geschlagen habe. Allerdings ist mir in all den Jahren auch noch nie ein Geschäftspartner untergekommen, der so interessant gewesen wäre wie Alicia Sinclair. Nur ist mein Wissen nicht unbedingt positiv für das geplante Geschäft, und ich bin mir nicht sicher, ob ihr das bewusst ist. Ich könnte es so leicht gegen sie verwenden, dass es fast schon peinlich ist.

«Ah, das war gut!»

Sie schiebt ihren Teller, auf dem sich nur noch ein paar Salatblätter befinden, zur Seite und lehnt sich wohlig seufzend im Stuhl zurück. Dann trinkt sie einen großen Schluck Bier und leckt anschließend Schaum von ihren Lippen. Der Anblick lässt mich kurz zusammenzucken. Eilig konzentriere ich mich auf die Reste meines Steaks, obwohl ich gar keinen Appetit mehr habe und mich zwingen muss, überhaupt weiterzuessen.

«Finden Sie es nicht unfair, dass Sie jetzt alles von mir wissen und ich gar nichts über Sie?»

Ich lache leise. «Es steht Ihnen frei, sich über mich zu informieren. Allerdings muss ich Sie vorwarnen. Im Internet werden Sie nicht besonders viel finden.»

«Ich lerne Menschen lieber persönlich kennen und bilde mir dann eine Meinung. Außerdem lasse ich mich gern positiv überraschen.»

«Und haben Sie sich schon eine Meinung über mich gebildet?», frage ich neugierig.

Sie grinst. Ihre blauen Augen funkeln in der Sonne, und ihr Gesicht reizt mich dazu, die winzigen Sommersprossen zu zählen, die sich unter dem Make-up verstecken wollen. Ihre langen Beine, die in wahnsinnig kurzen Shorts stecken, reizen mich allerdings zu etwas ganz anderem …

«Selbstverständlich. Ich darf Sie aber nicht verraten, weil Ben mich gebeten hat, nett zu Ihnen zu sein.»

«Autsch. So schlimm?», frage ich besorgt.

Verflucht, was stellt diese Frau mit mir an? Seit Jahren ist mir keine Frau begegnet, die mich derart aus der Fassung bringen konnte. Ich habe immer alles unter Kontrolle; nicht nur mich selbst, sondern auch meine Umgebung, andere Menschen, meinen Job … Aber in ihrer Gegenwart fühle ich mich wie ein Schüler, der eine unangekündigte Mathearbeit schreiben muss.

«Na ja …» Sie trinkt noch einen Schluck und schmunzelt amüsiert.

«Wie nett genau sollen Sie denn laut Ihres Kompagnons zu mir sein?»

Ich beschließe, es einfach mit Frechheit zu versuchen. Ich glaube, Alicia Sinclair ist eine Frau, die damit umgehen kann.

Tatsächlich hebt sie kokett lächelnd eine Braue. «Machen Sie sich keine falschen Hoffnungen, Mr Hawk. *So* nett bin ich nun auch wieder nicht.»

«Und was, glauben Sie, erhoffe ich mir?»

Ich schiebe beide Teller zur Seite, um den Raum zwischen uns frei zu bekommen. Die junge Kellnerin eilt sofort herbei und räumt wortlos das Geschirr ab. Alicia kaut auf ihrer Unterlippe, was mich fast verrückt macht. Diese Beine, nur wenige Zentimeter entfernt. Ich könnte sie …

«Sie erhoffen sich vielleicht, mich mit Ihrem Charme einzuwickeln, damit Sie uns anschließend über den Tisch ziehen können.» Sie flüstert, als ob sie mir ein Geheimnis verraten wollte.

«Sehe ich wirklich so berechnend aus?», frage ich lachend zurück.

«Sie gehören zur Diamond Group, oder nicht?» Sie zuckt die Achseln und lächelt nicht. «Sie müssten doch selbst wissen, welchen Ruf das Unternehmen genießt.»

«Ah, ich wusste, dass mir das eines Tages passieren würde. Mein Ruf eilt mir voraus!» Ich raufe mir die Haare, um das Gespräch in eine lustigere Richtung zu lenken. «Und außerdem … Im Moment sieht es so aus, als ob *Sie* etwas von *mir* wollten. Wer sagt mir denn, dass dieses Treffen nicht nur einem einzigen Zweck dient? Nämlich dem, mich mit Ihren weiblichen Waffen bewusstlos zu schlagen, damit ich der Investition zustimme?»

Sie errötet, was mich irritiert. Es sollte ein Witz sein, aber nun …

«Haben Sie eigentlich immer alles so unter Kontrolle?», fragt sie unvermittelt.

Ich stutze. «Was genau meinen Sie damit?»

«Sie sind so kontrolliert, so beherrscht. Sogar beim Essen. Beim Trinken. Beim Reden. Als ob Sie auch Ihre Körpersprache kontrollieren. Sie haben Nachforschungen über Mila und mich angestellt. Mögen Sie keine Überraschungen? Spontaneität?»

«In der Tat nicht, nein. Sie schon, richtig?»

Sie nickt und dreht ihr fast leeres Bierglas hin und her. Ich spüre, wie sie unter dem Tisch nervös mit dem Fuß wippt. Fluchtgedanken?

«Kommen Sie. Ich fahre Sie nach Hause», sage ich, um sie zu erlösen. Offenbar fühlt sie sich unwohl. Oder ertappt? Mein Magen krampft unangenehm. Hatte ich mir eingebildet, dass eine Frau wie sie ernsthaft an mir interessiert sein könnte?

Sei kein Idiot, Evan, schimpfe ich mit mir. Dieses Essen hat nur einen einzigen Grund, und den kennst du genau.

«Nicht nötig, danke. Ich kann noch fahren.»

«Sie haben zwei Pints getrunken.» Ich ziehe die Brauen zusammen und sehe sie scharf an. «Das kann ich auf keinen Fall verantworten. Ich bringe Sie nach Hause. Ihr Wagen steht doch gut auf dem Parkplatz am Büro. Oder nicht?»

Alicia zuckt die Achseln und leert ihr Glas. «Klar. Wenn Sie unbedingt drauf bestehen … Ich kann nicht behaupten, besonders scharf darauf zu sein, um diese Uhrzeit noch durch die Stadt zu kurven. Aber ich warne Sie …» Sie beugt sich vor. Ihre Augen funkeln in der Sonne, und obwohl ich mein eigenes Spiegelbild darin sehen könnte, bemerke ich es nicht. «Ich werde Sie nicht auf einen Kaffee zu mir einladen.»

«Das macht nichts.» Meine Stimme klingt brüchig, ich räuspere mich. Allein der Gedanke, mit ihr in ihrer Wohnung zu landen, lässt meine Hose eng werden. Verdammt. «Ich bevorzuge Tee, das sagte ich ja bereits.»

«Dann tut es mir leid. Ich habe nämlich gar keinen Tee zu Hause.»

Sie lächelt und spielt mit einer Haarsträhne, einen Ellbogen auf den Tisch gestützt, während sie mir in die Augen sieht. Ich versuche, nicht zu deutlich zu schlucken, damit sie meine Unsicherheit nicht bemerkt. Die plötzliche Spannung zwischen uns ist körperlich spürbar. Jedenfalls löst ihr Blick, den sie mir aus halb gesenkten Lidern zuwirft, in mir eine enorme Spannung aus. Zu meinem Unglück vor allem in den unteren Regionen meines Körpers. Dann richtet sie sich auf und kramt ihr Portemonnaie aus der Tasche, ohne auf meinen Einwand zu reagieren.

Wir teilen uns die Rechnung, weil sie darauf beharrt. Als wir auf dem Weg zum Parkplatz an dem jungen Mann mit der Gitarre vorbeikommen, zwinkert er ihr lächelnd zu und schlägt im selben Moment *Stand by me* an. Alicia bleibt lachend neben ihm stehen, wippt auf den Ballen im Takt auf und ab, und nach der ersten Strophe stimmt sie in seinen Gesang mit ein. Sie strahlt mich an, fordert mich auf, mitzumachen, aber ich kann nicht. Verlegen schiebe ich die Hände in die Hosentaschen und beobachte sie. Lausche ihrer klaren, schönen Stimme, die sich perfekt mit der des Gitarristen mischt.

Ich weiß, dass sie vor kurzem dreißig geworden ist, aber sie wirkt wie ein Teenager in diesem Moment. Voller Lebensfreude. Mehrere Leute, die gerade die Bar verlassen, umringen sie neugierig. Jemand wirft ein paar Münzen in eine Baseballkappe am Boden. Alicia bückt sich danach, ohne auch nur einen einzigen Ton nicht zu treffen, und spaziert weiterhin singend durch die Zuschauer. Als der Junge ein kurzes Solo spielt, bleibt sie mit der Mütze in der Hand direkt vor mir stehen. Ihre blauen Augen funkeln, sie legt den Kopf schief und hält mir auffordernd die Kappe hin. Meine Handflächen jucken. Ich will sie an mich ziehen, sie küssen, genau jetzt. Hier. Vor all diesen fremden Leuten. Stattdessen greife ich in meine Hosentasche, öffne meine Brieftasche und ziehe eine Fünfzig-Pfund-Note heraus, die ich in die Kappe werfe. Strahlend drückt sie mir einen flüchtigen Kuss auf die Wange, der meine Nackenhaare aufrecht stehen lässt.

«Danke schön!», ruft sie mir zu, legt die Mütze auf den Boden zurück und stimmt inbrünstig in die letzte Strophe ein.

Die kleine Menschentraube um uns herum applaudiert, als der Song zu Ende ist. Alicias Wangen glühen. Sie wirkt so sicher, so unaufdringlich in dieser Situation. Und während ich ihrer Stimme lausche, schleicht sich etwas in mein Herz …

«Das war toll!», sage ich, als sie sich ganz selbstverständlich bei mir unterhakt und ihre Haare hinter die Ohren zurückschiebt.

«Danke! Ich konnte mich einfach nicht zurückhalten, ich liebe dieses Lied!»

«Ich auch», gestehe ich. «Aber ich würde nie … Ist es Ihnen wirklich so egal, was andere über Sie denken?»

Sie zuckt lässig die Achseln. «Meistens. Nicht immer, aber doch … Ich lasse mich nur ungern von Spaß abhalten, nur weil es irgendwem nicht gefallen könnte. Und solange ich niemanden verletze …»

«Ganz im Gegenteil. Sie haben eine wunderschöne Stimme.»

Lächelnd löst sie sich von meinem Arm. «Dank Ihrer großzügigen Spende kann der junge Mann jetzt auch Feierabend machen. Das war echt klasse von Ihnen.»

Das Geräusch ihrer Absätze auf dem Boden, so dicht neben mir, erregt mich. Mehr, als es der Anblick einer nackten Brust könnte. Mir ist warm, obwohl sich die Sonne langsam verabschiedet.

«Da wären wir», sage ich überflüssigerweise und deute auf mein Auto.

«Wow. Haben Sie das wirklich nötig?»

Lachend drehe ich mich zu ihr um. Ihre Ehrlichkeit ist einfach unglaublich. Sie starrt den Wagen an, dessen Türen ich gerade mit meiner Fernbedienung geöffnet habe.

«Was meinen Sie damit?»

«Sie wissen, dass Männer mit einer Vorliebe für dicke Autos in der Regel etwas kompensieren müssen?»

Sie bleibt grinsend stehen. Die untergehende Sonne wirft rötliche Lichter auf ihr Haar. Und auf die nackte Haut ihrer Beine. Dieser langen, schlanken Beine … Gott, mir ist sogar verflucht warm.

«Das dürfte Ihnen mit Ihrem Gewerbe doch entgegenkommen», erwidere ich und öffne die Beifahrertür des Audi R8 für sie. «Die meisten Ihrer Kundinnen haben wohl Männer, die etwas kompensieren müssen. Oder?»

«Wer weiß.» Sie leckt sich über die Lippen, und beim Anblick ihrer süßen kleinen Zunge rast wieder ein Zucken durch meinen Unterleib. «Ich glaube, ich hatte das schon mal gesagt, aber es kommt ja nicht auf die Größe an, sondern darauf, was man damit macht.»

Sie schlüpft in den Wagen und zieht die Beine nach. Meine Hose wird noch enger, als mein Blick auf ihre perfekt geformten Waden fällt. Die zierlichen Knöchel, die schlanken, winzigen Zehen in den hochhackigen Sandaletten. Meine Reaktion erschreckt mich selbst, ich sollte wirklich zusehen, von ihr wegzukommen. So schnell wie möglich.

«Alles klar?»

Sie sieht zu mir hoch, und dieser Blick … Fuck! Ich dachte bis gerade eben, Hexen wären immer rothaarig.

«Ja, natürlich. Augenblick.»

Ich schlage die Beifahrertür zu und steige auf der Fahrerseite ein. Meine Hose wird immer unbequemer. Ihr sommerlicher Duft füllt den ganzen Innenraum, ich atme tief ein, bevor ich den Motor starte.

«Collingham Place in Kensington», sagt sie, als ob ich nur ein Taxifahrer wäre. Dann beugt sie sich vor und schaltet das Autoradio ein. «Blues Radio? Sie haben also nicht gelogen beim Thema Musik.»

Sie grinst. Ihr linker Schneidezahn ist ein kleines Stück länger als der rechte, das ist mir schon bei unserem ersten Meeting aufgefallen. Ein winziger Makel in diesem wunderschönen Gesicht, der mich rührt und … ja … anmacht. Irgendwann habe ich wohl vergessen, wie sexy solche Fehler sind. Wie langweilig Perfektion ist.

«Wieso hätte ich wegen der Musik lügen sollen?», frage ich zurück, während ich den Wagen durch Londons Verkehr steuere.

«Leute machen das. Um andere zu beeindrucken oder ihnen zu gefallen.» Sie zuckt die Achseln und wirkt auf einmal ungewöhnlich verschlossen.

«Sie kommen mir nicht vor wie jemand, der versucht, andere zu beeindrucken», versuche ich, das Gespräch wieder auf sie zu lenken. Ich spreche gern über sie. Weil sie interessant ist. Weil ich mag, wie ihre Augen leuchten, wenn sie von Dingen erzählt, die ihr am Herzen liegen. Weil es sexy ist, wenn sie sich auf die Lippe beißt und die Lider ein wenig senkt, wenn ich sie verlegen gemacht habe. Weil ich mir nur zu gern einbilden möchte, dass sie mich nicht nur benutzt, um ihr Geschäft zu retten. Was Blödsinn ist. Aber wie weit wird sie dafür gehen?

«Das tue ich auch nicht. Es hat ja gar keinen Sinn, sich zu verstellen. Irgendwann fliegt man doch sowieso auf.»

Sie verstummt, als sich unsere Blicke plötzlich treffen. Sie sieht nicht weg. Der Motor tuckert vor der roten Ampel. Sekundenlang sind wir miteinander verbunden, als hätte eine Spinne einen unsichtbaren Faden zwischen uns gewebt. Dann hupt jemand hinter mir und zerstört den Moment. Beim Schalten streift mein kleiner Finger wie zufällig ihr nacktes Bein. Ich bekomme eine Gänsehaut bei der winzigen Berührung, lasse mir aber nichts anmerken.

«Da vorne ist es.»

Sie beugt sich vor und zeigt auf ein Haus, als ich in den Collingham Place einbiege. Wenn sie wüsste, dass ich nur wenige Straßen weiter lebe …

«Welche Etage?», frage ich neugierig, als ich den Wagen vor einem weiß getünchten viktorianischen Haus zum Stehen bringe.

«Souterrain. Ich wohne in einem umgebauten Stall im Hinterhof!»

Sie lacht, ein perlendes, herzliches Lachen. Ein Ziehen geht durch meine Lenden. Nachdem sie sich abgeschnallt hat, beugt sie sich zu mir rüber. Ich spüre einen Stich in der Brust, als ihr süßer Duft in meine Nase dringt.

«Danke fürs Bringen, Mr Hawk.»

Ihre Lippen streifen meine Wange, und ich zucke zusammen wie ein Pennäler, der gerade von seiner Mutter beim Onanieren erwischt wurde. Aber ich fasse mich schnell wieder. Und bin geistesgegenwärtig genug, meinen Kopf so rasch in ihre Richtung zu drehen, dass ihre Lippen nicht wie geplant auf meiner Wange landen, sondern auf meinem … Mund.

Sie wird stocksteif, weicht aber auch nicht vor mir zurück. Also werde ich forscher. Lege mehr Druck in diesen Kuss, der eigentlich keiner ist. Ein angebliches Versehen. Mein Blut pulsiert durch die Adern, ein elektrisierendes Kribbeln jagt durch meinen Schritt. Sie schmeckt so süß, wie sie riecht. Ein Hauch von dem herben Bier liegt in ihrem Atem, der jetzt warm gegen meine Lippen schlägt. Ich muss alle Beherrschung aufbieten, um sie nicht an mich zu reißen und zu verschlingen. Diesen vorsichtigen, sanften Kuss zu einem leidenschaftlichen Knutschen zu machen. Und mehr.

«Evan. Sag doch Evan zu mir, Alicia», raune ich, als sie ihre Lippen langsam von mir löst.

Sie lächelt. Hat der unfreiwillige Kuss sie gar nicht irritiert? Habe ich sie nicht verärgert, entsetzt?

«Gern. Evan. Ich sage Ben, dass ich nett zu dir war. Das war ich doch, oder etwa nicht?»

Sie zieht eine Braue hoch und sieht mich fragend an. In meinem Magen bildet sich ein Knoten.

«Nicht ganz so nett, wie ich mir erhofft habe, aber … okay. Fürs Erste.»

«Gut.» Sie atmet erleichtert aus. «Und was den Rest angeht … mal sehen, wie nett ich noch sein möchte.»

Bevor ich etwas erwidern kann, reißt sie die Beifahrertür auf und steigt aus. Das Letzte, das ich von ihr sehe, sind die Beine. Diese wahnsinnigen Beine, die sich vor meinem geistigen Auge um meine Hüften schlingen. Ich hole tief Luft und warte, bis sie in ihrer Wohnung verschwunden ist.

Natürlich will sie mich nur manipulieren. Spielchen spielen. Aber ich bin auch ein Spieler, und das, was sie vorhat, beherrsche ich genauso gut. Ich muss nur aufpassen, dass ich derjenige bin, der die Regeln festlegt.

«Also gut, Alicia Sinclair», murmle ich, während ich den Wagen wieder anlasse. «Die Kugel rollt. Rien ne va plus.»

7

Ally

«Na klar will er mit dir ins Bett. Ist doch eindeutig. Sonst hätte er dich vorgestern wohl kaum geküsst.» Sam nippt an ihrem Rotwein. Ich habe den Kriegsrat einberufen, und zum Glück hatten meine Freundinnen Zeit.

«Willst du das wirklich machen, Ally? Nur wegen des Geldes? Das ist doch irgendwie …»

Emma reißt ihre großen Augen auf und beißt sich gleichzeitig auf die Lippe. Als ob die Wahrheit zu schrecklich wäre, um sie auszusprechen.

Sam grinst. «Ally hatte seit zwei Jahren nur Schwänze aus Plastik und Gummi in ihrem Bett. Da wird es langsam Zeit für einen Echten aus Fleisch und Blut, nicht?»

«Ja, aber doch nicht *so*!» Emma ist entsetzt. «Ally ist doch keine Nutte! Das passt überhaupt nicht zu ihr.»

«Hallo, ich sitze genau *hier*», mische ich mich ein. Ich hasse es, wenn sie so tun, als ob ich gar nicht da wäre.

«Also ich würde mit dem Typen auch ohne Hintergedanken ins Bett gehen.» Sam nickt so heftig, dass ihre dunklen Locken wippen. «Und wenn du ihn eh scharf findest … warum nicht? Du schlägst zwei Fliegen mit einer Klappe.»

«Vielleicht will er die ganze Sache ja auch nur selbst ausnutzen, um Ally ins Bett zu kriegen», gibt Emma zu bedenken. «Ich wäre da vorsichtig, Ally. Du kennst ihn doch kaum, oder? Was ist, wenn du dich in ihn verliebst? Dann schneidest du dir ins eigene Fleisch.»

«Hey, ich habe doch gar nicht gesagt, dass ich mit ihm ins Bett gehe. Das war Sam!» Ich verziehe den Mund. «Ich will ihn nur ein bisschen heiß machen. Ohne diese Investition sind wir am Ende, und wenn Flirten der Sache hilft …?»

«Ich würde euch ja gern unterstützen, aber ich hab fast mein ganzes Vermögen in den Club gesteckt, wie du weißt.» Sam sieht mich entschuldigend an. «Sonst hätte ich längst …»

«Auf keinen Fall! Ich würde nie Geld von dir nehmen, Sam. Dazu bist du mir zu wichtig.»

«Hey! Aber ich würde es dir von Herzen gern geben, wenn ich es hätte. Weil du mir genauso wichtig bist.» Sam zieht eine Schnute.

«Ich weiß.»

Ich stehe auf, um die zweite Runde für uns zu holen. Während ich an die Theke gelehnt warte und das Gespräch eines Pärchens neben mir belausche (es ist eindeutig ein erstes Date – sie lacht über seine abgeschmackten Witze, weil sie ihm gefallen will, und er schwitzt vor lauter Anstrengung, einen guten Entertainer zu geben, obwohl er eigentlich ein totaler Langweiler ist), fällt mir der Blick einer blonden Frau am Ende der Theke auf. Sie passt in diesen Pub wie ein Topmodel auf eine Farm. Da sie mich unverhohlen mustert, ziehe ich die Stirn kraus und erwidere ihren Blick. Sie sieht nicht weg. Starrt mich einfach weiter an, mit unbeweglicher Miene. Ihre Haare sind streng hochgesteckt, und ihre Lippen wirken künstlich aufgemotzt, irgendwie unecht und zu voll für das schmale Gesicht.

«Ein Guinness, ein Stella und ein Shiraz. Macht zwölf achtzig.»

Ich zahle und klemme mir die Gläser in die Arme. Bevor ich mich umdrehe, werfe ich einen letzten Blick auf die Blondine am Ende der Theke. Sie beobachtet mich immer noch. Als ich fragend eine Braue hochziehe und ihr in die Augen sehe, verzieht sie keine Miene. Vielleicht ist sie verrückt? Einsam wirkt sie auf jeden Fall, denn sie sitzt ganz allein am Rande der Theke und spricht mit niemandem. Das ist ungewöhnlich, nicht nur hier in Shoreditch. Saß sie nicht vorhin sogar an dem Tisch neben uns? Ebenfalls allein? Wahrscheinlich hat ihr Date sie versetzt, das würde auch ihren Gesichtsausdruck erklären. Fast bin ich geneigt, zu ihr zu gehen und sie anzusprechen. Vielleicht hätte sie Lust, sich zu uns zu setzen und mit uns zu quatschen?

Sam hätte sie angequatscht, da bin ich mir sicher, aber ich bringe es nicht über mich. Stattdessen kehre ich zu unserem Tisch zurück, platziere die Drinks darauf und komme gerade rechtzeitig, um Sam sagen zu hören: «Ernsthaft, zwei Jahre ohne Sex sind ein Albtraum. Die Wüste Gobi ist ein Sumpf gegen ihre Muschi.»

Emma stößt Sam kopfschüttelnd an, als sie mich sieht, aber Sam hat nicht mal ein schlechtes Gewissen. Ihre Ehrlichkeit tut manchmal echt weh, obwohl ich ihr auch dankbar dafür bin. Wenn ich mal ein Problem mit meiner Frisur oder meinem Outfit habe, muss ich nur Sam fragen, denn von ihr bekomme ich todsicher eine ehrliche Antwort. Sie ist die einzige Person, die ich kenne, die auch einem Fremden unverhohlen mitteilt, dass sein Hosenstall offensteht oder ihm ein Popel an der Nase klebt (ich war dabei, als sie das getan hat). Und es ist ihr nicht mal peinlich.

«Mach dir keine Sorgen um mich», unterbreche ich sie und setze mich neben Emma auf die Bank. «Auch nicht um den PH-Wert meiner Muschi. Außerdem waren meine letzten zwei Jahre ja nicht wirklich sexfrei.»

«Affären mit Batterien in Plastik zählen nicht als Sex», meint Sam grinsend. «Ehrlich, Ally. Wusstest du, dass Frauen sehr eng werden, wenn sie längere Zeit keinen Mann hatten?»

«Du meinst, man kann wieder zur Jungfrau werden, wenn man enthaltsam lebt?» Emmas Gesicht leuchtet auf. «Das wäre ja …»

«Was für ein Blödsinn! Glaub so was nicht, Emma!» Ich schüttle den Kopf, dann nippe ich an meinem Guinness und suche die blonde Frau an der Theke. Sie ist verschwunden. «Und ich möchte jetzt nicht mehr darüber sprechen. Vergesst es einfach.»

Niemals würde ich Sam gegenüber zugeben, dass der sanfte Kuss vorgestern etwas in mir geweckt hat. Der erste Kuss seit fast zwei Jahren, den einmaligen Ausrutscher mit Ben nicht mitgezählt. Innerhalb von zwei Sekunden hat er mir klargemacht, was ich vermisst habe. Aber auch meine Ängste hat er wieder an die Oberfläche gespült. Als ob man gerade in schönen Erinnerungen an einen tollen Urlaub schwelgt und einem plötzlich einfällt, wie schlecht das Essen eigentlich war.

Wir reden noch eine Stunde lang über das Geschäft, Emma erzählt ein paar Anekdoten aus ihrem kleinen Laden, bis Sam kurz vor der letzten Runde einen jungen Mann anquatscht, den sie zu ihrem heutigen Opfer auserkoren hat.

«Nicht dein Ernst!» Emma reagiert geschockt. «Der ist bestimmt zehn Jahre jünger als du, Sam!»

«Und?» Sam zuckt die Achseln, bevor sie ihre winzige Tasche über die Schulter wirft. «Im Gegensatz zu euch brauche ich regelmäßige Pflege meines Feuchtbiotops. Durch lebendige Gärtner. Habt trotzdem ein schönes Wochenende.»

Sie umarmt Emma und drückt mir einen Kuss auf die Wange, dann zieht sie plaudernd mit ihrem Objekt der Begierde davon.

Emma schüttelt den Kopf. «Es ist nicht zu fassen.»

«Na ja … Du weißt doch, wie sie ist. Lass sie allein an der roten Ampel warten, und sie reißt einen Kerl auf. Oder sie findet eine neue Freundin.»

Emma lacht. «Manchmal beneide ich sie für diese Gabe. Ich trau mich nicht, Leute einfach so anzusprechen.»

Ich denke an die Frau an der Theke, die mich so seltsam gemustert hat. Jetzt ist sie verschwunden, zumindest sehe ich sie nicht mehr im Pub. Ob sie allein gegangen ist? Oder hat sie sich so wie Sam eine Begleitung hier gesucht?

«Deine Reaktion auf Evan ist ein deutliches Zeichen, Ally.» Emma kann ein Gespräch immer wieder auf ein Thema zurückzulenken, das sie interessiert. Und heute interessiert sie sich offensichtlich für mein Liebesleben. Mein nicht vorhandenes, wohl bemerkt.

«Es hat zwei Jahre gedauert, aber sieht so aus, als ob du endlich über Chris hinweg bist. Das ist gut. Das ist sogar sehr gut! Die Zeit heilt alle Wunden, sagt man doch. Nicht?»

«Die Zeit heilt gar nichts», antworte ich müde. «Man gewöhnt sich wohl einfach nur an den Schmerz.»

«Hm. Keine Ahnung. Wichtig ist doch, dass du bereit bist für was Neues. Du solltest dem nachgeben, ohne zu viel drüber nachzudenken. Und ohne dir Sorgen zu machen, was am Ende daraus wird. Vielleicht nur eine heiße Affäre? Dann ist es gut. Vielleicht mehr? Glühende Liebe? Eine Traumhochzeit? Viele entzückende kleine Kinder? Ein Mila-Imperium? Dann ist es auch gut. Wenn du nicht zu viel erwartest, bist du nachher nicht enttäuscht. Aber befürchte auch nicht das Schlimmste. Das passt nicht zu dir.»

«Ich habe tatsächlich Angst», gestehe ich. «Weil ich ihn so schlecht durchschauen kann. Er hat ziemlich klargemacht, dass er eine Investition in Mila für eine Schnapsidee hält. Aber vorgestern war er so … anders. So interessiert an allem. Warum, zum Teufel?»

Ich leere mein Guinness. In einer halben Stunde werden die Menschen schlagartig das Pub verlassen, auch Emma und ich. Ich werde in meine Wohnung gehen, mich waschen, meine Zähne putzen, vielleicht noch eine Liebesschnulze schauen oder ein paar Runden Candy Crush auf dem iPad spielen und dann ins Bett fallen. Wieso stelle ich mir plötzlich vor, wie es wäre, wenn zu Hause jemand auf mich warten würde? Jemand, der mich mit einem sinnlichen Kuss begrüßt, an den ich mich ankuscheln kann, der mir meine Sorgen nimmt.

«Es ist okay.» Emma nickt mir zu. «Angst ist okay. Und dass du nach dem, was du mit Chris erlebt hast, ängstlich bist, ist wohl kein Wunder. Aber ich glaube, du kannst deine Angst besiegen. Weil du mutig bist und sowieso immer kriegst, was du willst.»

Ich lache auf. «So siehst du mich?»

«Natürlich.» Emma nickt. «Du bist schön, du bist selbstbewusst, und du strahlst so eine Sorglosigkeit aus. Ich bewundere das. Wenn ich nur ein bisschen mehr von dir hätte.»

«Du bist toll, so, wie du bist», sage ich und drücke ihre Hand. «Ich liebe dich dafür. Vor allem dafür, dass du mich immer wieder auf den Boden der Tatsachen zurückholst, wenn ich mal einen Höhenflug habe, nur weil ein Foto von mir in der Cosmopolitan war.»

Emma verzieht den Mund zu einem schiefen Grinsen. Ihre Augen schimmern. «Ich liebe dich auch, Ally. Und ich will, dass du wieder glücklich bist. So wie früher, bevor das mit Chris passiert ist.»

«Das werde ich, irgendwann», sage ich, und klinge überzeugter, als ich bin. «Ganz sicher werde ich das. Aber ich brauche dazu nun mal keinen Mann.»

«Braves Mädchen.»

Emma steht auf und schnappt sich unsere drei leeren Gläser. Ich erhebe mich ebenfalls. Als wir vor der Theke stehen, ruft die Bedienung gerade die letzte Bestellung aus, was einen mittleren Tumult auslöst. Hastig verdrücken wir uns und treten auf die dunkle Straße. Es ist angenehm mild draußen, trotzdem ziehe ich meine Kostümjacke wieder an, bevor ich mich mit einer Umarmung von Emma verabschiede und zu meinem Auto gehe, das in einer Seitenstraße auf mich wartet. Als ich an meinem Wagen ankomme, der unter einer Laterne parkt, bleibt mir die Luft weg. Was zum Teufel …?

«Grundgütiger!», stöhne ich, als mir das Ausmaß der Katastrophe klar wird. Auf die hintere Windschutzscheibe meines Minis hat jemand in rot *Schlampe* geschrieben. Das ist ärgerlich, aber kein Beinbruch. Die zertrümmerte vordere Windschutzscheibe allerdings schon! Wer zum Geier macht so was? Jugendliche Randalierer? Wieso ausgerechnet mein Auto? Und was soll diese blöde Kritzelei auf der Scheibe?

«Das darf echt nicht wahr sein! Verfluchte Scheiße!»

Ich schimpfe vor mich hin, um meiner Wut Luft zu machen. Ein Pärchen, das gerade ein Restaurant verlässt, wirft mir Blicke zu. Als sie bemerken, was mir zugestoßen ist, tuscheln sie miteinander. Die Frau bleibt kurz bei mir stehen und legt mir eine Hand auf die Schulter.

«Können wir Ihnen helfen? Ist das Ihr Wagen?»

«Ja», stoße ich hervor. Meine Zähne klappern. «Und nein, danke. Ich suche mir ein Taxi und fahre nach Hause. Vielen Dank.»

Da ich zwei Guinness getrunken habe, ist ein Taxi vielleicht eh die bessere Wahl, obwohl ich mich noch ziemlich fahrtüchtig fühle. Aber mein armes, zerstörtes Auto! Wer tut mir so was an? Und warum, zum Teufel?

8

Evan

«Sie ist wirklich verdammt hübsch, Evan. Fühlt es sich gut an, endlich wieder Macht über jemanden zu haben?» Ich hole tief Luft. Liz spricht einfach weiter. Im Hintergrund höre ich Stimmengewirr und Musik. «Ich kann verstehen, dass du auf sie stehst. Und deine Machtposition genießt. Du hast schließlich …»«Ich will nichts davon hören, Liz», sage ich scharf, um sie zum Schweigen zu bringen. «Es ist deine Sache, wenn du ihr nachschleichst, aber das ist krank. Begreifst du das? Krank. Man könnte es auch Stalking nennen. Es ist allerdings nicht mein Problem, Liz. Nicht mehr.»

«Ich kann es zu deinem Problem machen.» Ihre Stimme ist plötzlich schroff und kühl. Sie spricht leiser als vorhin, wegen der vielen Geräusche im Hintergrund muss ich mich konzentrieren, um sie überhaupt zu verstehen. «Wenn ich meinem Vater erzähle, wie Alicia Sinclair wirklich ist. Was du mit ihr treibst. Er würde die ganze Sache sofort abblasen, und weißt du, was deine Süße dann mit dir macht? Ganz bestimmt weißt du das, Evan. Sie will doch nur mit dir ins Bett, weil sie sich was von dir erhofft.»

Meine Zähne knirschen. «Liz, hör auf damit. Es sollte dich nicht mehr interessieren.»

«Du hast sie geküsst.»

Ich höre sie atmen. Die Hintergrundgeräusche werden

dumpfer, offenbar hat sie sich abgewendet oder den Raum verlassen. Mein Herz trommelt plötzlich.

«Wie bitte? Woher …?»

«Sie hat es vorhin ihren Freundinnen erzählt. In aller Öffentlichkeit. Du hast sie in deinem Auto geküsst. Sie wollte es nicht, aber sie hat es zugelassen. Und es hat ihr gefallen.» Liz' Stimme wird wieder lauter, ich höre Autogeräusche und das Klacken ihrer Absätze auf Straßenbelag. Hitze steigt in mir auf.

«Selbst, wenn es wahr wäre, geht es dich nichts an, Liz», unterbreche ich sie.

«Es geht mich sehr wohl was an. Wir sind immerhin noch verheiratet!»

Ich stöhne genervt.

«Verheiratet, Evan! Ich werde der blöden Kuh schon zeigen, was sie davon hat, dich zu küssen. Und dir auch.»

Mein Puls beschleunigt sich. Ich springe vom Stuhl auf. «Wo bist du, Liz?», frage ich.

Verdammt, was hat sie vor? Ich weiß, wie labil sie ist. Und ich traue ihr einiges zu, nach allem, was sie mir angetan hat. Aber Alicia … sie wird doch nicht …?

«Wo bist du?», frage ich noch einmal, während ich mit einem Arm in meine Lederjacke schlüpfe und gleichzeitig versuche, mit dem linken Fuß in einen Schuh zu steigen. «Ich komme zu dir, Liz. Wir können reden und dann …»

«Mach dir keine Umstände, Evan.»

Sie flötet, ihr Tonfall klingt, als wollte sie mir zum Geburtstag gratulieren. Ein Schauer läuft mir über den Rücken. Gottverdammt, ich weiß, was das bedeutet. Ich ahne, was gerade in ihr vorgeht. Was ich nicht weiß, ist, wozu sie in dieser Stimmung wirklich fähig ist. Ich habe nur eine Ahnung davon, aber plötzlich mache ich mir Sorgen. Um Alicia. Die ich durch meine kleine Unbeherrschtheit in diese Lage gebracht habe.

«Sag mir, wo du steckst», flehe ich. Schuhe an den Füßen, die Jacke halb angezogen. Ich angle den Schlüssel vom

Schuhschrank im Flur und stürme aus der Wohnung, das Handy fest im Griff. «Bitte.»

«Sie ist in einem Pub. In einem sehr gewöhnlichen Pub, mit ihren sehr gewöhnlichen Freundinnen. Sie ist kein Diamant, Evan, auch wenn sie wie einer funkelt und strahlt. Sie ist nur ein kleiner, primitiver Stein. Sie hat keinen Stil und keine Klasse. Ich weiß wirklich nicht, was du … von ihr … willst.»

Die Verbindung wird schlechter, das Gespräch klingt abgehackt. Mein Puls hämmert in den Schläfen.

«Komm schon, Liz. Lass uns reden.»

Ich bekomme keine Antwort. Stattdessen höre ich ein Rascheln, dann werden die Geräusche dumpf. Als hätte sie das Handy in eine Tasche geschoben. Und plötzlich ist die Leitung stumm.

Aufstöhnend setze ich mich in meinen Wagen und lasse den Motor an. Ich starre auf das dunkle Handydisplay und beschließe, etwas zu tun, das ich nie wieder tun wollte. Es muss sein, nur dieses eine Mal noch. Mit zittrigen Fingern rufe ich die App auf und klicke auf Liz' Profil. Böse Erinnerungen kämpfen sich nach oben, aber ich verdränge sie. Es ist jetzt nicht wichtig. Ich muss mich konzentrieren, denn ich weiß nicht, wozu Liz in dieser Verfassung in der Lage ist. Ich traue ihr inzwischen alles zu.

Liz ist in Shoreditch, teilt mir die App nach wenigen Sekunden mit. Die Straße kenne ich. Eine kleine Straße voller Pubs und Restaurants. Entschlossen werfe ich das Handy, auf dessen Display ein roter Punkt inmitten einer Karte blinkt, auf den Beifahrersitz und fahre los, ohne mich anzuschnallen.

Verfluchter Mist, Liz, geh an dein verdammtes Handy! Wo steckt sie? Was hat sie angestellt? Fluchend laufe ich die Straße hoch und wieder runter, starre ständig auf mein Display. Der blinkende Punkt ist verschwunden, sie muss ihr

Telefon ausgeschaltet haben. Die App kann sie nicht mehr orten. Aber sie war eindeutig hier, in dieser Gegend. In welchem dieser Lokale sollte ich Alicia und ihre Freundinnen vermuten? In dem schicken In-Club da vorne? Oder eher in dem kleinen Burger-Restaurant an der Ecke?

Ich versuche, mich an ihre Facebook-Einträge zu erinnern. Scanne die Schilder um mich herum, warte auf eine Eingebung. Dann biege ich um eine Ecke, doch die Gasse dahinter ist leer und duster. Als ich zurück auf die Hauptstraße trete, entdecke ich einige hundert Meter die Straße runter Alicias zierliche Gestalt. Kein Zweifel, sie ist es! Ich erkenne sie an den Beinen, an ihrem Gang. An den langen, blonden Haaren, die beim Gehen flattern.

Ohne groß darüber nachzudenken, setze ich zum Sprint an und renne los. Sie verschwindet hinter einer Kurve, allein. Ich laufe weiter, bis meine Lungen stechen. Mein Atem geht kurz und heftig, aber ich werde sie einholen. Ganz sicher. Ich bin gut trainiert und trage im Gegensatz zu ihr bequeme Schuhe. Kein Problem also. Wenige Minuten später höre ich aus einer kleinen Seitenstraße einen Aufschrei.

«Verfluchte Scheiße!»

Ich zucke zusammen, drehe um und folge der Stimme, die mir sehr bekannt vorkam. Tatsächlich, da steht sie am Straßenrand. Ringt die Hände und spricht mit einem Pärchen, das sich achselzuckend abwendet und weitergeht, als ich gerade auf sie zulaufe.

«Alicia?»

Völlig außer Atem bleibe ich vor ihr stehen, stütze die Hände auf die Oberschenkel und beuge mich etwas vor, um wieder Luft zu bekommen. Scheiße, hatte ich wirklich gedacht, trainiert zu sein?

«Evan? Was um alles in der Welt …?» Sie reißt die Augen auf und starrt mich an wie das achte Weltwunder.

«Tut … mir … leid», keuche ich, bevor ich langsam wieder aufrichte. Ihr Blick huscht über mich. «Ich … hab dich vorhin gesehen und bin … aus dem Pub da vorne …» Ich deute auf die Hauptstraße hinter mir und bete, dass sie nicht weiter nachfragt, wo ich herkomme. Ich habe keine Story parat, und die Wahrheit kann ich ihr nicht erzählen. Zumindest nicht jetzt. «Was ist … passiert?» Mein Puls beruhigt sich langsam.

«Jemand hat meine Scheibe eingeschlagen.»

Sie deutet auf den schwarzen Mini, der neben ihr parkt. Ich erkenne das Ausmaß der Zerstörung sofort. Kann Liz zu so etwas fähig sein? Mein Magen verkrampft sich.

«Ach du Scheiße. Das tut mir … sehr leid.»

Herrgott, ihr verdammten Lungen! Wollt ihr wohl eure Arbeit wieder aufnehmen, wie es sich gehört? Was ist denn nur los mit mir?

«Und du warst zufällig hier in einem Pub?»

Sie zieht fragend die Brauen hoch. Natürlich glaubt sie mir nicht, sie ist nicht blöd. Aber ich habe keine bessere Notlüge, also muss ich da jetzt durch. Und sie auch. In Gedanken verfluche ich Liz. Ich hätte wissen müssen, dass sie durchdreht. Schließlich lebe ich ihretwegen seit über zwei Jahren wie ein Mönch.

«Kann ich dir irgendwie helfen? Dich nach Hause bringen?»

Ich lege den Kopf schief. Alicia runzelt die Stirn und betrachtet mich schweigend. Ihre sinnlichen Lippen sind zu schmalen Strichen zusammengepresst. Mein Herz rast. Wie beim letzten Mal, als sie mir so nah war und ich sie riechen konnte. Spüren. Küssen.

«Evan, falls du … Wieso tauchst du plötzlich hier auf, gerade in dem Moment, in dem jemand meine Scheibe zertrümmert hat?»

Sie beißt sich auf die Lippe und hält meinen Blick fest. Mir wird heiß. Sie glaubt doch nicht etwa, dass *ich* ihr Auto demoliert habe? Um anschließend den Retter spielen und sie nach Hause bringen zu können?

«Ich saß da vorne im Pub und habe dich vorbeigehen sehen. Da bin ich rausgerannt, um dich einzuholen. Ich habe nicht …»

«Gehst du immer so aus? In diesem Aufzug?»

Sie mustert mich stirnrunzelnd. Verwirrt schaue ich an mir runter und sehe sofort, was sie meint. Oh verflucht. Der Reißverschluss meiner Jeans steht offen, und ich trage nur ein dünnes weißes Shirt unter meiner Lederjacke. Nervös fahre ich mir durch die Haare.

«Ich bevorzuge legere Kleidung in meiner Freizeit. Tut mir leid, dass du mich so sehen musst.»

«Nicht, dass es mich stört …»

Sie grinst breit, dann macht sie sich plötzlich an meiner Hose zu schaffen. Ein heftiger Impuls durchzuckt meinen Schwanz, aber ich lasse zu, dass sie den Reißverschluss zuzieht. Allerdings bricht mir kalter Schweiß im Nacken aus.

«Alicia, ich … Ich muss mich entschuldigen. Ich wollte dich nicht überrumpeln. Es tut mir leid, wenn du einen falschen Eindruck von mir bekommen hast, ich …»

«Okay.»

Sie flüstert. Kommt noch weiter auf mich zu, bis sie sehr dicht vor mir steht. Ihre Lider flattern, die Lippen sind leicht geöffnet. Ihr Gesicht ist eine einzige Verführung, und ich muss mich zwingen, ein Stöhnen zu unterdrücken.

«Ich habe nicht vor, dich wegen sexueller Belästigung anzuzeigen oder so. Keine Angst.»

Sie hebt das Kinn ein wenig und sieht mir in die Augen. Ihre Lider sind halb geschlossen.

Angst? Zum Teufel, meine Gefühle fahren gerade Achterbahn, aber Angst ist ganz sicher nicht dabei. Ich werde hart, als ich ihre Körperwärme spüre. Kein Buch würde mehr zwischen unsere Gesichter passen, ich kann ihren Atem spüren. Riechen. Bier. Und ein fruchtiger Kaugummi. Wie kann eine Frau nur so süß sein? Und gleichzeitig so … berechnend?

«Dein Angebot nehme ich dafür gern an.» Sie beugt sich

noch weiter zu mir vor, bis ihre Lippen mein Ohrläppchen streifen. «Ich würde nicht Nein sagen, wenn du mich nach Hause bringen willst. Und vielleicht hätte ich heute sogar einen Tee für dich …?»

Verdammt. Sie hat mich. Ich beiße die Zähne so fest aufeinander, dass es knirscht. Versuche, meinen zuckenden Schwanz unter Kontrolle zu bekommen, bevor es ganz und gar peinlich wird. Ihr kurzer, flacher Atem an meinem Ohr bringt mein Blut zum Kochen. Gleichzeitig brüllt jemand in meinem Kopf, dass ich mich nicht lächerlich machen soll. Aber ich kann nicht mehr zurück.

«Keine Spielchen», raune ich ihr zu. Mein Mund wandert über ihre Wange, dann weiter zu ihrem Hals, wo ich sie unbeherrscht küsse. Sie erschauert, mein Schwanz wächst. Ich wünschte, sie hätte meine Hose vorhin nicht zugemacht. «Spiel nicht mit mir, Alicia. Du könntest nämlich durchaus auch verlieren.»

«Ich habe nicht …»

Sie stockt mitten im Satz, ihr Atem schlägt in kurzen Stößen gegen meine Wange, als ich die Stelle über ihrem Schlüsselbein küsse und sanft hineinbeiße. Mit einer Hand schiebe ich ihr die Jacke über die Schultern, um mehr Spielraum zu haben. Ich kann jetzt unmöglich aufhören, und da sie keinen Millimeter von mir weicht, muss ich das wohl auch nicht. Zielsicher lasse ich meine Lippen über ihre Haut wandern, verteile Küsse auf ihrem Dekolleté, ihren Schultern. Atme tief den Duft ihrer Haut ein, lasse mich berauschen von ihrer Nähe, ihrer Wärme. Dem Gefühl, in einem warmen Sommerregen zu stehen. Mit ihr. Keine Chance, jemals satt zu werden. Keine Chance, freiwillig aufzuhören. Mein Verstand ist wie vernebelt. Diese vollen, sinnlichen Lippen. Meine Hände wandern auf ihre Beine, unter ihren Rock. Dann liegt mein Mund auf ihrem, der sich hart anfühlt. Ich küsse sie, nicht brav oder zärtlich, sondern wild. Ich bin wild. Nicht mehr Herr meiner Sinne. Verliere die Kontrolle. Bin gierig und rücksichtslos, presse sie mit dem Rücken gegen eine Mauer und durchstoße mit der Zunge ihre Lippen. Keuche in ihren Atem. Will ihren Mund ficken.

Und dann trifft mich ein Schmerzblitz, als ihr Knie meinen geschwollenen Schritt trifft und ich mich mit einem Schrei zusammenkrümme.

«Evan Hawk! Hör … sofort … damit … auf!»

9

Ally

Mein Herz hämmert noch immer, als wir in seinem Auto sitzen und auf dem Weg nach Kensington sind. Er kann verdammt gut küssen. Wahnsinnig gut sogar. Meine Knie zittern von diesem Kuss, der mich atemlos gemacht hat. Der ein wirbelndes Flattern in meinem Bauch und ein entsetzliches Ziehen zwischen meinen Beinen ausgelöst hat. Trotzdem sitze ich mit trotzig vor der Brust verschränkten Armen auf dem Beifahrersitz und starre wortlos geradeaus. Das Radio ist ausgeschaltet, die Stille im Wagen bedrückend. Was um alles in der Welt passiert hier? Ich hätte ihn viel früher stoppen müssen. Ich wollte ihn nur ein bisschen anmachen, sehen, wie weit er geht, doch meine eigene Reaktion auf seinen Kuss hat mich schockiert. In Panik versetzt.In meinem Kopf höre ich Stimmen. Die von Sam, die mir zuflüstert: *Nimm ihn mit, lass dir am Wochenende das Hirn rausvögeln, dann hast du ihn in der Hand und hattest sogar Spaß dabei.*

Die von Emma, die mir zuraunt: *Sei vorsichtig, Ally. Wer mit dem Feuer spielt, kann sich selbst verbrennen. Du weißt nicht, was in ihm vorgeht. Vielleicht will er nur die Situation ausnutzen, und am Ende bist du diejenige, die leidet.*

Und dann mischt sich auch noch Ben ein! *Wenn du das versaust, Ally … Sei nett zu ihm, und wir haben eine Chance.*

Mein Gehirn fühlt sich an wie ein Flipperautomat, in dem

silberne Kugeln wild herumspringen. Ich bin nicht in der Lage, auch nur einen einzigen Gedanken festzuhalten und zu Ende zu denken.

«Alicia, ich …»

Evan dreht sich zu mir um, nachdem er vor meiner Wohnung geparkt hat. Sein Blick hat beinahe etwas Flehendes.

«Schon gut. Lass es uns einfach vergessen. Okay? Wir tun so, als wäre gar nichts passiert.»

Er knirscht mit den Zähnen. «Ich kann die ganze Sache mit der Investition beschleunigen. Die Zahlen nach oben korrigieren, die Prognosen verbessern. Damit wäre das Ding schnell vom Tisch. Wenn das …»

«Nein», unterbreche ich ihn scharf.

Mein Puls beschleunigt sich wieder. *Das ist deine Chance, Alicia. Du hast ihn. Jetzt greif schon zu!* Aber ich bringe es nicht über mich. Der Preis ist zu hoch. Viel zu hoch.

«Es geht mir nicht ums Geschäft, Evan. Wir zwei passen ungefähr so gut zusammen wie ein Glatzkopf und ein Friseur. Der eine kann mit dem anderen nichts anfangen. Und ich will mir nicht die Finger an dir verbrennen.» Er öffnet den Mund. Entschlossen lege ich den Zeigefinger auf seine Lippen. «Glaub mir. Ich weiß, wovon ich rede.» Ich reiße die Autotür auf, weil ich frische Luft brauche. Mir ist schwindelig. «Gute Nacht, Evan. Danke fürs Bringen.»

Damit werfe ich die Tür hinter mir zu und marschiere auf das schmiedeeiserne Tor zu, das zu meiner Wohnung führt. Er folgt mir nicht. Trotzdem verriegele ich das Tor vorsorglich, bevor ich die Treppe runtergehe und in meine Wohnung schlüpfe. Erst drinnen atme ich erleichtert auf. Meine Augen brennen. Vor Wut, vor Trauer, von bösen Erinnerungen. Emma hat sich getäuscht. Ich bin nicht bereit. Ganz und gar nicht. Auch wenn Evan Hawk mich so magisch anzieht wie ein buntes Kettenkarussell ein Kind … Ich weiß, was ich riskiere, und ich schaffe es einfach nicht.

Es ist zwar schon spät, dennoch hole ich mein Handy aus

der Tasche und rufe Ben an. Er geht erst nach einer ganzen Weile dran, im Hintergrund höre ich seltsame Geräusche.

«Ally? Was ist los? Hast du …?»

«Mein Auto wurde demoliert. Und ich habe Evan Hawk geküsst und ihn anschließend zwischen die Beine getreten.» Ich atme aus und warte auf eine Reaktion, die nicht kommt. «Ben?»

«Verdammt, ja. Ich bin dran.» Er zieht scharf Luft durch die Zähne. «Was hast du dir dabei gedacht?»

«Er hat angefangen», verteidige ich mich. «Ich sollte nett zu ihm sein, ich weiß, aber ich … Ich kann es nicht. Nicht so. Ich bin doch keine Hure.»

Ben stöhnt. «Wieso musstest du ihn treten? Hätte ein einfaches Nein nicht genügt?»

Ich schlucke hart. «Ich weiß nicht, er … Ich hab plötzlich Panik gekriegt.» Mir ist ganz heiß, nur meine Finger fühlen sich eiskalt an. Ich muss mich setzen und lasse mich auf mein kleines rotes Sofa fallen.

«Ich sage ja nicht, dass du mit ihm ins Bett gehen sollst», meint er plötzlich versöhnlich. «Ich weiß doch, dass du keine Hure bist. Aber ein bisschen flirten, ein bisschen nett zu ihm sein? Meinetwegen auch küssen? Er ist nicht Chris, Ally. Nur weil der dich damals so belogen hat, musst du doch langsam wieder …»

«Er hat mich nicht einfach nur belogen, Ben, und das weißt du», unterbreche ich ihn mit erstickter Stimme. Müde streife ich die Pumps von den Füßen und schlage meine Beine unter. «Es war viel mehr als das. Er hat mich … Er hat mich kaputt gemacht. Und er war nicht der einzige Mann in meinem Leben, der mich so verletzt hast.»

«Ally, Süße. Ich verstehe dich, aber ich weiß keinen Rat mehr. Leider spielt Evan Hawk nicht für das andere Team, sonst würde ich selbst mit ihm …»

Ich muss lachen. Dass Ben auch auf Männer steht, vergesse ich manchmal, weil es so gar nicht zu ihm passen will.

«Ach, vergiss es. Du hast recht, es war eine blöde Idee und ich sollte das nicht von dir verlangen», sagt er plötzlich versöhnlich.

«Nein. Das solltest du wirklich nicht», flüstere ich. «Gute Nacht. Schlaf gut.»

Das Handy rutscht mir aus der Hand und scheppert auf den Boden. Großer Gott. Schon beim ersten Treffen hatte ich mir gedacht, dass Evan Hawk Ärger bedeutet.

Wieso lässt er mich nicht einfach kalt? So kalt wie jeder andere Mann, der mir in den letzten Jahren begegnet ist? Das ist so verdammt ungerecht! Und warum kann ich nicht einfach so sein wie Sam? Sie hätte ganz sicher kein Problem damit, aus kühler Berechnung mit einem Mann ins Bett zu gehen. Ich kann ihn doch eigentlich nicht mal leiden – wo zum Teufel ist also mein Problem?

10

Evan

«Geh ans Telefon!», knurre ich in den Hörer. Ich stehe noch immer vor Alicias Haus und starre auf das Fenster zum Innenhof, hinter dem Licht brennt. Sie hat die Vorhänge zugezogen, sodass ich nichts von ihr sehen kann. Trotzdem tut es gut zu wissen, dass sie ganz in der Nähe ist. Und dass ich sie beschützen kann, sollte es notwendig sein. Ich drücke die Wahlwiederholung, nachdem die automatische Ansage der Mailbox angesprungen ist. «Geh schon ran, verflucht!»«Hallo?»

«Liz! Liz, verdammt noch mal, was hast du getan?»

«Evan, es ist nach Mitternacht. Was willst du von mir?»

Ihre Stimme wirkt unsicher und gepresst, als hätte sie geweint. Ich kenne diesen Tonfall. Viel zu gut. Aber er rührt mich nicht mehr.

«Wieso hast du Alicias Auto demoliert? Was soll der Scheiß?» Ich schlage mit der Faust aufs Lenkrad.

«Wie bitte? Spinnst du?» Liz schnappt nach Luft. Ihre Empörung klingt echt, was mich sehr irritiert. «Ich bin ihr in ein Pub gefolgt, wo sie sich mit ihren Freundinnen getroffen hat. Ich habe sie beobachtet und gehört, wie sie von dir erzählt hat. Und davon, dass du sie geküsst hast. Dann bin ich raus und habe dich angerufen, und jetzt bin ich zu Hause. Evan, warum sollte ich ein Auto demolieren? Das ist doch gar nicht meine Art, das weißt du hoffentlich?»

Ich beiße die Zähne fest aufeinander. Sie hat recht. Es ist nicht ihre Art. Wobei ich ihr nach allem, was geschehen ist, inzwischen fast alles zutraue.

«Was ist denn mit dem Auto?»

«Nichts. Vergiss es einfach.»Müde reibe ich mit der Hand über mein Gesicht.«Du hättest ihr nicht nachschleichen sollen, Liz. Das ist krank.»

«Ich weiß.» Sie flüstert. «Ich bin auch krank. Deinetwegen. Weil du mir keine zweite Chance gibst. Evan, ich …»

«Hör auf damit, Liz», fahre ich sie an. «Und hör auf, Alicia Sinclair nachzustellen. Was glaubst du, was passiert, wenn sie das rausfindet? Welches Licht wirft das auf die Diamond Group? Auf deinen Vater?»

«Ach? Und welches Licht wirft es auf uns, wenn du mit einer Geschäftspartnerin rummachst?» Liz schnaubt durch die Nase. «Ist das deine neue Masche, nachdem sich deine letzten Deals als Flops entpuppt haben? Oder sind dir die Argumente ausgegangen? Hast du deine Meinung über die Investition so schnell geändert, Evan?»

«Nein, habe ich nicht. Aber das Geschäft hat nichts damit zu tun, dass du Alicia Sinclair nachspionierst, das ist dir doch klar. Es geht dich nichts mehr an, mit wem ich *rummache*. Du hast nun wirklich kein Recht, mir Vorhaltungen zu machen.»

«Evan …»

Ich stöhne leise auf. Sie jammert wie ein Kind, das seinen Willen durchsetzen will. Weil das in ihrem Leben immer so funktioniert hat. Weil Daddy ihr keinen Wunsch abschlagen kann.

«Gute Nacht, Liz. Entschuldige die späte Störung. Wir sehen uns am Montag im Büro.»

Ich lege auf und starte den Motor. Zwei Frauen in Burka gehen an mir vorbei und beäugen mich skeptisch. In dieser gehobenen Gegend erregen mitten in der Nacht am Bordstein parkende Autos noch Aufmerksamkeit. Ich kralle die Hände so fest ums Lenkrad, dass meine Knöchel weiß hervortreten. Alicia Sinclair hat etwas mit mir gemacht. Ich kann es nicht in Worte fassen, aber seit ich sie kenne, spüre ich eine Sehnsucht in mir. Eine Sehnsucht nach Freiheit. Sorglosigkeit. Glück. Sie wirkt auf mich wie ein ewiger Sommer, im Gegensatz zu Liz, die so launisch ist wie der April. Das tiefe Loch, das ich mein Leben lang mit mir herumtrage, scheint in Alicias Gegenwart kleiner zu werden. Als könnte sie es füllen. Mit ihrem Lachen, ihren Sommersprossen, ihren Berührungen, ihren langen Beinen …

Ich schalte das Radio ein und drehe es so laut, dass die Geräusche der Straße um mich herum verschwinden. Nur noch ich und Jimmy Reed. Das brauche ich gerade. Der Sommer ist definitiv die schönste Jahreszeit.

«Können Sie die Scheibe gleich vor Ort einsetzen?»

Der junge Mann im roten Overall nickt. Er riecht nach Staub und Öl. «Klar. Ist ein Mini, die haben wir auf Vorrat. Soll die Scheibe getönt sein oder nicht?»

«Keine Ahnung.» Ich reibe mir über den Nacken. «Ich glaube, nicht.»

«Okay. Bin in einer halben Stunde zurück und lege los. Wollen Sie hier warten oder soll ich Sie anrufen, wenn ich fertig bin?»

«Ich warte dort drüben.» Ich deute mit dem Kinn auf ein Pub zwei Häuser weiter. «Danke.»

Das Pub ist so gut wie leer, kein Wunder um diese Uhrzeit an einem Samstag. Der Besitzer selbst steht hinter der Bar, nippt an einem Kaffeebecher und starrt auf die Wiederholung eines Fußballspiels im Fernseher. In seinem Pub ist die Zeit stehen geblieben, ich fühle mich plötzlich in die Achtziger zurückversetzt. Konzertplakate von U2, Black Sabbath, Depeche Mode und Bon Jovi hängen überall, einige Hocker sind mit Stoff in den Farben des Union Jack bezogen, und an der Tür zu den Toiletten hängt ein Plakat mit der Aufschrift *Keep calm and drink another beer.*

Nachdem ich einen Earl Grey bestellt habe, setze ich mich an einen Tisch am Fenster, unter dessen Platte alte Kaugummis kleben, und schaue auf die Straße. Perfekt. Ich habe den schwarzen Mini genau im Blick, weil ich Alicia auf keinen Fall verpassen will. Sie wird wohl irgendwann im Laufe des Tages herkommen, um ihr Auto zu holen. Mit etwas Glück ist die Scheibe dann bereits repariert, aber ich habe keine Ahnung, wie lange ich hier sitzen und auf sie warten werde. Wenn es nötig ist, bleibe ich bis morgen hier, um sie zu sehen. Ich muss mit ihr sprechen. Ich brauche eine zweite Chance.

11

Ally

«Hey, Süße! Was treibt dich denn so früh hierher?» Emma guckt überrascht auf ihre Armbanduhr, bevor sie mich mit einer festen Umarmung begrüßt und ihren weichen Busen an mich drückt. In ihrem kleinen Laden im Covent Garden ist noch nicht viel los, sie hat gerade erst aufgemacht. Ich atme tief den sinnlichen Moschusduft ein, den Raumduft-Stäbchen hier verbreiten. «Jemand hat gestern Abend meine Autoscheibe eingeschlagen. Nach dem Pub.»

Emma schlägt die Hand vor den Mund. «Ach du je … Einfach so? Ich sag ja immer, Shoreditch ist ein heißes Pflaster. Wir sollten …»

«Auf der hinteren Scheibe stand mit rotem Lippenstift *Schlampe*», erkläre ich weiter, und Emmas Augen vergrößern sich.

«Oha. Dann war es offenbar persönlich und nicht irgendwelche randalierenden Jugendlichen. Wie gruselig! Magst du einen Kaffee?»

«Dringend. Ich kann eigentlich noch gar nicht klar denken um diese Zeit, aber ich musste mit dir reden.»

Emma geht an ihren Schreibtisch und öffnet eine Schublade. Dann drückt sie mir Kleingeld in die Hand und grinst. «Drei Häuser links, bei *Notes*. Der beste Kaffee in ganz London.»

«Okay.»

Lachend nehme ich das Geld an mich und begebe mich in den von Emma genannten Coffeeshop. Hier herrscht schon Trubel, wahrscheinlich versorgen sich alle Ladenbesitzer der alten Markthallen morgens hier mit Koffein. Ich warte geduldig und lasse meinen Blick schweifen. Zwei verkleidete junge Leute, vermutlich Studenten, betreten plaudernd den Coffeeshop. Ich weiß, dass sie später den ganzen Tag als lebende Statuen im Covent Garden verbringen werden und sich bemühen, keine Regung zu zeigen. So wie Evan Hawk sich bemüht, keine Regung zu zeigen. Aber das eine konnte er nicht verbergen, egal, wie viel Mühe er sich gegeben hat. Er will mich.

Mein Herz flattert bei der Erinnerung an gestern Abend. Und ich frage mich natürlich immer noch, warum er so plötzlich da war. In Shoreditch. An meinem demolierten Auto. Was hat er damit zu tun?

Ich glaube nicht an solche Zufälle, und allein sein Aufzug hat mir klar gemacht, dass er Hals über Kopf hingefahren ist. Ist er mir heimlich gefolgt, um mich weiter auszuspionieren? Ist er nicht nur ein Kontrollfreak, sondern auch ein unheimlicher Stalker? Eine Gänsehaut läuft mir über den Rücken.

«Ma'am? Bitte sehr?»

«Zwei Caramel Macchiato to go, bitte», sage ich, nachdem mich die freundlich lächelnde junge Frau darauf aufmerksam gemacht hat, dass ich dran bin. Emma liebt Süßes, und heute schließe ich mir ihr gerne an.

«Also, was glaubst du, ist mit deinem Auto passiert?»

Emma nimmt mir einen Becher ab und führt mich in den hinteren Teil ihres kleinen Ladens, wo ein dunkelrotes Samtsofa steht. Ich bin extra so früh zu ihr gefahren, weil ich weiß, dass um diese Zeit noch nicht viel los ist und wir deshalb kaum von Kunden unterbrochen werden.

Ich berichte von Evan, der gestern Abend wie vom Himmel gefallen in der Straße stand und mich nach Hause gebracht hat. Und von unserem Kuss, der mich erregt und gleichzeitig so geängstigt hat, dass ich ihn sogar treten musste. Emma hört mit gerunzelter Stirn zu und nippt zwischendurch an ihrem Kaffee.

«Vielleicht hat er sich in dich verknallt? Leute machen schrecklichen Unsinn, wenn sie verliebt sind. Verliebtsein ist manchmal nur anderer Zustand von Irresein.»

«Wieso sollte er sich in mich verliebt haben? Das macht gar keinen Sinn. So gut kennen wir uns ja gar nicht.»

«Du weißt doch, wie Männer sind. Die verlieben sich erstmal in die Hülle. Dann in den Sex. Und danach fangen sie an, sich für den Charakter der Frau zu interessieren und stellen fest, dass sie sich geirrt haben.» Emma zuckt die Achseln.

«Quatsch», widerspreche ich. «Ich glaube nicht, dass er in mich … verliebt ist oder so was. Vielleicht will er mit mir ins Bett, okay. Aber in Anbetracht der Tatsache, dass wir ein Geschäft miteinander haben, ist das wohl keine gute Idee.»

«Wieso eigentlich? Ist das heutzutage nicht ziemlich egal? Die meisten Leute lernen ihren Partner doch bei der Arbeit kennen.»

«Das ist was anderes. Er ist Investor und ich bin ein Investitionsobjekt. Wenn rauskommt, dass wir während der Verhandlungen was miteinander hatten, ist er bestimmt geliefert. Es kann ja wohl niemand von ihm erwarten, noch objektiv zu sein. Davon abgesehen, dass er sowieso gegen diese Investition ist und die ganze Zeit versucht, sie zu verhindern. Sein Chef könnte glauben, dass ich mir seine Zustimmung mit Sex erkauft hätte und …»

«Und was ist eigentlich mit dir, Ally? Du sprichst immer nur davon, was Evan will, aber ich hab keine Ahnung, was *du* willst.» Emma knibbelt an ihrem Styroporbecher.

«Ich weiß es ja selbst nicht», gestehe ich, den Blick auf eins der Holzregale gerichtet, wo Emma auch die Spielzeuge von Mila perfekt präsentiert. Eigentlich sollte in diesem Regal längst ein brandneues Produkt auf Kundinnen warten, aber wegen meiner Kreativitätsblockade und der finanziellen Probleme ist der Platz neben dem *Petit Ami* leer.

«Vielleicht ist es einfach zu lange her, dass ich …» Ich hebe die Schultern. «Ich fürchte, ich habe alles verlernt.»

Emma lacht. «Das hätte jetzt auch von Sam kommen können. Ich jedenfalls habe aus meinen letzten Katastrophen gelernt. Der nächste Typ kommt frühestens nach dem achten Date in mein Höschen.»

«Was?» Mein Mund klappt auf. «Nach dem achten Date? Dann kannst du auch gleich ins Kloster gehen. Welcher Mann wartet denn so lange?»

«Ist mir egal. Entweder, er wartet, oder er hat mich nicht verdient. Früher hatten es die Frauen doch leichter, mal ehrlich. Sex gab es erst nach der Hochzeit, und deshalb wurden sie auch so schnell geheiratet. Heute haben die Männer gar keinen Bock mehr aufs Heiraten, weil sie ja schon vorher alles kriegen, was sie haben wollen.»

Mein Magen zieht sich zusammen. Hastig leere ich den Rest meines Kaffees und lecke mir den Milchschaum von den Lippen.

«Sie heiraten schon. Nur eben … andere Frauen. Wir machen uns wahrscheinlich wegen unserer Jobs verdächtig, weil wir mit Sex zu tun haben, aber trotzdem keine Schlampen sind. Wenn man in keine Schublade passt, klemmt sich halt immer irgendwer die Finger an einem. Fürs Bett sind sexy Frauen okay, aber für alles andere …»

«Ich habe jedenfalls meine Prinzipien. Ich bin zweiunddreißig und kann meine besten Jahre nicht mehr mit belanglosen Affären vertrödeln. Wer acht Dates abwartet, bevor er mir an die Wäsche darf, ist ganz sicher ein guter Kandidat für eine Ehe.»

Mir ist klar, dass Emma das genauso meint, wie sie es sagt. Für ihre Prinzipientreue, die Sam Sturheit nennt, habe ich sie oft genug ausgelacht.

«Ich würd dich gern zu deinem Auto bringen, aber ich kann ja hier nicht weg. Vielleicht fragst du Sam …?»

«Kein Problem.» Ich winke ab. «Ich nehme die U-Bahn

nach Shoreditch. Kann man ohne Windschutzscheibe eigentlich mit dem Auto fahren? Zum Glück regnet es nicht, mein armer Wagen …»

Emma runzelt die Stirn. «Nachher klaut noch einer den Mini. Soll ich Sam nicht doch …?»

«Nein, nein. Ich mach mich gleich auf die Socken.»

Ich bleibe auf dem Sofa sitzen und nippe an meinem inzwischen kalten Kaffee. Emma wirft ihren leeren Becher in den Mülleimer und fängt an, die antiken Vitrinen, in denen filigrane Schmuckstücke für Brustwarzen, Muschis und Schwänze ausgestellt sind, mit einem altmodischen Federkiel abzustauben.

«Ist das hier immer so ruhig am Samstag?», frage ich, und im selben Moment ertönt das Glockenspiel über der Tür.

Emma und ich heben unsere Köpfe gleichzeitig, und während Emma freundlich «Guten Tag! Was kann ich für Sie tun?» trällert, rutscht mir das Herz in die Kniekehlen beim Anblick der Frau, die soeben das Geschäft betreten hat. Das ist doch unmöglich ein Zufall!

12

Ally

Wie durch einen Nebel höre ich Emma auf die blonde Dame einreden, die allerdings gar keinen Blick für die hübschen Spielzeuge übrig hat, sondern nur mich anstarrt. Mein Herz klopft schneller.«Entschuldigen Sie», sage ich und stehe langsam vom Sofa auf, ohne sie aus den Augen zu lassen. «Kennen wir uns eigentlich?»

«Nicht, dass ich wüsste.»

Ihre Stimme klingt so spröde, wie sie aussieht. Sie ist wieder sehr elegant gekleidet und wirkt mindestens zehn Jahre älter, als ihr Gesicht vermuten lässt. Ich schätze, sie ist nicht mal dreißig. Emma wirft mir einen Blick zu.

«Sie waren doch gestern im Pub», stelle ich fest. «Und da haben Sie mich schon so angesehen. Zufällig wurde …»

«Ally …» Emma stößt mir ihren Ellbogen in die Rippen und schüttelt den Kopf.

Die Blondine schürzt die Lippen, ein verächtliches Lächeln trifft mich, während sie mich von oben herab betrachtet. «Ich bin hier, weil ich mich für ein Produkt von Mila interessiere. Führen Sie diese Marke?»

Sie wendet sich Emma zu. Mein Herz klopft immer noch zu schnell, aber ich ziehe mich diskret zurück. Ich weiß, dass Emma keinen Spaß versteht, wenn es um ihre Kundinnen geht. Aber etwas in mir sagt mir, dass diese Frau mich verfolgt. Nur – warum, zum Teufel? Sie ist auf jeden Fall nicht die Frau von Chris, denn die habe ich leider vor ein paar Jahren kennengelernt. Gott, es war der schlimmste Moment meines Lebens, als eine fremde Frau vor mir stand und mir mitteilte, dass sie ein Kind von ihrem Ehemann erwartet, den ich zwei Jahre lang für meinen festen Freund gehalten hatte. Ohne zu wissen, dass er neben seiner möbliert gemieteten Wohnung in Camden noch ein Häuschen in Hampstead besaß, in dem seine brave Ehefrau auf ihn wartete, während wir …

«Ally, wolltest du nicht nach Shoreditch? Wegen deines Autos?»

Emma reißt mich aus den Gedanken und zieht auffordernd die Brauen hoch. Okay, sie versucht mich loszuwerden, weil sie eine Kundin in der Frau vermutet. Ich sollte ihr später erklären, warum ich so seltsam reagiert habe, damit sie mich nicht für durchgedreht hält. Rasch hole ich meine Handtasche von hinten und mache mich auf den Weg nach draußen. Nicht ohne der Blondine noch einen letzten, strengen Blick zuzuwerfen. Sie soll ruhig wissen, dass ich sie erkannt habe. Auch wenn ich mir absolut nicht vorstellen kann, was sie von mir will.

Als ich den Covent Garden betrete und fast von einem jungen Mann mit Skateboard über den Haufen gefahren werde, durchzuckt mich plötzlich ein Gedanke. Ich drehe mich noch einmal um und beobachte die Frau durch die Fensterscheiben. An der alten Schneiderbüste mit dem rosafarbenen Korsett vorbei, die das Zentrum von Emmas liebevoller Dekoration bildet. Kann das sein?

Sie passt zu Evan, mit ihrem steifen Gesicht und dem adretten Auftreten. Die Schmiererei mit dem Lippenstift, die zertrümmerte Windschutzscheibe … Sie sieht nicht aus wie jemand, der in einem Wutanfall über Gegenstände oder Leute herfällt. Außerdem ist sie klein und zierlich. Hat sie überhaupt genug Kraft, um eine Autoscheibe zu zerschlagen? Und wieso sollte sie das machen?

Es sei denn … Vielleicht kennt Evan sie? Verheiratet ist er nicht, jedenfalls trägt er keinen Ring und seine Finger sind nahtlos gebräunt. Schön geformte, lange, schmale Finger und weiche Haut. Gott, worüber denke ich hier gerade nach?

Kopfschüttelnd trete ich in die Sonne hinaus und werfe den beiden Statuen am Eingang ein paar Münzen in ihren Hut. Dann fahre ich mit der U-Bahn nach Shoreditch, um mein kleines Auto zu retten.

Der Wagen steht unter derselben Laterne, wo ich ihn gestern gelassen habe. Aber ich reibe mir verdattert die Augen und kneife mir anschließend in den Oberarm. Nein, ich träume nicht, ich bin hellwach. Habe ich vielleicht gestern geträumt? Waren zwei Bier zu viel des Guten? Aber Evan war auch hier und hat gesehen, was mit meinem Auto passiert ist! Wieso sieht der Mini aus, als wäre nie etwas geschehen?

Skeptisch inspiziere ich die völlig intakte Windschutzscheibe. Das kann nicht sein, ich bin doch nicht blöd? Als mir ein paar Glasscherben auf dem Beifahrersitz auffallen, die in der Sonne glitzern, beruhige ich mich. Okay, ich habe es mir immerhin nicht eingebildet, die Scheibe war definitiv hinüber. Aber wieso zum Geier …?

«Alicia!»

Die Männerstimme lässt mich zusammenzucken. Ich fahre herum und glaube, schon wieder zu träumen. Ich sollte meine Einstellung gegenüber Zufällen ändern. Was stimmt hier eigentlich nicht?

«Evan? Langsam wirst du mir unheimlich! Woher weißt du, dass ich …?»

«Ich habe deine Scheibe reparieren lassen.»

Er bleibt nach einem kurzen Sprint dicht vor mir stehen. Gekleidet in ein sportliches weißes Hemd und enge Jeans. Sein dunkles Haar glänzt in der Sonne. Mein Herz klopft schneller, während ich beobachte, wie sich seine muskulöse Brust beim Atmen hebt und senkt. Er sieht gar nicht aus wie der spießige Evan Hawk, der er ist. Und was zum Teufel ist mit meinen Oberschenkeln los, dass die so zittern?

«Es tat mir so leid, was mit deinem Auto passiert ist.»

«Bist du irgendwie verrückt oder so was?» Ich ziehe die Stirn kraus. «Wie kommst du dazu, meine Scheibe reparieren zu lassen? Habe ich dich darum gebeten?»

«Verdammt, Ally.» Er nimmt meine Hände in seine und sieht mich fest an. Seine Brauen sind zusammengezogen, und in meinem Bauch flattert ein ganzer Schwarm geflügelter Tiere. Grundgütiger. Ich brauche hier wirklich Hilfe. «Ich wollte helfen. Ist es so schwer, Hilfe von mir anzunehmen?»

Mit einem Ruck ziehe ich meine Finger aus seinen Händen und verschränke die Arme vor der Brust, um die zittrige Reaktion meines Körpers zu verbergen. «Weißt du eigentlich, wie du auf mich wirkst, Evan Hawk? Wie ein gottverdammter Stalker! Was hast du mit dieser Sache zu tun? Hast du meine Scheibe gestern etwa selber zertrümmert, damit du dich heute als Retter feiern lassen kannst? Was ist das für eine bescheuerte Masche?»

Seine Miene verdüstert sich. «Das kannst du unmöglich von mir denken. Dazu bist du viel zu klug.»

«Ich habe keine Ahnung, welche Spielchen du hier spielst, aber ich kann dir versichern, dass ich sie nicht mitmachen werde.»

Mein Atem geht schwer. Unsere Blicke verhaken sich, schweigend. Der Moment dauert viel zu lange, und dann unterbreche ich ihn, indem ich mich auf dem Absatz umdrehe und hektisch auf die Straße trete, um in mein Auto einzusteigen. Nur aus dem Augenwinkel registriere ich das schwarze Taxi, das mit kräftigem Hupen an mir vorbei rast. Es geht alles so schnell. Rasend schnell. Und einen Sekundenbruchteil später – ich schwöre, ich konnte den Fahrtwind des Wagens an der Nasenspitze fühlen – reißt mich ein starker Arm nach hinten. Ich taumle mit dem Rücken gegen seinen harten Körper.

Großer Gott, wo kam das blöde Taxi denn so plötzlich her? Mein Herz trommelt gegen meinen Brustkorb, und meine Beine scheinen den Dienst versagen zu wollen. Was nicht nur an dem Schreck liegt, der mir eindeutig in die Knochen gefahren ist, sondern vor allem an den Armen, die meinen Oberkörper immer noch fest umschlungen halten. Langsam drehe ich mich in seiner Umarmung um, spüre das Adrenalin kribbelnd durch meinen Körper flitzen.

«Sieht so aus, als wäre es meine Aufgabe, dir das Leben zu retten», flüstert er, ohne mich loszulassen. Stattdessen zieht er mich näher an sich.

Ich schlucke und starre auf seine Lippen. Sein Kinn. In seine Augen. Gott, sie sind wirklich wunderschön. Wie kann jemand, der so blöd ist, so schöne Augen haben?

Bevor ich irgendwas erwidern kann, landet sein Mund auf meinen Lippen. Ich verschlucke die Worte, die ich sagen wollte, und obwohl ich weiß, dass ich ihn besser von mir schubsen sollte, schaffe ich es einfach nicht. Und gebe mich seinem Kuss hin. Diesem nicht gerade zarten, sondern fordernden Kuss. Dominant. Selbstbewusst. Mein Herz schlägt irgendwo in meinem Bauch, mischt sich mit dem Pulsieren, das sich zwischen meinen Beinen ausbreitet, während seine Zunge ohne Zögern meinen Mund nimmt. Ein Zungenfick, der so viel mehr verheißt, dass mein Höschen feucht wird. Ein heiseres Raunen entweicht mir, dann schließe ich die Augen und spüre, wie ich in seiner Umarmung dahinschmelze.

Großer Gott, dieser Mann ist ein Kussgenie! Wenn er das mit seiner Zunge überall kann, dann … du lieber Himmel!

Ein Kribbeln läuft über meinen Körper, als er seine Hand besitzergreifend auf meine Pobacke legt und meine Hüften an seine zieht. Seine Gesten sind unmissverständlich, genauso unmissverständlich wie die Härte, die ich auf einmal an meinem Bauch fühle. Er will mich wirklich.

Und ich? Ich habe gar nicht mehr die Kraft, Nein zu sagen. Meine Gedanken rasen, vermischen sich mit lustvollen Gefühlen, bis ich endlich aufhören kann zu denken. Nur noch spüre. Die Sonne auf meinen nackten Armen. Seine Zunge, die so dominant und spielerisch in mich eindringt, mich neckt, sich zurückzieht, bis sich meine Lippen vor Verlangen weiter öffnen und ich mich enger an seine Hüften dränge. Ich rieche Bier aus dem Pub neben uns, wenn die Tür geöffnet wird, Abgase der Autos und Busse, die an uns vorbeirasen. All diese Gerüche der Großstadt, die mir so vertraut sind. Und dann ist da sein Aftershave. Der Geschmack von schwarzem Tee und braunem Zucker in seinem Kuss.

Nach einer kleinen Ewigkeit, die viel zu kurz war, löst er sich von mir. «Ich will keine Spielchen, Alicia. Ich will einfach nur dich.»

«Du bist dir deiner Sache verdammt sicher, Evan Hawk», sage ich, mit noch immer heftig klopfendem Herzen, aber versöhnlich. Ich meine, ernsthaft, wer kann einem Typen böse sein, der *so* küsst? Ich hätte ihm vor zehn Sekunden meinen Mini wahrscheinlich geschenkt, wenn er mich darum gebeten hätte. Und dabei dachte ich bis gerade eben, Frauen wären immun gegen so verräterische Körperreaktionen. Ein Fehler.

Evan schiebt eine Haarsträhne hinter mein Ohr und lässt seine Finger für einen Moment auf meiner Wange ruhen. Ich habe eine Gänsehaut bis in die Zehenspitzen, aber ich versuche, mir nichts anmerken zu lassen. Er muss ja nicht unbedingt wissen, was er mit mir macht. Und in mir auslöst. Besser er denkt, dass ich genauso berechnend bin wie er.

«Nein, ich bin mir nicht sicher.» Er spricht leise und ruhig, was seine Selbstsicherheit wie immer betont. «Aber meine Hartnäckigkeit ist berüchtigt. Man nennt mich auch Terrier. Wenn ich etwas will, dann bekomme ich das.»

Ich muss grinsen. «Wieso zweifle ich nicht daran?» Vorsichtig mache ich einen Schritt zur Seite, um den Abstand zwischen uns zu erhöhen. «Danke für die neue Scheibe, auch wenn das absolut nicht nötig gewesen wäre. Du kannst ja schließlich nichts dazu, oder? Was kriegst du dafür von mir?»

Er winkt lässig ab und schiebt die Hände in seine Jeanstaschen. «Kein Problem. Ich wollte wirklich nur helfen.»

«Das hast du. Darf ich dich dann zur Entschädigung wenigstens zum Essen einladen? Ich habe riesigen Hunger und hatte nur etwas Obst zum Frühstück.»

Ich lege den Kopf schief und versuche, ungezwungen zu lächeln. Sein Gesicht hellt sich schlagartig auf.

«Essen klingt prima. Sandwiches?»

«Um Gottes willen! Du hast mir doch heute schon das Leben gerettet, reicht das denn nicht?» Ich lache wieder und hake mich bei ihm unter. «Da drüben ist ein Wagamama. Falls du …?»

«Ich liebe es.»

Er strahlt mich von der Seite an, und ich fühle mich, als hätte ich zu viel Zeit in der Sonne verbracht. Überhitzt, ein bisschen schwindelig, aber gut gelaunt.

Während wir auf spartanischen Holzbänken sitzen und unser Essen genießen, reden wir über Mila. Es tut gut, mit jemandem zu sprechen, der jedes kleine Detail wissen möchte. Vielleicht gelingt es mir auch so, ihn zu überzeugen? Nicht mit Sex, sondern mit guten Argumenten. Wenn ich es schaffe, dass der Funke auf ihn überspringt und er sich von meiner Begeisterung für Mila anstecken lässt …

Wir teilen uns eine Portion Firecracker Chicken, nachdem Evan Witze darüber gemacht hat, dass wir es beide offenbar scharf mögen. Ich bin mir nicht sicher, ob er unsere Gespräche genauso zweideutig versteht wie ich. Vermutlich spielt mir nur meine überbordende Fantasie einen Streich. Oder die Tatsache, dass wir gemeinsam von einem Teller essen und sich unsere Finger dabei ständig berühren?

«Ben hat mir verraten, dass du neuerdings ein Problem mit deiner Kreativität hast.»

Ich spüre, dass Hitze in mir hochkriecht. Natürlich hat er mit Ben über mich gesprochen, ich habe ja schließlich auch mit ihm über Ben geredet. Trotzdem nagt diese Information an mir. Was genau hat Ben ihm über mich erzählt, was er nicht sowieso schon selbst herausgefunden hat?

«Und?», frage ich betont ungerührt und schiebe mir eine dicke Portion Reis mit extrascharfem Huhn in den Mund.

Evan nippt an seinem Karottensaft mit Ingwer, während er mir beim Essen zusieht. «Ist das wahr? Hast du ein Problem?»

Mein Puls beschleunigt sich. «Nein, natürlich nicht.» Ich lege meine Essstäbchen zur Seite und lehne mich zurück. «Oder vielleicht. Ein bisschen.» Es hat ja doch keinen Sinn, zu lügen, denn Evan wird sich sowieso fragen, warum Mila seit zwei Jahren keine neuen Produkte rausgebracht hat und meine Ausführungen über zukünftige Entwicklungen ein wenig … mager ausgefallen sind. «Ich habe eine ziemlich miese Trennung hinter mir», erkläre ich, als ob das alles aussagen würde. Für mich tut es das.

«Von dem Fotografen?» Er trinkt wieder einen Schluck, ohne den Blick von mir abzuwenden.

Ich nicke langsam. «Ja, richtig. Das ist zwei Jahre her, aber seitdem … Meine Kreativität funktioniert wie eine Zündschnur. Meistens genügt ein Funke, um die Lunte zum Brennen zu bringen, und irgendwann explodiert dann eine Bombe. Allerdings brennt schon seit zwei Jahren nichts mehr und ich bin noch nicht ganz zufrieden mit den Ideen, die ich in letzter Zeit hatte. Aber ich arbeite daran.»

Ich esse rasch noch einen Bissen, um mich zu beruhigen, und verfluche im Geiste meine Mutter, die mir beigebracht hat, nicht zu lügen. Warum konnte ich nicht einfach sagen, dass ich wahnsinnig tolle Ideen habe, aber sie natürlich erst mit ihm teile, wenn die Diamond Group sich zu einer Investition in Mila entschieden hat? Das wäre definitiv klüger gewesen. Ich verdrehe innerlich die Augen.

«Vielleicht fehlt ja nur der Funke?» Evan beugt sich vor und lächelt. «Kann das nicht sein?»

«Möglich.»

Mein Magen zieht sich zusammen, als er mich so intensiv ansieht. Das Chili brennt noch auf meiner Zunge, ich trinke einen großen Schluck von meiner Cola.

«Dann sollten wir versuchen, die Lunte gemeinsam wieder zum Brennen zu bringen.»

Ach du liebe Zeit. Wovon genau spricht er jetzt eigentlich? Unruhig rutsche ich auf meinem Stuhl hin und her.

«Ausgerechnet mit dir?», frage ich.

Vielleicht etwas zu frech, denn er lehnt sich wieder zurück, das Leuchten in seinen Augen verschwindet langsam. Großer Gott, Ally, du ruinierst dich gerade selber.

«Ist das wirklich so undenkbar für dich? Ich hatte nicht den Eindruck, dass ich furchtbar abstoßend auf dich wirke. Höchstens etwas … langweilig.»

«Evan …» Ich lache. «Dein Boss war von der Idee, in Mila zu investieren, eigentlich ganz angetan. Dann kamst du und hast uns mitgeteilt, dass du anderer Meinung bist. Ich weiß nicht, ob es sinnvoll ist, ausgerechnet mit dir über neue Produkte zu sprechen?»

«Vielleicht habe ich mich geirrt und es ist eine verdammt gute Idee, in euch zu investieren? In eine gemeinsame Zukunft von Mila und der Diamond Group?»

Er sieht mich wieder lange an. Sekundenlang hängen unsere Blicke aneinander. Die Luft scheint zum Schneiden dick zu sein. Das Geplapper der Menschen, das Klappern von Geschirr um uns herum verstummt.

«Und falls nicht … Lass uns das Business doch einfach raushalten. Oder? Ich kann die Sache an einen Kollegen abgeben, auf meinem Schreibtisch türmen sich genug andere Angebote. Oder wir können es zusammen ziemlich schnell über die Bühne bringen. Dann steht nichts mehr zwischen uns.»

In meinem Kopf kreisen die Gedanken. Schnell über die Bühne bringen … Das klingt gut. Verdammt gut sogar. Ich lecke mir über die Lippen. Es ist ein heißes Spiel. Ein gefährliches Spiel. Und im Moment fühle ich mich, als ob ich innerlich verbrennen würde, was vielleicht am Chili liegt, oder an …

«Denkst du dasselbe wie ich?», unterbricht er plötzlich leise meinen Gedankenstrom, und meine Wangen werden heiß.

Ich spüre eine Berührung unter dem Tisch. Ein Fuß streift an meinem Bein entlang, aber diesmal trete ich nicht nach ihm aus.

«Ich weiß nicht, was *du* denkst. Aber meine Gedanken sind definitiv nicht für Zwölfjährige geeignet», antworte ich leise.

Evan unterdrückt ein Stöhnen.

«Meine erreichen gerade den Status *keine Jugendfreigabe.*»

Seine Hände greifen nach meinen. Sanft massieren seine Finger die empfindliche Stelle zwischen Daumen und Zeigefinger und jagen ein Pulsieren durch meinen Unterleib. Großer Gott, ich wusste nicht, dass diese Körperteile überhaupt miteinander verbunden sind.

«Wenn du so weitermachst, landen meine Gedanken gleich in der Kategorie *illegal*», raune ich ihm zu.

Er verzieht das Gesicht zu einer gequälten Grimasse, lässt mich abrupt los und springt auf. «Komm. Lass uns gehen.»

Verwirrt schaue ich auf die Hand, die er mir hinhält. Aber ich gebe meinem Gehirn keine Chance, länger über seinen Vorschlag nachzudenken. Stattdessen lasse ich mich einfach von der Bank ziehen und folge ihm. Kichernd wie zwei Teenager hasten wir Hand in Hand über die Straße, bis wir vor meinem Mini stehen bleiben.

«Zu dir oder zu mir?»

Evan beugt sich zu mir runter und haucht einen Kuss auf meinen Hals, der mich erschauern lässt und jeden Gedanken an etwas anderes als Sex unmöglich macht.

«Zu mir», sage ich heiser. «Du kennst ja den Weg.» Dann schlüpfe ich in mein Auto, wische zwei Glasscherben unter meinem Hintern weg und brause los. Im Rückspiegel beobachte ich, wie Evan zu seinem Audi eilt und einsteigt.

Die anschließende Fahrt nach Kensington gleicht einem kindischen Autorennen. Evan überholt, hupt und wechselt dauernd die Spuren, sodass er an jeder roten Ampel wieder neben mir steht. Ich will gerade gar nicht darüber nachdenken, was wir hier eigentlich tun. Ich vergesse Mila, Ben, Emmas Meinung und die Hintergedanken, die meinen Flirt mit Evan bislang begleitet haben. Ich will einfach nur – ihn. Seinen Körper. Ganz und gar. Will meine Hände über seine Haut gleiten lassen, in seinen Küssen ertrinken. Will ihn auf mir und in mir spüren, am besten bis übermorgen. Mein Körper summt wie ein Bienenstock vor Aufregung. Ich werde gleich Sex mit Evan Hawk haben. Und ich werde nicht über Folgen und Konsequenzen nachdenken.

Evan parkt schon vor dem Haus und steht ungeduldig auf den Fersen wippend am Straßenrand, als ich in meine Straße einbiege. Grinsend suche ich in aller Seelenruhe einen Parkplatz, obwohl ich den Wagen am liebsten zur Adoption freigeben würde, um möglichst schnell mit ihm ins Bett zu sinken. Oder in meinen kleinen Whirlpool. Unter die große Regendusche. Auf das rote Sofa. Die Marmorplatte in der Küche …

Endlich finde ich eine kleine Lücke, parke ziemlich schief ein und stürme aus dem Auto. Um direkt vor dem Haus durch eine scharfe Stimme aufgehalten zu werden.

«Alicia Sinclair! Du hast mich doch nicht schon wieder vergessen?»

13

Ally

Ach du liebe Zeit! Ich schlage die Hand vor den Mund und zwinge meine Augen, sich von Evans Anblick zu lösen. Eine graue Wolke schiebt sich vor die Sonne und verdüstert für ein paar Sekunden den Himmel. «Martha! Ich … sorry, haben wir …?»

«Wir sind zum Tee verabredet, meine Liebe!» Meine Lieblingsnachbarin, Martha McConnagh, lehnt in ihrem aufgerissenen Fenster und tippt anklagend auf ihre winzige Dior-Armbanduhr. «Beziehungsweise … wir waren verabredet. Vor einer halben Stunde.»

Oh verdammt. Evan wirft mir einen fragenden Blick zu, aber ich muss das erst klären.

«Es tut mir leid, Martha. Ich hab's vergessen, ganz ehrlich. Mein Auto wurde demoliert, irgendein Idiot hat mir die Windschutzscheibe eingeworfen, und ich musste es …»

«Sieht aus wie neu, der Wagen.» Martha starrt an mir vorbei zu meinem Mini und zieht skeptisch eine aufgemalte, dünne Braue hoch. Ihr weißes Haar ist wie immer zu einem aufwändigen Dutt hochgesteckt. Und sie trägt ein rosafarbenes Tweed-Kostüm von Chanel mit einer glänzenden Bluse. Die Lage ist also ernst. «Deinetwegen hätte ich fast alle Sandwiches allein essen müssen. Ich könnte an einer Cholesterinvergiftung sterben, weißt du das? In meinem Alter …»

Ich hebe entschuldigend die Arme in Evans Richtung, und

Martha folgt meinem Blick. Schlagartig hellt sich ihr Gesicht auf, plötzlich wirkt sie zwanzig Jahre jünger.

«Ah, der junge Mann gehört zu dir? Du hast mir ja gar nichts von ihm erzählt?»

«Martha, das ist Evan Hawk. Von der Diamond Group. Ich hatte dir erzählt, dass sie vielleicht in Mila investieren wollen, und wir waren gerade auf dem Weg zu mir, um zu …» *Vögeln*, will ich eigentlich sagen, kann es mir aber zum Glück verkneifen.

«Um über das Geschäft zu sprechen.»

«Dann nur herein mit euch! Ich habe so viele Sandwiches und Kuchen, die reichen für zehn! Und natürlich muss ich alles über diese Investition hören, schließlich ist das genau mein Thema!» Sie schlägt das Fenster zu, und Sekunden später ertönt penetrant durchdringend der Türsummer.

«Sorry!», sage ich an Evan gewandt, der verwirrt aussieht. «Aber Martha ist …»

«Schon gut. Einen Tee könnte ich vertragen. Und falls du tatsächlich ein Sandwich essen möchtest, ist es für dich ja sicherer, wenn ich in der Nähe bin.»

Entrüstet ramme ich ihm den Ellbogen in die Seite, dann ziehe ich ihn mit mir zur Haustür, von wo noch immer der Türöffner summt. Martha ist wirklich hartnäckig.

Eine Minute später sitzen wir uns gegenüber auf winzigen gepolsterten Stühlen in einem Raum, den normale Menschen als vergrößerte Puppenstube bezeichnen würden. Martha ist Witwe, und ihr Mann war ein erfolgreicher Investmentbanker. Nach seinem Tod hat sie nie wieder einen Mann auch nur in ihre Nähe gelassen. Abgesehen vom UPS-Fahrer, der quasi jeden Tag zu ihr kommt. Sie sammelt kleine Figuren aus Kristall und Porzellan, und ihre Teestube (die bei anderen Leuten Wohnzimmer hieße) ist so voll von dem Zeug, dass man Angst hat, zu tief Luft zu holen, um bloß nichts versehentlich runterzuwerfen.

Während ich mir aus Höflichkeit einen köstlichen Schokoladen-Cupcake reinzwinge und dabei der Unterhaltung zwischen Evan und Martha lausche, werfe ich Evan Blicke zu. Er erwidert sie mit so viel Glut in den Augen, dass Marthas weiße Spitzentischdecke eigentlich gleich Feuer fangen müsste. Martha bemerkt entweder nicht, was los ist, oder sie macht sich einen Spaß daraus, uns zappeln zu lassen. Was ich ihr zweifellos zutrauen würde! Nach dem Desaster mit Chris hat sie mir angedroht, sich jeden künftigen Mann sehr genau anzusehen, damit mir niemand mehr das Herz bricht.

«Woher kommen Sie, Evan? Aus London?»

«Nein. Ich stamme ursprünglich aus Cardiff, Ma'am.»

Martha lacht ihr dreckiges Lachen, das mich immer an eine Saloon-Dame aus einem alten Western erinnert. Ich kann sie mir prima so vorstellen, mit Cowboystiefeln und zu Locken gedrehten Haaren.

«Bitte, nenn mich doch Martha, mein Junge. Sonst komme ich mir so entsetzlich alt vor.»

Sie legt ihre faltigen Finger auf seinen Oberarm und wirft mir einen Blick zu, während sie sanft zudrückt. Offenbar ist sie zufrieden mit dem, was sie da ertastet, denn ihre rosa geschminkten Lippen formen sich zu einem lautlosen O. Ich kichere.

«Gern, Martha.»

Evan beißt die Lippen aufeinander und greift nach seiner Teetasse. Das dünne Porzellan sieht aus, als ob man es mit den Zähnen zerbeißen könnte, und ich amüsiere mich über seine hilflosen Versuche, irgendwie elegant aus diesem Tässchen zu trinken, das in seinen kräftigen Händen winzig wirkt.

«Aus Cardiff, ja? Kommen Sie aus einem guten Zuhause? Was macht Ihr Vater beruflich? Und Ihre Mutter? Arbeitet sie auch? War sie gut zu Ihnen und kümmert sie sich noch um Sie?»

«Martha …», wage ich einzuwerfen, um Evan dieses peinliche Verhör zu ersparen, zu dem nicht mal meine eigene Mutter fähig wäre. Aber meine Nachbarin ignoriert mich.

«Ehrlich gesagt …» Evan setzt die Tasse ab und wendet sich der Dame im Tweed-Kostüm mit dem ganzen Körper zu. Ich spüre die Veränderung in seiner Stimme und Haltung. Auf einmal wirkt er sehr angespannt, als ob er Martha eine unerfreuliche Nachricht überbringen müsste. «Meinen Vater kenne ich gar nicht. Ich wuchs bei meiner Mutter auf, die nach einigen flüchtigen Bekanntschaften bei einem neuen Freund landete, als ich ungefähr sechs war. Leider war der Typ der Meinung, er könnte mir die Flausen aus dem Leib prügeln und meine Mutter mit Schlägen dazu bringen, endlich vom Alkohol loszukommen. Was natürlich nach hinten losging. Irgendwann wurde die Fürsorge alarmiert, und einen Tag später saß ich plötzlich im Gefängnis. Mit gerade mal acht Jahren.»

Martha und ich reißen gleichzeitig den Mund auf. Evan genießt die ungeteilte Aufmerksamkeit sichtbar und nippt in einer Kunstpause an seinem Tee.

«Und dann?», fragt Martha atemlos. Ihre dünnen Finger schlingen sich fest um ein altmodisches Stofftaschentuch.

«Offenbar bringen die Behörden misshandelte Kinder vorübergehend in Gefängnissen unter, wenn kein Heimplatz zur Verfügung steht. Das wusste ich damals natürlich nicht und war mir sicher, dass ich wegen der unterschlagenen fünfzig Pence vom Einkauf für meine Mutter hinter Gittern gelandet war. Ich hatte für sie eingekauft, wie immer, und habe vom Wechselgeld fünfzig Pence einfach behalten, weil sie sowieso nie nachgezählt hat. Ich wollte mir dafür am nächsten Tag in der Schule eine Süßigkeit kaufen. Dabei hatte ich allerdings nicht mit Oliver gerechnet, der den Diebstahl sofort bemerkte und entsprechend bestrafte. Leider brach er mir den Arm, als er mich vor dem Weglaufen vor seinem Gürtel hindern wollte, sodass ich im Krankenhaus landete. Und dort wurde man auf die Misshandlungen aufmerksam.»

«Du liebe Güte!»

Ich bin ehrlich entsetzt. Mein Magen fühlt sich an wie ein Eiszapfen. Niemals hätte ich erwartet, dass ein Mann wie Evan Hawk so ein Schicksal mit sich herumschleppt!

«Was passierte mit Ihnen?»

Martha ist zu neugierig, um länger höflich distanziert zu sein. Unruhig schenkt sie uns Tee nach, ohne Evan dabei aus den Augen zu lassen. Die hässlichen Tropfen auf ihrer weißen Tischdecke bemerkt sie offenbar nicht.

«Ich saß drei Tage in diesem Gefängnisloch, ohne zu wissen, warum. Dann wurde ich rausgeholt und zu meiner ersten Pflegefamilie gebracht. Meine Mutter habe ich seitdem nie wieder gesehen.»

«Was?»

«Wie bitte?» Martha und ich drücken unser Entsetzen gleichzeitig aus.

Evan hebt die Schultern. «Bis ich dreizehn war, wanderte ich von einer Pflegefamilie in die nächste, aber daran war ich zugegebenermaßen selbst schuld. Ich dachte, wenn ich mich überall so schlecht benehme, dass mich keiner behalten will, komme ich irgendwann zu meiner Mutter zurück. Ich hätte Olivers Prügel in Kauf genommen, um weiter bei meiner Mutter bleiben zu können. Doch das passierte natürlich nicht. Stattdessen wurde ich von einer Familie zur anderen geschoben. Meiner Mutter war das Sorgerecht längst entzogen worden, und für eine Adoption war ich zu alt. Adoptiert werden nur Babys, keine halbwüchsigen Jungs mit schwieriger Vergangenheit.»

Meine Augen werden ganz heiß. Ich greife über den Tisch nach seiner Hand und halte sie fest. Gleichzeitig frisst mich mein schlechtes Gewissen beinahe auf. Himmel, und ich habe ihn für einen verwöhnten Upper Class-Jungen gehalten! Einen, der immer alles bekommen hat, was er wollte. Dabei trifft das offenbar eher auf mich zu als auf ihn, auch wenn meine Kindheit nicht gerade durch materiellen Reichtum geprägt war. Dafür konnte ich mich nie über einen Mangel an Liebe beklagen, denn das war das Einzige, das meine Mutter im Überfluss besaß und weitergab.

«Mit vierzehn gewann ich einen Wettbewerb für hochbegabte Kinder an der staatlichen Schule, auf die ich damals ging. Und damit die Aufmerksamkeit von Curt Diamond, der als Sponsor in der Jury saß. Er nahm mich unter seine Fittiche, bezahlte ein privates Elite-Internat für mich, und in den Ferien war ich plötzlich ein Teil der Diamond-Familie.»

«Also bist du eine Art Ziehsohn von Curt Diamond?»

Ich reiße schockiert die Augen auf. Wieso habe ich ihn eigentlich nicht längst mal nach all diesen Dingen gefragt? Warum musste erst meine vierundachtzigjährige Nachbarin mit solchen Fragen kommen, die doch völlig selbstverständlich sein sollten wenn man jemanden gerade kennenlernt? Bin ich wirklich so egozentrisch? Mir wird ganz flau im Magen. Ich habe natürlich nie einen Welpen getreten oder eine Katze am Schwanz gezogen, aber so ähnlich muss sich das wohl anfühlen.

«Ziehsohn … Ja, so kann man das sagen. Er bezahlte später auch mein Studium, und natürlich stieg ich danach in der Diamond Group ein. Er hat mich von Anfang an wie den Sohn behandelt, den er nie hatte. Er brachte mir Disziplin bei, wusste, wie er meinen Ehrgeiz schüren konnte, und stellte hohe Erwartungen an mich. Die ich zum Glück meistens erfüllt habe.»

Ich räuspere mich. «Davon wusste ich gar nichts.»

«Nun, es ist nicht gerade eine Geschichte, mit der man beim ersten Date aufwartet. Nicht, dass das hier ein Date wäre.»

Evan zwinkert mir zu, aber nach seiner Erzählung wirkt sein Gesicht auf einmal ernst und traurig. Ich sehe den verängstigten Jungen in ihm, der einsam in einer Gefängniszelle sitzt und sich fragt, was er falsch gemacht hat. Und ich spüre seine Wut, wenn er über seine Mutter spricht. Sie hat ihn einfach im Stich gelassen, ihren Freund nicht mal seinetwegen verlassen ... Solche Geschichten kenne ich bisher nur aus Filmen. Gott, ich bin im Vergleich dazu so behütet aufgewachsen, dass ich mich wie der undankbarste Mensch der Erde fühle. Die prickelnde Stimmung zwischen Evan und mir ist jedenfalls verflogen, was ich allerdings nicht bedaure. Denn sie ist etwas anderem gewichen. Etwas, das ich noch nicht greifen oder erklären kann, aber ich spüre es. Ganz tief in mir.

«Soll ich frischen Tee aufsetzen, oder möchtet ihr zwei jetzt lieber das tun, wozu ihr eigentlich hergekommen seid?»

Martha kneift ein Auge zu und grinst dabei wie ein junges Mädchen. Evans Wangen färben sich rot, was mich kichern lässt.

«Danke, Martha. Aber ich glaube, wir gehen besser.»

«Na schön. Ich kann euch ja verstehen. Ich würde an eurer Stelle auch lieber ... reden, als die Zeit mit einer alten Frau zu vertrödeln.»

«Du bist so was von nicht *alt*», sage ich lachend und stehe auf.

«Auf Wiedersehen, Evan. Es war mir eine Freude, Sie kennenzulernen!»

«Ganz meinerseits, Martha.»

Evan verneigt sich formvollendet und haucht Martha einen Kuss auf ihre pergamentartigen Finger, was sie mit einem gekünstelten Kichern quittiert. Bevor ich das Haus verlassen kann, zieht sie mich am Arm zurück und wartet, bis Evan die wenigen Stufen zur Straße runtergegangen ist.

«Halt den Jungen gut fest, Kind.» Sie streicht mir mit dem Handrücken über die Wange. «Ich glaube, er ist einer von den Guten.»

Mein Herz zieht sich zusammen, und ich lächle. «Das glaube ich auch. Aber verrat es ihm nicht, um Himmels willen!»

«Niemals!» Martha schlägt die Hände über dem Kopf zusammen. «Das dürfen sie doch nie wissen, sonst werden sie übermütig. Man sollte auch die Guten immer ein bisschen in Unsicherheit wiegen, damit sie sich weiterhin Mühe geben. Ein Mann, der sich seiner Sache zu sicher ist, wird faul.»

«Genau. Ich werde dran denken.»

Ich drücke sie noch einmal an mich, dann eile ich die Treppe runter zu Evan. Er legt sofort den Arm um meine Taille.

«Ich hoffe, ich habe die Stimmung nicht verdorben mit meiner traurigen Geschichte?»

«Nein, ganz und gar nicht», sage ich, weil allein seine Berührung ausreicht, um das Kribbeln wieder aufzuwecken.

«Aber ich schäme mich ein bisschen. Weil ich dich so falsch eingeschätzt habe.»

«Vielleicht habe ich die Geschichte ja nur erfunden, um bei dir und Martha punkten zu können?» Ich starre ihn entsetzt an, bis er lacht. «Nein, Quatsch. Das würdest du mir zutrauen? Ich glaube, ich muss noch einige Überzeugungsarbeit leisten.»

«Oh ja», raune ich ihm ins Ohr, bevor ich das kleine Tor aufschließe. «Und du solltest besser gleich damit anfangen.»

14

Evan

Ally schließt die Tür zu ihrer Wohnung im Hinterhof auf. Staunend schaue ich mich in ihrem winzigen, perfekt eingerichteten Apartment um. Die weibliche Handschrift ist deutlich.«Das Schlafzimmer ist da vorn.» Grinsend zeigt sie auf eine verschlossene Tür. «Aber erstmal hier entlang, bitte.»

Sie geht voran in ein Wohnzimmer mit offener Küche. Ein rotes Sofa, eine Stereoanlage und eine sehr teuer wirkende Küche mit einer großen Kochinsel in der Mitte, an der man auf Barhockern sitzen kann. In die Mauern sind Nischen gehauen, die mit eingesetzten Glasböden indirekt beleuchtete Regale bilden und mit Deko und allerlei Kunstwerken vollgestopft sind.

«Tja, die Führung ist schnell vorbei bei so einer kleinen Wohnung. Zum Glück.»

Ally wirft ihre Handtasche auf den Boden und kommt näher. Instinktiv strecke ich die Hände aus, umfasse ihre Taille. Ihr Duft, ihre bloße Anwesenheit heute haben mich so heiß gemacht, dass ich kein langes Vorspiel mehr bräuchte, bevor ich sie. … Aber natürlich beherrsche ich mich. Langsam lasse ich eine Hand durch ihr Haar gleiten, verharre in ihrem Nacken. Die andere Hand legt sich wie von selbst auf ihren kleinen, runden Po, damit ich sie fester an mich ziehen kann. Unsere Lippen sind nur noch Zentimeter voneinander entfernt.

«Gummis sind im Schlafzimmer», flüstert sie heiser, bevor mein Mund ihren trifft und Lust mich durchzuckt.

Wie ein Stromschlag fühlt sich die plötzliche Berührung an. Ich schmecke sie, süße Schokolade und gezuckerten Tee. Ich schnuppere den Duft der Orangen, den ihr Haar verströmt.

«Du bist eindeutig die romantischste Frau, die mir je begegnet ist», raune ich zurück, während ich an ihrem Ohrläppchen knabbere, und sie kichert.

«Aber lass mich trotzdem erst duschen, bitte. Ich hab mich heute Morgen nicht mal rasiert.»

Ich blinzle irritiert. Und bin nicht bereit, sie jetzt gehen zu lassen. «Das ist absolut unnötig. Ich will dich so, wie du bist.»

«Nein, ich muss erst duschen.» Lachend schiebt sie mich von sich und ich verziehe enttäuscht den Mund. «Setz dich. Was möchtest du trinken? Wein, Whisky, Wodka, Cola, Wasser?»

Sie geht zur Küchenzeile und öffnet eine Schublade. Gebückt bleibt sie davor stehen und sieht mich fragend an, aber ich habe nur Augen für ihren süßen, kleinen Hintern, der sich so verlockend wölbt, dass ich … oh fuck.

«Whisky», sage ich und ziehe die Lederjacke aus, bevor ich mich aufs Sofa setze. Sie klappert mit Gläsern und Flaschen, während ich mich in ihrer winzigen Wohnung umschaue.

«Hier, bitte. Ist nichts Besonderes, glaub ich. Ich trinke so was eigentlich nicht und hab den mal geschenkt bekommen. Ich hoffe, er ist noch genießbar.»

Lächelnd drückt sie mir den Drink in die Hand. Ich schnuppere an dem Whisky, er riecht rauchig und schwer.

«Das ist ein guter Tropfen. Offenbar hattest du einen spendablen Gönner.»

Sie nippt an ihrem Glas und verzieht das Gesicht.

«Bin gleich zurück. Dauert nur ein paar Minuten.»

Ein gehauchter Kuss auf die Lippen, kaum spürbar, und doch ist er so erotisch und erregend wie die Verheißung in ihren Worten. Meine Hose wird schon wieder eng. Verfluchter Mist. Mein Körper reagiert auf sie wie ein Dreizehnjähriger auf den Anblick der ersten nackten Frau seines Leben. Was damit zu tun haben mag, dass ich seit zwei Jahren keinen Sex hatte. Ich bin es gewohnt, die Kontrolle zu behalten, aber in ihrer Gegenwart fällt mir das verdammt schwer.

Nebenan rauscht die Dusche, und ich durchstöbere das CD-Regal, um mich abzulenken. Neben bekannten Blues-Größen stoße ich auf alten Trip-Hop und Elektropop. Ein weißes Cover mit einer langhaarigen Frau darauf zieht meine Aufmerksamkeit auf sich, weil ich von dieser Künstlerin noch nie gehört habe. Móa. Ally singt leise unter der Dusche, ich muss grinsen. Ich lege die CD ein und sphärische Ambient-Klänge ertönen. Eine Frauenstimme, die an Whisky, verrauchte Nachtclubs und … Sex erinnert. Auf einem Lowboard entdecke ich ein paar Zeichnungen, die mich interessieren. Ohne weiter darüber nachzudenken nehme ich sie an mich, setze mich wieder aufs Sofa und blättere durch die Entwürfe, die eindeutig von Alicia stammen und noch eindeutiger mit Mila zu tun haben. Einige sind banal und ein bisschen langweilig, aber andere sind …

«Was zum Geier tust du da?»

Ihre Stimme klingt scharf, und obwohl ich für eine Sekunde in ihre blitzenden Augen schaue, als sie mir die Unterlagen entreißt, entgeht mir ihr Aufzug nicht. Sie ist nicht nackt, aber sie trägt einen halb transparenten, schwarzen BH, durch den ich ihre kleinen Brustwarzen sehen kann. Und einen dazu passenden, winzigen String mit Fransen, der kaum etwas von ihrem perfekten Körper verhüllt. Mir bricht Schweiß aus. Das ist mehr als nur nackt. Das ist …

«Sorry, ich war nur neugierig.»

Ich reibe mir über den Nacken und versuche, entschuldigend zu lächeln. Ihre blauen Augen funkeln. Als sie in die Hocke geht, um die Entwürfe in einer Schublade verschwinden zu lassen, und die nackten Rundungen ihres Hinterns mein Bein berühren, stöhne ich unterdrückt. Fuck, das ist Quälerei! Wenn sie jetzt sauer ist wegen der Zeichnungen, werde ich sterben.

«Die Musik ist okay, aber das hier ist nicht okay, Evan Hawk.»

Sie richtet sich wieder auf und stemmt die Hände in die Taille. Diese verdammte, schmale Taille. Ihre Brüste heben und senken sich unter dem dünnen Stoff, der kaum Halt bietet. Sie sind klein und unglaublich fest. Ich will ... oh mein Gott. Ich spüre Schweißperlen auf meiner Stirn, als sie sich zu mir runterbeugt. Frisch geduscht. Sie riecht nach Erdbeeren und Vanille. Dicht vor meinem Gesicht verharrt sie.

«Ich hoffe, du hast eine verdammt gute Entschuldigung dafür», flüstert sie, und ich kriege kein Wort raus. Kann nur nicken.

Ja. Oh Gott, ja. Meine Hände machen sich selbstständig, greifen um ihre Taille. Unfassbar weiche Haut. Ein Blitzschlag durchzuckt mich bei der Berührung und ich ziehe sie einfach auf mich. Auf meinen Schoß.

«Ich entschuldige mich für meine Neugier», sage ich leise und küsse ihren Hals, was sie zu meinem Entzücken zum Seufzen bringt. «Die Entwürfe sind gut. Sehr gut sogar.»

«Nein, sind sie nicht.» Ally knabbert an meinem Ohrläppchen. «Aber darüber möchte ich jetzt gar nicht mit dir reden. Vergiss den Geschäftskram», erwidere ich, ohne die Lippen von ihrer köstlichen Haut zu nehmen. Verflucht, nichts könnte mich gerade weniger interessieren als das bescheuerte Geschäft. Ihr Körper ist warm und noch feucht von der Dusche. Ich lege die Hände auf ihre Pobacken. Ally spreizt die Beine und setzt sich aufrecht hin, ihre Hände in mein Haar vergraben. Mein Schwanz zuckt heftig gegen meinen Schritt. Und gegen ihren Schoß, den nur dieser winzige schwarze String von mir trennt. Scheiße, ich bin so was von verloren.

«Ich würde im Moment sowieso jeden Vertrag unterschreiben, den du mir vorlegst», stoße ich aus, als sie ihre Hüften gegen meine bewegt. «Du hast mich doch längst.»

Sie streicht mit den Fingerkuppen über mein Gesicht. Zeichnet meine Konturen nach, während sie mir lächelnd in die Augen sieht und ihren Schoß sanft an mir reibt. So sanft. Im Takt der Musik, deren Sängerin gerade von *Joy and Pain* singt. Nichts könnte passender sein in diesem Moment.

«Evan, bitte … Nicht jetzt. Ich will nur noch schmutzige Worte aus deinem schönen Mund hören.»

Sie senkt ihre Lippen auf meine, und ich küsse sie stöhnend. Halte mich an ihrem kleinen runden Hintern fest. Atme ihren Duft tief ein, während ich jeden einzelnen Kuss von ihren Lippen trinke.

«Du bist so unfassbar schön», flüstere ich und lasse meine Hände an ihrem Körper entlangwandern. Sie presst ihre Brüste gegen meinen Oberkörper, verstärkt den Druck auf meinen Schritt, der hart pulsiert. Ihre Haut ist tatsächlich mit unzähligen, hellen Sommersprossen übersät. Überall. Ihre Lider sind halb geschlossen, die dichten Wimpern hängen wie ein Vorhang über den blauen Augen. Ich schiebe eine Hand zwischen uns und streiche sanft über ihren Schritt. Streichle ihre Pussy durch das dünne Höschen hindurch. Sie lässt ihr Becken wieder auf mir kreisen, und mir entfährt ein heiseres Stöhnen.

«Fuck, Ally. Ich weiß nicht, wann ich das letzte Mal in meine Hose gekommen bin, aber wenn du so weitermachst …»

Ihre Lippen bringen mich zum Schweigen, gleichzeitig spüre ich ihre Hände an meiner Hose. Wie sie den Knopf aufnesteln, hektisch und ungestüm. Mein Schwanz pocht heftig, wir küssen uns weiter, während sie meine Hose aufzerrt und mich endlich von diesem entsetzlichen Druck erlöst.

Dann reißt uns ein ohrenbetäubendes Klirren aus der lustvollen Trance, gefolgt von einem dumpfen Aufprall. Kühle

Luft schlägt durch die zerbrochene Fensterscheibe ins Zimmer. Ally springt von meinem Schoß und schlägt die Hände vors Gesicht, als sie auf den Ziegelstein starrt, der kurz vor dem Couchtisch auf dem Boden gelandet ist. Glassplitter sind bis in die Zimmerecken verteilt. Einer hat sie offenbar getroffen, denn auf ihrem Rücken blutet ein feiner Schnitt. Der Stein ist mit Papier umwickelt, und sogar ich kann lesen, was darauf steht. Großer Gott.

15

Ally

Mein Herz trommelt gegen meinen Brustkorb. Mit zitternden Knien bücke ich mich, um den Pflasterstein aufzuheben, der gerade durch meine Fensterscheibe geflogen kam, mit solcher Wucht, dass die Scheibe klirrend zersprungen ist. Überall fliegen Glassplitter herum, ich traue mich gar nicht, mich zu bewegen ohne Schuhe.

Schlampe

«Was zur Hölle …?» Langsam drehe ich mich zu Evan um, der vom Sofa springt und dabei seine Hose schließt. Die klagende Stimme von Móa füllt immer noch meine Wohnung.

«Bin gleich zurück», höre ich ihn wie durch einen dumpfen Filter sagen, dann schießt er auch schon an mir vorbei zur Tür.

Sekunden später sehe ich ihn über den Innenhof zur Treppe laufen. Offenbar auf der Suche nach dem Übeltäter. Meine Beine sind ganz weich. Vorsichtig balanciere ich über die Scherben zu meiner Handtasche und fummle die Zigarettenpackung raus. Dann zünde ich mir eine Kippe an. Meine Finger zittern, aber ich brauche diese Frustzigarette jetzt. Enttäuschung über den verpatzten Sex breitet sich in mir aus. Wie damals bei der Hochzeit meiner Tante, als ich hungrig auf ein riesiges Stück Sahnetorte starrte und jemand mir den Teller wegzog mit den Worten: «Da ist Alkohol drin, das ist nichts für Kinder.»

Ich ziehe an meiner Zigarette und puste den Rauch in die Luft. Der plötzliche Schock hat mein Gehirn wieder in Gang gesetzt und ich frage mich, wer es neuerdings auf mich abgesehen hat. Wem habe ich etwas angetan, dass er Grund hätte, sich an mir zu rächen? Oder mir Angst zu machen? Erst mein Auto, jetzt meine Wohnung … das ist doch nicht normal! Ich habe keine Feinde, jedenfalls weiß ich nichts davon. Kann es sein, dass die ganze Sache was mit Evan zu tun hat?

Minuten später, als ich gerade die Zigarette im Spülbecken gelöscht und in den Mülleimer geworfen habe, kommt Evan zurück. Er fährt sich durch die zerstrubbelten Haare und wirkt blass.

«Und? Hast du jemanden erwischt?»

Meine Chancen auf Sex sind für heute so hoch wie die auf einen Lottogewinn, das sehe ich ihm an. Mist.

«Nein, die Straße war leer. Abgesehen von einer Frau mit Kinderwagen, die nicht so aussah, als hätte sie …»

Er presst die Lippen fest zusammen, und in meinem Bauch bildet sich ein Knoten. Ein Alarmsignal. Ich weiß nicht, warum, aber meine Intuition sagt mir, dass er lügt. Dass er mehr Ahnung hat, als er zugibt. Er wirkt beunruhigter als ich. Ich fülle Whisky nach und reiche ihm sein Glas.

«Hier. Auf den Schreck …»

«Danke. Den brauche ich tatsächlich.»

Er trinkt hastig. Dann tripple ich noch einmal durch die Splitter und setze mich neben ihn. Meine Finger legen sich wie von selbst auf seinen Oberschenkel. Gott, ich kann die Hände einfach nicht von ihm lassen. Er ist so unglaublich schön. Aber er wirkt auf einmal seltsam verschlossen. Als hätte er einen inneren Vorhang zugezogen. Ende der Vorstellung. Enttäuscht nippe ich an dem scharfen Whisky, der mir in der Kehle brennt.

«Hast du irgendwelche Bretter im Haus?», fragt er wenig später und steht wieder auf.

Ich blinzle irritiert, verschränke die Arme vor der Brust, weil ich mich in meiner Unterwäsche plötzlich nackt fühle. Ich habe eigentlich kein Problem damit, nackt zu sein. Doch im Moment fühle ich mich verwundbar. Als hätte ich mit meiner Kleidung auch einen Schutzschild abgelegt.

«Für das Fenster. Damit es wenigstens notdürftig verschlossen ist, bis du eine neue Scheibe bekommst», erklärt er, und ich atme auf.

«Vielleicht hab ich irgendwo Pappe. Ich hab Werkzeug und so was da drüben», antworte ich fahrig und zeige auf die Kammer hinter der Küche.

Evan zertritt auf dem Weg ein paar Scherben mit seinen Schuhen. Ich beiße mir auf die Lippe und schaue ihm nach, dann gehe ich ins Schlafzimmer und schlüpfe in ein T-Shirt und eine gemütliche Nickihose. Anschließend setze ich mich aufs Bett und pule mit der Pinzette winzige Splitter aus meinen Fußsohlen. Mein Herz klopft noch immer viel zu schnell. Diese Attacke kam unerwartet und zu einem verdammt ungünstigen Zeitpunkt. So ungünstig, als hätte uns jemand heimlich beobachtet und genau gewusst, wann der richtige Moment dafür gekommen war. Der Gedanke jagt eine Hitzewelle durch meinen Körper. Habe ich einen Stalker? Jemanden, der mir nachspioniert? Eine schauderhafte Idee.

Als ich, vorsichtshalber mit Schuhen an den Füßen, ins Wohnzimmer zurückkomme, nagelt Evan gerade eine große Pappe vor das offene Fenster. Seine Kiefer sind fest aufeinander gepresst, er sieht wütend aus.

«Hast du eine Idee, wer das gewesen sein könnte?», fragt er. Seine Stimme zittert leicht.

Ich hole einen Handfeger und ein Kehrblech, gemeinsam sammeln wir die Glasscherben auf, die sich im ganzen Raum verteilt haben.

«Nein, absolut nicht. Soweit ich weiß, habe ich keine Feinde. Jedenfalls hatte ich keine, bis du ...»

Wir sehen uns in die Augen, und ich verstumme abrupt. Sein Gesichtsausdruck ist beängstigend.

«Evan? Willst du mir irgendwas sagen?»

Mein Puls beschleunigt sich.

«Vielleicht sollten wir besser …»

Er reibt mit der Hand über sein Gesicht, als ob er müde wäre. Mein Herz stockt für ein paar Sekunden.

«Was? Was sollten wir?»

«Wir beide. Es war eine beschissene Idee. Ich hätte mich nicht so gehen lassen dürfen.»

Jetzt schnappe ich empört nach Luft. «Gehen lassen? Das ist alles, was dir dazu einfällt? Ich dachte, du … wir … oh, Scheiße.» In mir brodelt es. «Ich bin mir zu schade für so was. Wenn das hier für dich nur ein Spielchen ist …»

Er zieht mich zum Sofa und zwingt mich, mich neben ihn zu setzen. Meine Hände liegen in seinen Fingern wie in zwei Schraubstöcken, obwohl ich sie am liebsten wegziehen würde. Aber er hält mich fest. So fest, dass es beinahe wehtut. Es liegt Schmerz in seiner Geste, der mir ins Herz sticht.

«Es gibt Gründe, warum ich die Investition in Mila abgelehnt habe», sagt er.

Das Herz rutscht mir in die Kniekehlen. Ich spüre meinen eigenen Pulsschlag hinter den Schläfen.

«Aber die kann ich dir nicht erklären. Nicht jetzt jedenfalls. Und ich weiß auch nicht, ob diese ganze Sache damit zu tun hat.»

Das Blut weicht aus meinem Kopf. Mein Gesicht fühlt sich taub an. Ich schließe kurz die Augen, als könnte ich die dunklen Geister, die plötzlich in mir aufsteigen, dadurch vertreiben. «Wofür hältst du mich eigentlich?», frage ich. Ein Kloß breitet sich in meiner Kehle aus. «Für ein lustiges, kleines Spielzeug, mit dem du dich vergnügen kannst?»

«Ich weiß nicht, wie du darauf kommst.» Er lässt meine Hände so ruckartig los, dass sie wie leblos nach unten fallen. Eine Gänsehaut läuft mir über den Rücken, als er mich ansieht. «Ich riskiere eine ganze Menge. Deinetwegen. Und ich habe trotzdem nicht eine Sekunde lang daran gezweifelt. Aber offenbar hattest du bestimmte Gründe, mit mir ins Bett zu gehen.»

Meine Halsschlagader pulsiert. Ich spüre, wie mein Gesicht heiß anläuft. Und in meinem Bauch knubbelt sich ein kleiner Wutball zusammen.

«Was soll das sein, Evan? Ein Katz-und-Maus-Spiel? Dann bleibt nur die Frage, wer von uns den anderen fressen wird.»

«Du hast gerade eben eine Kurznachricht bekommen», sagt er, und mein Herz setzt ein paar Schläge aus.

«Und?», frage ich betont lässig. Mein Handy liegt auf dem Couchtisch. Das Display ist schwarz, aber wahrscheinlich ist die Nachricht vorhin reingekommen, als ich im Schlafzimmer war. «Du hast sie doch nicht etwa …?» Oh doch, er hat. Das sehe ich ihm an. Ich weiß gar nicht, wo ich mich lassen soll vor Wut. «Das ist nicht dein Ernst», flüstere ich scharf.

«Tut mir leid, ich konnte sie nicht ignorieren.» Er zuckt die Achseln und steht auf. «Vielleicht wird dir klar, warum, wenn du sie gelesen hast.»

«Verschwinde einfach, Evan.» Ich ziehe die Knie an meinen Oberkörper, dann schlinge ich die Arme darum. «Bevor du auch noch anfängst, meine Wohnung zu durchsuchen oder weitere Entwürfe aus der Schublade zu holen. Du verdammter kleiner Stalker.»

Er sieht mich regungslos an, aber in seinen Augen liegt ein verletzter Ausdruck. Himmel, ich habe es ruiniert! Statt heißen Sex mit ihm zu haben und ihn anschließend dazu zu bringen, der Investition zuzustimmen, habe ich ihn abserviert. Keine Chance, dass ein Typ wie Evan Hawk mir das verzeihen wird. Keine Chance, dass meine Pussy mir das je verzeihen wird – denn die höre ich gerade nahezu schreien vor Frust. Das kommt davon, wenn man mit dem Feuer spielen will. Man läuft immer Gefahr, sich selbst zu verbrennen.

Ich muss mich jetzt selbst schützen, denn dieses Spiel

könnte ich tatsächlich verlieren. Beinahe bin ich dem Unbekannten dankbar für den Pflasterstein, der mich davor bewahrt hat, den vielleicht größten Fehler seit Chris zu machen.

«Wie geht's Katie?» Ich nicke Ben freundlich lächelnd zu, als ich seine Wohnung betrete, und umarme ihn flüchtig. Mein Magen ist zu einem bösartigen Geschwür geschrumpft, mir ist übel.

«Ganz gut. Wir hatten ein bisschen Stress die letzte Zeit, aber das kennst du ja.»

«Ach, das alte Thema?» Ich zwinkere ihm zu und setze mich auf sein weißes Designersofa. «Ist sie immer noch zu besitzergreifend?»

Bens Loft ist so nüchtern wie er selbst. Die einzige Deko besteht aus wenigen Schwarz-Weiß-Fotografien, die in schlichten Rahmen an den Wänden hängen. Fotos von Ben, Katie, Bens Eltern, seinen Geschwistern, Neffen, seiner Oma. Ein Bild seines Ex-Freundes, mit dem er die wohl heißeste Affäre seines Lebens hatte. In Sachen Bisexualität würde er perfekt zu Sam passen. Und ich entdecke auch ein Porträt von mir, das Chris vor ein paar Jahren geschossen hat. Der Anblick löst ein seltsames Grummeln in meinem Bauch aus.

«Leider, und es wird immer schlimmer. Diesmal ist sie sauer, weil ich ihr noch keinen Antrag gemacht habe.»

«Ben!» Ich lache leise. «Du wolltest nicht mal mit ihr zusammenziehen. Vielleicht machst du erst mal den einen Schritt, bevor du den nächsten …»

«Was hast du ausgefressen, Ally?», unterbricht er mich.

Er stellt eine eiskalte Coladose vor mir ab und setzt sich mir gegenüber auf den Fernsehsessel, der so ungemütlich wirkt wie ein gynäkologischer Stuhl. Obwohl ich die Designerin bin, lebe ich stets treu nach der Devise *Form Follows Function*. Die Form folgt der Funktion. Demnach müssen Sofas und Sessel in erster Linie bequem sein, was meistens zulasten einer perfekten Optik geht. Aber Ben glaubt nicht daran, die schöne Form ist ihm wichtiger als alles andere.

Es hat zwei Jahre gedauert, bis ich ihn so weit hatte, sich überhaupt ein Sofa in die Wohnung zu stellen. Und natürlich hat er zielsicher zum schicksten, aber ungemütlichsten Sitzmöbel gegriffen, das die Möbelwelt zu bieten hatte.

«Also, warum bist du hier?»

Ben ist freundlich, unterschwellig spüre ich aber immer noch seine Verärgerung. Und ich fürchte, das wird nach meiner Beichte nicht besser werden. Unruhig knete ich meine Finger im Schoß, während von der Coladose Kondenswasser auf den Glastisch perlt.

«Es geht um Evan Hawk. Ich habe … Oh, Scheiße, Ben, sei nicht sauer, ja? Aber ich glaube, ich hab echt Mist gebaut.»

Er reibt sich stöhnend über die Stirn, und ich erzähle in stockenden Sätzen, was passiert ist. Die Sache mit dem Auto in der Bar, dass Evan meine Scheibe hat reparieren lassen, der Besuch bei Martha und der frustrierende Fast-Sex in meiner Wohnung. Das Wurfgeschoss, und Evans Reaktion auf die SMS, die Ben mir geschickt hat. Ben lauscht mit verkniffenem Mund. Er unterbricht mich nicht, stellt keine Fragen, nickt aber auch nicht. Er macht mir ein bisschen Angst.

«Sei bitte nicht sauer, aber ich hab ihn rausgeworfen, weil er deine Nachricht gelesen hat. Ich war wütend, dass er einfach so an mein Handy gegangen ist. Wenn du mir nicht in genau dem Moment geschrieben hättest, wäre das nicht …»

«Fuck.» Ben schlägt mit der Faust auf die Armlehne und schüttelt den Kopf. «Das ist … Mist. Großer Mist.»

«Das ist mir klar. Aber was soll ich jetzt machen?»

«Hast du nicht versucht, ihn zu überzeugen? Wenn er denkt, dass du ihn nur wegen Mila angebaggert hast …»

«Natürlich denkt er das», unterbreche ich ihn hitzig. «Was sollte er denn sonst denken, nachdem er deine SMS gelesen hat? Und meine wahrscheinlich auch gleich mit, die gesamte

Unterhaltung. Oh Gott.» Stöhnend vergrabe ich das Gesicht in den Händen.

«Aber du wolltest gar nicht nur deshalb mit ihm ins Bett. Richtig?»

Verdutzt schaue ich hoch und Ben in die Augen. Er beißt sich auf die Lippe, als ob er meine Antwort fürchten würde.

«Nein», gestehe ich leise. «Vielleicht am Anfang … Ich dachte, ich könnte ihn anmachen, damit er sich die Sache überlegt. Aber heute war es anders, und ich … Ach, ich weiß doch auch nicht. Das ist mir alles zu viel. Ich bin überfordert damit.»

«Meinst du, du kannst das hinbiegen?» Ben sieht mich forschend an. «Wenn du ihn davon überzeugst, dass du ihn wirklich magst und du nicht nur wegen der Investition …»

«Ich glaube nicht, dass er mir das jetzt noch abkauft.»

Frustriert verschränke ich die Arme vor der Brust und lehne mich zurück. Ich kann es ihm ja nicht mal verdenken. Ich hätte an seiner Stelle dasselbe gedacht, wenn ich Bens Nachricht gelesen hätte. Und unsere vorhergehende Unterhaltung per SMS. Immerhin hatte ich Ben mitgeteilt, dass ich Evan nun «so weit hätte». Dass ich «an ihm arbeiten würde». Okay, es war nicht in Ordnung von ihm, sich einfach an meinem Handy zu vergreifen, aber ich fühle mich trotzdem schuldig. Außerdem stimmt es nicht mal. Nicht mehr, jedenfalls.

Ben zieht die Brauen zusammen. «Was passiert, wenn er die Investition jetzt deswegen ablehnt? Hast du irgendeinen Geheimplan? Ich habe nämlich keinen, außer, nächsten Monat Insolvenz anzumelden.»

Ich zucke erschrocken zusammen. «Ist es wirklich schon so schlimm?», frage ich. «Wieso hast du mir das nicht gesagt? Ich könnte meine Wohnung noch mal …»

«Deine Bude ist schon viel höher belastet, als sie wert ist, Ally. Zufällig habe ich die letzte Hypothek für dich gemacht, falls du dich erinnerst.»

Meine Wangen werden knallheiß. Ben stützt die Ellbogen auf seine Knie und vergräbt das Gesicht in den Händen. «Ally, ich … Ich weiß nicht mehr weiter. Du hast den Fokus verloren. Bis vor zwei Jahren war Mila alles für dich. Du warst besessen von der Arbeit, du hast vor Ideen nur so gesprüht, du warst der kreative Motor. Und heute? Was ist nur mit dir los, verdammt noch mal?»

«Ich weiß es nicht», flüstere ich. Himmel, ich fühle mich entsetzlich. Weil er einfach recht hat. Mir fällt schon lange nichts mehr ein. Sogar die Glasperlen, die ich abends und am Wochenende bastle, sind immer dieselben. Ich funktioniere nur noch. Wie ein Roboter. «Ich werde mich bei Evan entschuldigen. Gleich morgen. Bevor wir uns am Montag im Büro treffen. Ich werde ihm erklären, dass du mich falsch verstanden hast. Vielleicht glaubt er mir, dass ich …»

«Bitte nicht!», unterbricht mich Ben. Verdutzt sehe ich ihn an. «Ich fürchte, du machst alles noch schlimmer.»

«Ich hätte gar nicht erst damit anfangen sollen. Es war von vornherein ein idiotischer Plan, ich tauge nicht zu so was! Aber ich hab mir die Suppe nun mal eingebrockt, jetzt muss ich sie auch auslöffeln.»

Entschlossen stehe ich auf und starre auf die volle Coladose auf dem Tisch, um deren unteren Rand sich inzwischen eine kleine Pfütze gebildet hat.

«Lass es einfach, Ally. Ich spreche am Montag im Büro sowieso mit ihm, aber besser allein. Und dann höre ich mir an, was er zu sagen hat. Wenn er die Investition deswegen ablehnen will, dann ist es eben so. Wir können es nicht mehr ändern.» Ben zuckt die Achseln. Mein Magen windet sich wie eine Schlange.

«Gute Nacht, Ben», sage ich zum Abschied. Zum ersten Mal, seit wir uns kennen, begleitet er mich nicht zur Tür.

16

Evan

«Mach auf, Liz! Ich weiß, dass du da bist.» Mit geballten Fäusten stehe ich vor dem Haus und drücke zum fünften Mal auf die Klingel. Der schrille Ton ist mir gut bekannt, schließlich habe ich viele Jahre meines Lebens in der riesigen Villa in Hampstead verbracht. «Wenn du nicht aufmachst, nehme ich die große Tür und erzähle deinem Vater, was du getan hast», drohe ich mit erhobener Stimme. Und tatsächlich höre ich auf einmal Schritte im Flur. Na also. Geht doch.«Ich hab schon geschlafen, Evan. Was ist denn los?»

Sie lügt. Ich weiß, dass sie beim Schlafen eine hässliche grüne Augenmaske und ein Haarnetz trägt, um ihre Frisur nicht zu ruinieren. Ihre Augen aber wirken wach, und ihr Make-up ist immer noch perfekt. Mit einem leisen Knurren betrete ich das Haus, das auch mal mein Zuhause war, und schiebe die Tür hinter mir zu.

«Evan? Was ist passiert? Du siehst …»

«Was fällt dir ein, nicht nur Alicia Sinclairs Auto zu demolieren, sondern ihr auch noch einen Stein ins Fenster zu werfen? Bist du von allen guten Geistern verlassen?»

«Ich habe keine Ahnung, wovon du sprichst.»

Sie verschränkt die Arme vor der Brust und presst die Lippen aufeinander. Der Duft von Clive Christian No 1 dringt mir in die Nase, und ich muss die Luft anhalten, um nicht zu viel davon einzuatmen. Es gab eine Zeit, da hat mich dieses teure Parfum betört, aber das ist lange her. Heute löst es nur ein unangenehmes Stechen in mir aus.

«Du warst also nicht vor einer guten Stunde in Kensington und hast einen Pflasterstein in ihre Fensterscheibe geworfen? Nachdem du gestern vor dem Pub ihre Windschutzscheibe zertrümmert hast?»

«Was? Ich?» Liz lacht. Sie wirft den Kopf in den Nacken und lacht so perlend und echt, dass ich kurz irritiert zurückzucke. «Du hältst es für möglich, dass *ich* so etwas tue? Wie denn? Ich bin ja kaum kräftig genug, um einen Pflasterstein überhaupt aufzuheben, geschweige denn, eine Scheibe damit einzuwerfen.» Sie kneift die Augen zu Schlitzen zusammen. «Das Interessante an deinen Anschuldigungen ist allerdings die Tatsache, dass du tatsächlich eine Affäre mit Alicia Sinclair hast.» Sie trommelt mit den Fingern auf ihrem Oberarm herum.

«Darum geht es hier gar nicht.» Ich fahre mir durch die Haare und versuche, nicht auf die Bilderrahmen zu schauen, die im Flur hängen. In jedem davon befindet sich ein Foto von Liz und mir, aus glücklicheren Tagen. Der Anblick dieser Bilder wirkt wie ein Messer, das in meinem Magen herumgedreht wird.

«Ich habe Alicia nur nach Hause begleitet. Wir haben kurz über das Geschäft gesprochen, dann hat jemand einen Ziegelstein in ihr Fenster geworfen. Ich wüsste nicht, wer außer dir einen Grund hätte, so was zu tun.»

«Und ich habe einen Grund?» Sie neigt den Kopf, ihr Gesichtsausdruck verändert sich. «Du gibst es also zu, ja?»

«Liz! Herrgott.» Ich umfasse ihre Oberarme und schüttle sie, als könnte ich sie dadurch zur Besinnung bringen. «Es spielt keine Rolle, ob ich eine Affäre mit Alicia habe oder nicht. Aber selbst wenn, hast du kein Recht, so was zu tun! Es ist mein Leben. Und meine Entscheidung, mit wem ich ins Bett gehe. Wir beide sind nur noch nicht geschieden, weil Curt es sich gewünscht hat. Sonst wären wir schon lange …»

«Evan!» Sie schiebt mich von sich. «Ich war es nicht. Wirklich, ich schwöre, dass ich nichts damit zu tun habe. Du musst doch einsehen, dass das gar nicht mein Stil wäre, oder? Ich würde sie geschäftlich ruinieren, wenn ich ihr etwas antun wollte. Ihr Unternehmen in Misskredit bringen. Aber Fenster einwerfen …?»

Sie zieht spöttisch die Oberlippe hoch, und mein Magen verkrampft sich, weil ich nicht weiß, ob ich ihr glauben kann.

«Weiß Alicia eigentlich, dass du noch verheiratet bist? Denn nach allem, was *ich* weiß, hat ihr letzter Freund ihr etwas vorgespielt. Sie hat jahrelang nicht mal geahnt, dass er längst verheiratet war. Kannst du dir das vorstellen? Sie hat geglaubt, eine Beziehung mit ihm zu haben, dabei war sie nur seine kleine Mätresse, während eine andere Frau im gemachten Nest saß. Was würde sie dazu sagen, wenn sie wüsste, dass du noch verheiratet bist? Oder weiß sie es etwa schon?»

«Hör auf damit, Liz», knurre ich und schiebe die Hände in die Hosentaschen, um ihr nicht versehentlich an die Gurgel zu gehen. «Du hast wahrhaftig genug kaputtgemacht. Es reicht.»

«Tut mir leid, Evan.» Sie zuckt die Achseln und schaut an mir vorbei auf ein Foto, das hinter mir hängt. Ich weiß genau, was darauf zu sehen ist. Es ist ein Foto aus den Anfängen unserer Beziehung, kurz nach dem Ende meines Studiums. Als ich glaubte, glücklich mit ihr zu sein. «Vielleicht hat die süße Alicia ja auch ein paar Leichen im Keller, von denen du nichts weißt? Du bist doch so ein Kontrollfreak. Frag sie doch einfach.»

«Das werde ich.» Ich wende mich zum Gehen. «Verlass dich drauf. Das werde ich. Und was das Nachspionieren angeht … Ich hatte damals allen Grund für mein Misstrauen dir gegenüber, wie sich ja herausgestellt hat.»

Ich greife nach der Klinke und öffne die Tür.

«Ach … Evan?» Ihr kühler Ton lässt mich innehalten. Nur

sehr langsam drehe ich mich zu ihr um und vermeide, ihr in die Augen zu schauen. «Wir beide fliegen am Dienstag übrigens nach New York. Zu Adam & Eve.»

Ich stöhne unterdrückt. «Liz, ich habe dir bereits letzte Woche gesagt, dass das nicht mehr nötig ist. Es gibt keinen Grund …»

«Oh doch, es gibt einen. Einen sehr guten sogar. Dad findet, dass du recht hattest mit deiner Einschätzung der Konkurrenz. Und Adam & Eve ist ein interessantes Unternehmen. Im Gegensatz zu Mila haben sie vor allem einiges für die Zukunft auf Lager. Du solltest dir also schon mal überlegen, wie du deinem neuen Betthäschen beibringst, dass die Diamond Group leider doch nicht in Mila investiert. Weil du selbst deinen Arbeitgeber darauf gebracht hast, dass es weitaus attraktivere Investitionsmöglichkeiten in diesem Business gibt.»

Ich fahre mir mit der Hand durchs Haar und suche ihren Blick. «Liz, was soll das jetzt? Ich dachte, die Sache wäre klar. Ich habe meine Einschätzung überarbeitet und mich für die ganze Sache ausgesprochen. Laut Curt soll alles noch diesen Monat über die Bühne gehen.»

Liz verschränkt die Arme vor der Brust und grinst spöttisch. «Das war allerdings, *bevor* du mit ihr ins Bett gegangen bist. Ich habe Dad schon gesagt, dass ich dich nicht mehr für zurechnungsfähig halte, und er hat darauf bestanden, dass wir uns in New York umsehen und du die Situation der Konkurrenz studierst. Du weißt, was passiert, wenn du Dad nicht überzeugen kannst, oder?»

«Droh mir nicht …», sage ich leise. Meine Zähne knirschen.

Liz zuckt die Achseln. Lässig lehnt sie im Flur an der Wand und mustert mich amüsiert. «Ich muss dir gar nicht drohen, Evan. Du bist ja gerade dabei, dich selbst zu ruinieren. Viel Spaß weiterhin.» Sie wendet sich ab und geht durch den Flur ins Wohnzimmer.

Ich atme mehrmals tief ein und aus, meine Hände sind zu Fäusten geballt. Gott, ich wusste, dass sie diese Geschichte ausnutzen würde. Wahrscheinlich hat sie es von Anfang an so geplant und ihrem Vater erst den Floh mit Mila ins Ohr gesetzt. Ich verstehe nur nicht, was genau sie damit bezweckt. Sie kann unmöglich denken, dass es für uns eine zweite Chance gibt. Nicht nach all dem, was zwischen uns vorgefallen ist. Also bleibt nur eins – sie will mich bei ihrem Vater in Verruf bringen und dafür sorgen, dass er mich rauswirft, sobald ich mich von ihr scheiden lasse. Zehn Jahre harte Arbeit gehen den Bach runter. Alles, wofür ich gearbeitet habe. Mein ganzer Ehrgeiz. Und für was eigentlich? Für einmaligen Sex mit einer Frau, die nur aus Berechnung mit mir ins Bett will? Mein Magen dreht sich.

Wütend schlage ich die Haustür zu und kehre zum Auto zurück.

Ich muss vorsichtig sein. Sie spielt nur mit mir, das hat die Nachricht ihres verlogenen Kompagnons deutlich gemacht. Und ich Idiot bin längst darauf reingefallen! Manchmal ist das Leben ein echtes Arschloch.

17

Ally

«Du bist abgelenkt heute, Süße.» Juan hält im Tanz inne und wirft mir einen skeptischen Blick aus seinen Schokoladenaugen zu. Ich lasse mich schwitzend und erschöpft auf den Boden sinken und trinke einen großen Schluck Wasser. Dann wische ich meine Stirn mit dem Handrücken ab. «Tut mir leid. Ich hab gerade ein paar Probleme. Beruflich und privat.»

«Autsch.» Er setzt sich neben mich und nimmt mir die Flasche aus der Hand. Seit drei Jahren trainieren wir gemeinsam, mindestens einmal pro Woche. Durch den Tanzsaal tönen die Klänge der portugiesischen Musik, die wir beim Training hören.

«Willst du darüber reden?»

Ich betrachte Juan von der Seite, während er trinkt. Wie immer trainiert er mit nacktem Oberkörper, gekleidet in eine weite weiße Hose, die seinen südamerikanischen Teint perfekt zur Geltung bringt.

«Eigentlich nicht», wehre ich ab, obwohl ich weiß, dass es vergebens ist.

«Na los. Raus mit der Sprache. Vielleicht kann ich dir helfen?»

Ich seufze, dann erzähle ich in knappen Sätzen von Mila und Evan Hawk. Meinem dämlichen Versuch, ihn zu verführen, um die ganze Sache hinzubiegen. Es tut weh, über mein eigenes Versagen zu reden.

«Okay, du hast einen Fehler gemacht, querida. Dabei bist du seit Jahren meine Schülerin. Wie peinlich für mich.»

«Hey!» Ich lache leise und rapple mich wieder auf. Mein Puls hat sich beruhigt, und der Schweiß trocknet langsam. «Welcher Fehler ist dir peinlich?»

Juan grinst und erhebt sich so elegant aus dem Schneidersitz, dass ich neidisch werde. «Du hast die Malicia vergessen, chica. Die Verschlagenheit. Die Überraschung, mit der du deinen Gegner überrumpeln musst. Er denkt, du wolltest ihn aus Berechnung verführen. Du musst ihn glauben lassen, dass er sich getäuscht hat, und dann … zack.»

Ich denke über seine Worte nach, aber ich habe ehrlich gesagt keine Ahnung, was er mir damit sagen will. Stattdessen erinnere ich mich daran, wie ich fast nackt auf Evans Schoß gesessen habe. Wie sich sein Körper, sein Schwanz unter mir angefühlt haben. Hitze durchströmt mich bei dem Gedanken, und mein Schoß zieht sich beinahe schmerzhaft zusammen.

«Du bist eine Frau. Er ist ein Mann. Er ist völlig unbewaffnet, wenn es um das Spiel der Spiele geht. Du hast ihn in der Hand, wenn du es willst.» Juan fasst mir auf die Schulter und sieht mich fest an. «Finde deine Malicia. Dann wirst du ihn besiegen, so wie du bei der Capoeira auch siegen kannst.»

«Okay …» Ich weiß immer noch nicht genau, wovon er spricht. Natürlich ist mir das Konzept der Malicia bekannt, schließlich trainiere ich seit Jahren mit ihm, und das war das Erste, was er mir beigebracht hat. Aber was hat dieser Sport mit Evan Hawk zu tun? Oder mit meinem Unternehmen, das ich gerade in den sicheren Ruin stürze?

Unter der Dusche grüble ich weiter über Juans Worte nach, finde jedoch keine Lösung. Mir ist nur eins klar … Ich kann Ben morgen im Büro nicht das Feld überlassen. So schwer es mir auch fällt – ich muss Evan selbst gegenübertreten und ihm alles erklären. Ihn davon überzeugen, dass ich es ehrlich mit ihm gemeint habe und ihn nicht bloß ausnutzen wollte. Und am besten auch noch beweisen, dass Mila es wirklich wert ist, zu investieren.

Ich schlüpfe in meine Klamotten, binde die Haare zu einem Pferdeschwanz zusammen und gehe zu Fuß nach Hause. Das Studio ist nur einige Häuserblocks entfernt. Am Collingham Place angekommen, schließe ich meine Tür auf und werfe die Sporttasche in den Flur. Nachdem ich einen Quark mit frischem Obst gegessen habe, hole ich meinen Skizzenblock. Die letzten Entwürfe sind schon ein paar Monate alt und ehrlich gesagt alles andere als gut. Langweilige Kopien meines eigenen Bestsellers, dem Petit Ami. Ein bisschen größer, ein bisschen dicker oder etwas gekrümmter als das Original, aber bedeutungslos.

Ungeduldig starre ich auf die Skizzen und zermartere mir das Hirn. Warum zum Teufel fällt mir nichts wirklich Gutes mehr ein? Bin ich ein sogenanntes One Hit Wonder? Hatte ich eine einzige gute Idee, und das war's? Mein Herz zieht sich zusammen, wenn ich daran denke, wie gern ich früher in Cafés oder in Parks gesessen habe, den Block auf dem Schoß, und meiner Fantasie freien Lauf lassen konnte. Seit zwei Jahren ist meine Kreativität tot, jedenfalls fühlt es sich so an. Etwas in mir ist gestorben, als die Sache mit Chris passiert ist. Und bis heute gelingt es mir nicht, es wieder zum Leben zu erwecken.

Es stimmt ja. Die Diamond Group wäre schön dämlich, in Mila zu investieren, falls mir nicht endlich etwas einfällt, womit sich in Zukunft Geld verdienen lässt. Meine Finger huschen wie von selbst über das Papier. Ich breite die bisherigen Entwürfe, die Evan gestern gefunden hat, vor mir aus und lasse mich davon inspirieren. Vielleicht, wenn ich … So? Oder das hier?

Mir wird warm. Zwischendurch zeichne ich Bilder von Evan. Zeichne die markanten Konturen seines Gesichtes aus dem Gedächtnis nach. Skizziere die Art, wie er das Kinn auf die Hand stützt, wenn er nachdenkt. Wie sich seine Stirn in Falten legt. Wie er lacht. Sein Gesicht, als ich auf seinem Schoß saß und er mich so erregt angesehen hat. Dann widme ich mich wieder meinen Entwürfen. Sie wachsen auf dem Papier, nehmen Konturen an. Meine Nackenhaare stellen sich auf. Zum ersten Mal seit Jahren habe ich das Gefühl, auf dem richtigen Weg zu sein.

Evan hatte recht. So schlecht waren die bisherigen Skizzen gar nicht. Es geht um Details, um Kleinigkeiten. Um Funktionen. Lieber Himmel, vielleicht habe ich doch eine Chance, ihm zu beweisen, dass ich etwas kann. Dass ich kein niemand bin. Auch ohne mit ihm ins Bett gehen zu müssen. Wobei … von müssen kann eigentlich gar keine Rede sein …

«Guten Morgen!» Betont fröhlich trällere ich meinen Gruß ins Büro.

Maggie hebt irritiert den Kopf. «Was ist mit dir passiert? Bist du aus dem Bett gefallen?» Stirnrunzelnd schaut sie auf ihre Armbanduhr. «Das ist doch gar nicht deine Zeit, schon gar nicht an einem Montag.»

«Ich konnte nicht mehr schlafen», gestehe ich ehrlich und streiche mit den Händen über den Stufenrock aus schwarzer Spitze, den ich aus meinem Schrank gefischt habe. Maggie trägt ein süßes gepunktetes Kleid mit Puffärmeln und sieht darin aus wie eine sexy Mary Poppins. «Ist Ben schon da?», frage ich, und sie nickt.

«Seit ein paar Minuten. Um zehn kommt Evan Hawk. Das weißt du, oder?»

«Ja, sicher.» Seufzend mache ich mich auf den Weg in mein Büro.

«Du stehst nicht im Terminkalender», versucht Maggie mich noch zu warnen. Als ob ich das nicht wüsste.

«Schon gut!» Ich winke ab, bevor ich in meinem Zimmer verschwinde. «Ich hab das mit Ben geklärt.»

Mein Puls klopft mir bis in die Schläfen. Das riesige Fenster hinter meinem Schreibtisch zeigt mir mein eigenes Spiegelbild. Die Haare offen, sorgfältig geschminkt. Zu dem Stufenrock trage ich schwarze Lackpumps mit roter Sohle und sehr hohem Absatz, und oben zum Ausgleich einen seriös wirkenden Blazer mit einem Top darunter. Keine Strümpfe.

Ich widerstehe dem Drang, mir einen Kaffee zu holen, weil ich Ben nicht vor dem Meeting über den Weg laufen will. Nach fünf Runden Candy Crush auf dem iPad höre ich Geräusche im Flur. Mein Herz stolpert, als ich die samtige, dunkle Stimme von Evan erkenne. Dann setzt es zu einem Sprint an. Ich fahre mir mit beiden Händen durch die Haare und schleiche zur Tür. Presse mein Ohr dagegen, um besser zu hören.

Ben lacht, und Evan stimmt wenig später mit ein. Ich verstehe nicht, was sie sagen, aber es klingt entspannt und fröhlich. Keine Spur von dem Unheil, das seit Samstag wie eine Gewitterwolke über mir schwebt und gleich über uns alle hereinbrechen wird. Oder etwa doch nicht? Verblüfft warte ich ein paar Minuten ab, bis die beiden offenbar in Bens Büro verschwunden sind und der Flur wieder still ist. Dann gehe ich raus zu Maggie.

«Er ist da», flüstert sie fast tonlos und deutet mit dem Kopf auf Bens Tür.

Ich nicke. «Ich hab sie gehört.»

«Gehst du rein?» Maggie legt den Kopf schief. «Was ist los mit euch? Ben spricht kaum noch mit mir, und du siehst aus …»

«Ist alles etwas stressig gerade», versuche ich abzulenken. Aber meine Wangen werden warm. Wie immer, wenn ich lügen will. Gut, dass ich nicht Poker spiele, ich würde mich innerhalb von wenigen Stunden ruinieren.

«Wie du meinst.»

Maggie wendet sich wieder ihrem Computer zu und fängt an, zu tippen. Ein deutliches Zeichen, dass sie beleidigt ist. Weil sie mir natürlich nicht glaubt. Sie kennt mich einfach zu gut. Ich entlocke dem Automaten einen Kaffee, den ich auf

Maggies Schreibtisch sitzend schlürfe, und starre auf Bens Bürotür. Niemand kommt heraus. Man hört auch nichts. Keine lauten Stimmen, keinen Streit. Kann es sein, dass Evan professionell genug ist, um das Geschäft trotzdem durchzuziehen? Der Investition zuzustimmen? Mein Herz zieht sich zusammen bei der Erinnerung an Samstag. An sein Gesicht, seine Hände. Seine Küsse …

«Was zum Geier ist mit dir los, Ally? Du sitzt vor der Tür wie ein Fuchs vorm Kaninchenbau. Wieso gehst du nicht einfach rein, wenn du wissen willst, worüber sie reden? Du bist schließlich Teilhaberin von Mila.» Maggie schüttelt den Kopf.

«Nein, lieber nicht.»

Ich zucke die Achseln und stelle den leeren Kaffeebecher ab. Meine Füße kribbeln, als wären sie taub geworden. Und fünfzehn quälend lange Minuten später geht endlich die verfluchte Tür auf. Mein Herz stolpert, als Evan erscheint. Er sieht verdammt gut aus, trägt wie so oft einen schlichten, grauen Anzug, der perfekt zu seinen silberfarbenen Augen passt. Sein Haar ist ordentlich frisiert, ruft aber trotzdem sofort Erinnerungen ans Wochenende in mir wach. An meine Finger in diesen dichten, dunklen Strähnen. Meine Zehen krallen sich in den engen Pumps zusammen.

«Guten Morgen, Alicia.»

Oh verdammt. Er wirkt so kühl, dass mir kalt wird. Hastig springe ich von Maggies Schreibtisch auf und zupfe meinen Stufenrock zurecht. Evans Blick landet auf meinen nackten Beinen und bleibt dort für einige Sekunden hängen. Ben, der hinter ihm durch den Flur geht, zieht die Brauen hoch und schüttelt kaum sichtbar den Kopf in meine Richtung. Als wollte er mir sagen, dass ich mich zurückhalten soll. Ich bin genervt, dass er mir einfach nichts zutraut. Wer bin ich denn? Ein Kleinkind, das man nicht allein lassen sollte?

«Guten Morgen, Evan. Kann ich dich kurz … unter vier Augen?»

Ich versuche, meine Finger zu beruhigen, die nervös die Perlen an meinem Armband klacken lassen. Evan nickt stumm, ohne mir in die Augen zu sehen.

«Sicher.»

«Ich begleite Evan nach unten», erkläre ich Ben und reiße die Tür zum Treppenhaus auf, bevor er etwas dagegen einwenden kann. Vermutlich verflucht er mich innerlich gerade, weil er Angst hat, dass ich wieder irgendwas falsch mache. Aber das habe ich nicht vor. Ich weiß zwar nicht, worüber die beiden da drin gesprochen haben. Dafür weiß ich ziemlich genau, worüber *ich* mit ihm reden will.

Evan bleibt neben mir vor dem Fahrstuhl stehen, meine Schulter streift seinen Oberarm, als ich auf den Knopf drücke, und jagt mir einen Schauer über den Rücken. Dann wende ich mich zu ihm um und hole tief Luft.

«Es tut mir leid, Evan.»

«Was tut dir leid?»

Er verzieht keine Miene. Lieber Himmel, was ist denn mit ihm los? Sein fast schon eisiger Gesichtsausdruck schüchtert mich ein, und das gefällt mir gar nicht.

«Wegen Samstag. Ich … Ich gebe zu, dass ich anfangs darüber nachgedacht habe, dich ein bisschen anzumachen, damit du deine Meinung über die Investition änderst. Es war eine verdammt blöde Idee, okay. Aber seit letzter Woche ist es nicht mehr so, auch wenn du glauben musstest, dass ich …»

Der eintreffende Fahrstuhl unterbricht mich. Ich knete meine Finger und gehe hinein, Evan folgt mir wortlos. Er bleibt so dicht vor mir stehen, dass ich ihm kaum in die Augen sehen kann, ohne den Kopf in den Nacken zu legen. Blinzelnd versuche ich, seinen Blick zu deuten, doch es gelingt mir nicht.

«… dass ich nur aus Berechnung mit dir … denn das stimmt nicht.»

Zum Glück spricht er endlich mit mir. Mit dieser seidigen,

weichen Stimme, die mich so berührt und ein Summen in meinem Bauch auslöst. Seine Augen sind dunkel geworden.

«Was die Investition betrifft …»

Ich schlucke. Wickle eine Haarsträhne um meinen Finger und verlagere mein Gewicht auf das linke Bein. «Was hast du mit Ben besprochen?», frage ich vorsichtig.

«Ich pfeife aufs Geschäft», knurrt er.

Mein Magen flattert nervös. Dann bleibt der Fahrstuhl plötzlich mit einem Rucken stehen. Im selben Moment spüre ich seinen Körper, der mich mit dem Rücken gegen die Wand der Kabine presst und mir den Atem raubt.

Und noch bevor ich etwas sagen kann, landen Evans Lippen auf meinen, so schnell und selbstverständlich, als gäbe es gar keinen anderen Weg als den zu meinem Mund. Ich versuche, nach Luft zu schnappen, aber sein Kuss ist hart und fordernd. Meine Knie fangen an zu zittern. Eine kleine Ewigkeit lang spielen unsere Zungen miteinander, treffen sich unsere Lippen wieder und wieder. Leise stöhnend atme ich in seinen Mund. Spüre seine Hände auf mir, überall. Finger streichen über meinen Rücken und lösen eine Gänsehaut aus. Ich atme seinen Geruch tief ein, ohne den Mund von ihm zu nehmen. Fühle sanfte Berührungen auf meinen nackten Schenkeln. Mein Blut kribbelt durch den Körper, ich will mehr. Brauche mehr. Von ihm.

«Großer Gott, Ally», flüstert er, als meine Lippen schon fast brennen von diesem langen, intensiven Kuss, und legt eine Hand gegen meine Wange. Mir ist heiß. Der enge Fahrstuhl hat nicht genug Sauerstoff für uns beide. «Du hast keine Ahnung, was du mir antust. Ich habe das ganze Wochenende kein Auge zugemacht.»

«Evan, was zum …»

«Ich dachte, ich wüsste, wer dich mit Pflastersteinen bedroht, aber ich habe mich getäuscht. Und ich bin bereit, alles für Mila zu tun. Wenn das der Preis dafür ist, dich haben zu können, werde ich bezahlen.»

Ich schlucke. «Es gibt kein Preisschild an meinem Körper», sage ich leise. «Ich schwöre, ich wollte ihn dir ganz ohne Hintergedanken geben.» Mein Herz klopft zum Zerspringen.

«Ich will dich, Ally. Ich habe noch nie eine Frau so gewollt wie dich. Und der Preis kommt mir gerade verdammt niedrig vor, selbst wenn ich dich dafür nur ein einziges Mal haben kann.» Er hält inne. «Du bist es ganz sicher wert.»

«Denkst du immer noch, dass ich nur deswegen mit dir …?», frage ich. Lieber Gott mach, dass ich jetzt nicht rot werde. Bitte mach, dass ich …

Evan sieht mir tief in die Augen. In meinem Bauch flattern ausgewachsene Tauben, sein Blick ist weich. Und hart zugleich. So wie sein Körper, der mich einfach nicht loslassen will und sich fest gegen mich drückt. Auf der Fahrstuhlanzeige blinkt hektisch ein Alarmknopf.

«Ich bin ehrlich … Es ist mir egal.» Mit dem Daumen streicht er über meine Oberlippe, ich erschauere am ganzen Körper. Wie von selbst öffnet sich mein Mund, nur einen Spalt. Das Ziehen im Unterleib verstärkt sich. «Wenn es so ist – ich bin bereit für diesen Deal. Fünf Millionen sind ein kleiner Preis für das Vergnügen, dich endlich haben zu dürfen. Und mein Seelenheil zurückzubekommen.»

«Damit machst du mich zu einer Prostituierten», stoße ich aus, ohne meine Hände von seinen Hüften zu nehmen. Meine Haut kribbelt. Überall. «Aber ich bin auch ehrlich – es ist mir genauso egal wie dir.»

Ohne weiter darüber nachzudenken, ziehe ich sein Gesicht wieder zu mir herab und küsse ihn erneut. Diesmal bin ich forsch, und der Kuss ist ganz und gar nicht jugendfrei. Er besteht nur aus Zungen. Und zeigt ihm hoffentlich, dass ich ihn will. Wirklich will. Mit jeder Faser meines Körpers.

Ich höre Evan heiser stöhnen, während er den heftigen Kuss erwidert. Rhythmisch schmiege ich meine Hüften an seine, spüre seinen Oberschenkel zwischen meinen Beinen und presse mich dagegen, als könnte ich damit die Glut löschen, die in meinem Schoß tobt. Dabei entfache ich sie dadurch nur noch weiter, wie ein Windstoß. Ich lege meine Hände auf seinen Hintern und ziehe ihn dichter an mich, bis ich seine Erregung am Bauch spüre. Ein wildes Zucken geht durch meinen Körper, lässt mich unterdrückt aufstöhnen. Mir wird heiß. Ich taste mich nach oben, mit geschlossenen Augen, seine Zunge in meinem Mund. Feucht. Warm. Ich schiebe die Anzugjacke von seinen Schultern, öffne langsam die Hemdknöpfe. Er hört nicht auf, mich zu küssen. Seine Hand gleitet unter meinen Rock, streicht über meine nackten Oberschenkel und löst eine Gänsehaut aus. Mein Rücken schmerzt von der Stahlwand, gegen die ich gedrückt werde, aber das ist egal. Alles ist in diesem Moment egal. Ich werde verschluckt von einem Feuer, das tief in mir tobt und nicht gelöscht werden kann.

Ich rieche seinen Duft, spüre seine Haut auf mir, die winzigen Bartstoppeln, die über meine Wange kratzen. Als seine Finger meine Mitte erreichen und vorsichtig über den Slip streichen, durchzuckt mich ein Stromschlag. Ich bin feucht. So feucht. Meine Hände erreichen seine Brust, streicheln die nackte, glatte Haut, erspüren die Muskeln unter der Oberfläche und die wenigen Härchen. Ich atme tief durch die Nase ein, schlinge ein Bein um seine Hüfte. Er legt seine Hand auf meinen Schritt, massiert mich mit dem Ballen, bis das Klopfen und Pulsieren zwischen meinen Schenkeln lauter wird.

Wie von Sinnen öffne ich seine Hose und schiebe meine Hand von oben in den Bund. Dann schlinge ich die Finger um seine Härte, die von den Shorts nicht im Zaum gehalten wird. Er wächst mir entgegen, stöhnt und löst sich von meinen Lippen, um meinen Hals zu küssen. Sanft in die empfindliche Haut zu beißen. Meine Hände zittern, ich kann nicht mehr klar denken. Ich will ihn. Jetzt. Hier. In diesem engen Fahrstuhl, der zwischen zwei Stockwerken eingeklemmt steckt und so romantisch ist wie ein Picknick in den

Docklands. Auf kaltem Beton. Aber das spielt keine Rolle. Ich würde ihn in einem Schlammtümpel nehmen, wenn es die einzige Möglichkeit wäre.

Evan zieht meinen Slip zur Seite und schiebt sich wieder zwischen meine Beine. Legt beide Hände unter meinen Po, um mich anzuheben, bis ich auf seinen Hüften sitze. Die Stahlwand des Fahrstuhls gibt mir Halt. Doch bevor er in mich eindringen kann, meldet sich die Stimme der Vernunft. In Form einer knarrenden Lautsprecherdurchsage.

«Hallo, hören Sie? Hier spricht der Notdienst. Ihr Lift ist stehen geblieben, weil jemand den Nothalteknopf gedrückt hat. Wir setzen den Fahrstuhl gleich wieder in Gang, sodass Sie in spätestens zwei Minuten aussteigen können. Bitte entschuldigen Sie die Störung!»

Wir stöhnen gleichzeitig auf. Weil ich meine Finger nicht von seinen Haaren lassen konnte, sieht seine Frisur aus, als wäre er in einem offenen Cabrio durch einen Orkan gefahren. Sein Blick ist wild flackernd und verzweifelt.

«Shit.»

«Drück doch noch mal», sage ich grinsend.

Sein Schwanz zuckt heftig gegen meinen Schoß und löst ein verlangendes Pulsieren in mir aus. Das darf einfach nicht wahr sein! Kurz, nachdem ich wieder Boden unter den Füßen habe, setzt sich der Lift auch schon geräuschvoll in Gang und saust nach unten. Beim Anblick der fünf genervten Gesichter vor der Tür muss ich mir ein Lachen verkneifen. Erst als die fünf Augenpaare entsetzt aufgerissen werden, wird mir klar, was für ein Bild wir hier gerade abgeben. Evans Sakko liegt noch auf dem Boden, sein Hemd ist aufgeknöpft und seine Hose steht offen. Es ist für einen Blinden ersichtlich, was wir getan haben, zumal man unsere Gier ganz bestimmt sogar riechen kann. Ein Schwall moschusgetränkter Luft schwappt aus dem Lift nach draußen. Evan schließt ungerührt seine Hose, hebt das Jackett auf und greift nach meiner Hand. Gemeinsam verlassen wir hoch erhobenen

Hauptes den Fahrstuhl, und erst vor der Tür erlauben wir uns, in schallendes Gelächter auszubrechen.

«Ich habe dich ehrlich gesagt unterschätzt. So was hätte ich dir niemals zugetraut», sage ich lächelnd.

«Man soll nie über jemanden lachen, der einen Schritt zurück macht. Vielleicht hat er ja nur Anlauf genommen», antwortet er, ebenfalls lächelnd. Seine Augen wirken fast blau in der Sonne, die sich einen Weg durch die Wolken gebahnt hat.

Dicht voreinander bleiben wir stehen, meine Hände zucken, weil ich ihn anfassen will. Mein Atem schlägt gegen seinen Hals, wo ich seinen Puls in der kleinen Kuhle zwischen den Schlüsselbeinen erkenne. Heilige Mutter, zeig mir einen Schlammtümpel. Oder irgendeinen anderen Ort, an dem ich mit ihm dieses unsägliche Kribbeln in meinem Körper befriedigen kann.

«Was machen wir jetzt?»

18

Evan

«Ich muss leider ins Büro zurück. Ich habe in einer halben Stunde einen Termin.» Die Enttäuschung steht ihr ins Gesicht geschrieben, sie beißt sich auf die Lippe und sieht mir fest in die Augen. Ich bin zwei Sekunden davon entfernt, diesen Termin und alle weiteren für heute abzusagen. Mein Schwanz pocht immer noch heftig. Ich bin schmerzhaft hart. Verflucht, diese Frau wird mich ruinieren. Aber ich bin bereit dazu. Sie ist so flatterhaft, so unstet, dass ich jeden Moment festhalten will, in dem ich das Gefühl habe, sie zu besitzen. Sie ist wie ein exotischer Vogel, ein Kolibri, der verlockend schön vor einer Blüte schwirrt und den Wunsch weckt, ihn in die Hand zu nehmen. Ihn in einen Käfig zu sperren, damit man sich an ihm erfreuen kann. Aber mir ist klar, dass genau das nicht möglich ist.

«Hast du vielleicht heute Abend Zeit?»

Sie legt den Kopf schief. Ihre Haare glänzen in der Sonne, ich fahre mit den Händen hinein und lasse sie durch meine Finger rinnen. So weich. So schön.

«Ich mache es möglich», erwidere ich auf ihre Frage. Mein Schwanz beruhigt sich nur sehr langsam. Ich bin mir sicher, dass ich es unmöglich bis heute Abend aushalten kann. Das hier wird der längste Tag meines Lebens.

«Dann komm doch zu mir. Falls du Lust hast …?»

«Lust ist eine dramatische Untertreibung», antworte ich

und verfluche das Handy, das gerade in meiner Hosentasche vibriert. Ich nehme den Anruf nicht entgegen. Wer auch immer das ist, er muss warten.

«Um sieben? Oder um acht? Wie es dir besser passt.»

Sie lächelt verlegen. Ihre Wangen sind gerötet, die Sommersprossen im Gesicht heben sich deutlich hervor. Sie sind überall auf ihrem Körper, wie ich inzwischen weiß. Auf ihren Brüsten. Auf den Oberarmen. Auf ihrem Bauch, dem kleinen Hintern, den ich … oh, fuck. Ich werde heute keinen einzigen klaren Gedanken mehr fassen können.

«Ich komme, so schnell ich kann», sage ich und lasse unwillig ihre Haare los, die ihr locker auf die Schultern fallen.

Sie grinst mich an. «Das will ich nicht hoffen! Ich habe durchaus Ansprüche, weißt du? Nur weil ich dir erlaubt habe, mich im Fahrstuhl …» Sie verstummt, als hinter uns die Tür aufgeht und zwei Männer in Anzügen an uns vorbeigehen.

«Keine Angst. Ich werde mich bemühen, dich nicht zu enttäuschen», flüstere ich an ihr Ohr. Ich lege einen Finger unter ihr Kinn, hebe es an und drücke meine Lippen auf ihre. Ihr Kuss ist warm und weich, und voller Vertrauen. Wärme durchströmt mich und sammelt sich in meinen Lenden. «Aber dieser Tag heute fühlt sich jetzt schon verflucht lang an.»

«Geduld gehört auch nicht gerade zu meinen Stärken», gesteht sie lächelnd.

«Wieso habe ich das befürchtet?» Ich halte sie an den Schultern fest, als könnte ich so verhindern, dass sie einfach davonflattert. «Vielleicht sollten wir diesen Tag als Lehrstück für uns beide nehmen.»

«Ich bin mir gerade nicht sicher, ob ich diese Lektion wirklich will.»

Sie sieht mir wieder in die Augen und zeichnet mit dem Finger meine Wangenknochen nach. Ich atme tief ein, genieße ihre Nähe und ihren Duft. Sommer. Blumenwiese.

«Ich muss. Leider.» Seufzend lasse ich sie los. «Ich habe noch ein paar wichtige Dinge zu klären heute.»

«Ich freue mich auf später», flüstert sie.

«Ich zähle die Minuten, meine Schöne.»

Dann endlich lässt sie mich los. Widerwillig gehe ich zu meinem Auto am Ende des Parkplatzes. Kurz vor dem Wagen bleibe ich stehen und drehe mich noch einmal zu ihr um, aber Alicia ist schon wieder in dem grauen Gebäude verschwunden. Und mir steht ein schwerer Gang bevor, denn vor heute Abend muss ich dringend etwas klären. Das bin ich ihr schuldig.

«Liz? Hast du fünf Minuten für mich?»

Sie sitzt in ihrem Büro am Laptop.

«Natürlich.» Sie klappt den Computer zu. «Was gibt es denn?»

«Es geht um die Investition in Mila. Ich habe ein Angebot ausgearbeitet. Ich denke, die geplanten fünf Millionen können wir guten Gewissens investieren.»

Mein Puls geht schneller, als er sollte, aber ich bleibe betont ruhig in ihrer Tür stehen, die vorbereiteten Vertragsunterlagen in der Hand.

Liz hebt eine schmale Braue und winkt mich zu sich. «Vor zwei Wochen warst du noch ganz anderer Meinung, Evan. Und wie du weißt, fliegen wir beide morgen nach New York, um uns die Konkurrenz anzusehen. Bevor wir das nicht getan haben, wird es also kein Angebot von uns geben. Der Meinung ist auch Dad.»

Langsam gehe ich auf ihren Schreibtisch zu und werfe ihr die Mappe hin.

«Ich glaube nicht, dass das nötig ist. Du kannst die neuen Kalkulationen den Unterlagen entnehmen.»

«Evan. Du kannst nicht plötzlich deine Meinung ändern, nur weil du mit ihr geschlafen hast.» Sie lächelt schmallippig. «Außerdem habe ich Dad schon darüber informiert, dass ich eine Investition in die Amerikaner für vielversprechender halte. Ich habe mir nämlich im Gegensatz zu dir nicht die Titten der Inhaberinnen angeguckt, sondern ausschließlich die nackten Zahlen. Und die sprechen eindeutig für Adam & Eve.»

«Ich habe nicht mit ihr …»

«Es ist mir egal», unterbricht sie mich scharf. «Du warst ursprünglich gegen diesen Invest und wolltest meinem Vater unbedingt zeigen, dass du der Bessere von uns beiden bist. Aber du hast dich geirrt. Allerdings liegen die Dinge nun etwas anders, und *ich* habe meine Meinung geändert. Es wird sich zeigen, was mein Vater dazu sagt. Ich kann mir aber ungefähr vorstellen, wie seine Meinung ausfällt, wenn er erfährt, dass du mit einer Geschäftspartnerin ins Bett gegangen bist.»

Ich knurre unterdrückt. «Ich muss dich wohl nicht daran erinnern, auf welch unglückliche Art du vor zwei Jahren das Geschäft mit deinem Vergnügen vermischt hast?»

«Oh nein, das ist wirklich nicht nötig.» Ihr Gesicht wird hart. «Ich erinnere mich nämlich an jede Sekunde mit ihm. An jede einzelne.»

«Du kannst mich damit nicht mehr verletzen, Liz. Meinetwegen könntest du es vor meinen Augen mit ihm treiben. Hier, auf deinem Schreibtisch. Es interessiert mich nicht mehr», antworte ich schroff. Und stelle erstaunt fest, dass es stimmt. «Es hat sich nichts geändert. Bis auf die Tatsache, dass ich heute absolut nichts mehr für dich empfinde.» Ich wende mich zum Gehen. «Ich fliege mit dir nach New York, wenn ihr darauf besteht. Aber mein Entschluss steht fest.»

«Gut. Meiner auch. Möge der Bessere von uns gewinnen. Du weißt selbst, was für dich auf dem Spiel steht.»

Liz lächelt verbissen. Wütend drehe ich mich um und verlasse ihr Büro, die Tür schlägt hinter mir ins Schloss.

Curt steckt seinen Kopf aus seinem Büro und sieht mich fragend an. «Ärger im Paradies?» Die vielen Fältchen um seine Augenwinkel beweisen, dass er nur scherzt. Er ist verdammt alt geworden in den letzten Jahren.

«Es geht um die Sache mit Mila. Ich weiß, dass ich dir von dem Geschäft abgeraten hatte, aber inzwischen …»

«Ja, richtig. Gut, dass du das ansprichst. Komm mal kurz rein.»

Er winkt mir, und ich folge ihm seufzend. Vor seinem antiken Schreibtisch bleibe ich stehen. Hinter ihm bieten die bodentiefen Fenster eine grandiose Aussicht auf London.

«Liz hat neuerdings Bedenken wegen der Investition. Du weißt, dass ich dir nie einen Strick aus eurer Ehe gedreht habe, Evan. Ich vertraue dir, wirklich. Du bist gut in dem, was du tust. Aber Liz teilte mir mit, dass du aus persönlichen Gründen … befangen bist. Und deshalb frage ich mich …»

«Was auch immer Liz dir erzählt hat – du kannst sicher sein, dass ich meinen Job wie immer gründlich und zuverlässig gemacht habe. Es gibt keinen Grund, an mir zu zweifeln.»

«Ich weiß, dass du mit Alicia Sinclair geschlafen hast.»

Curt mustert mich durch seine randlose Brille. Sein Haar ist fast weiß und die tiefen Falten in seinem Gesicht erzählen viele Geschichten. Geschichten eines aufregenden und arbeitsreichen Lebens. Außerhalb dieses Büros hat er nicht viel erlebt. Die Diamond Group ist alles für ihn.

«Es macht mir nichts aus, Evan. Was Liz angeht allerdings …» Er seufzt, ohne den Blick zu senken. «Irgendwie hofft sie noch immer, dass zwischen euch alles wieder in Ordnung kommt. Ich kann es ihr nicht verdenken, aber ich verstehe dich natürlich auch, Evan. Schließlich bin ich seit vierzig Jahren mit ihrer Mutter verheiratet.» Sein Grinsen verjüngt sein Gesicht.

Ich muss lachen. «Du kannst mir glauben, dass ich professionell genug bin, um private Angelegenheiten nicht mit geschäftlichen zu vermischen. Das weißt du, oder?», frage ich vorsichtig.

«Ja, das weiß ich. Trotzdem habe ich Liz versprochen,

mir die Sache noch einmal etwas genauer anzusehen, wenn ihr aus New York zurück seid. Um sicherzustellen, dass du auf dem richtigen Weg bist. Ist das in Ordnung für dich?»

«Klar.»

Ich hebe die Schultern, ohne die Hände aus den Taschen zu nehmen. Curt kennt mich so gut wie ein Vater. Ich war immer ehrlich zu ihm, auch damals, als das mit Liz und mir in die Hose ging.

«Gut. Wir sollten dann einfach nächste Woche in Ruhe eine gemeinsame Entscheidung treffen. So lange müssen wir die Bewertung von Mila noch verschieben. Das dürfte kein Problem sein, oder?»

«Nein, bestimmt nicht. Danke.»

Ich drehe mich auf dem Absatz um und kehre in mein Büro zurück, wo ich meine Wut an meinem unschuldigen Schreibtisch auslasse, indem ich kräftig mit der Faust darauf schlage.

«Fuck!»

Es ist eine Demütigung. Von Liz. Soviel ist mir klar. Es geht ihr nicht darum, dass sie mir nicht traut. Es geht auch nicht um Alicia. Es geht einzig darum, mir zu zeigen, wer hier das Sagen hat. Ich riskiere viel, wenn ich mich ihr jetzt in den Weg stelle. Und ich habe keine Ahnung, ob ich mich dabei nur in etwas verrenne.

Aber man sollte sich nicht vor Veränderungen fürchten. Schon gar nicht vor Veränderungen, die lange überfällig sind. Viel schlimmer ist nur eins – Stillstand.

19

Ally

«Champagner!» Sam kommt zurück in Emmas kleines Boudoir, in der rechten Hand schwenkt sie eine Flasche Ruinart. Emma grinst. «Worauf stoßen wir an?»

«Auf Allys ersten Sex nach zwei Jahren. Zwei Jahre, du liebe Güte! Ich wäre daran gestorben!» Sam nimmt mich kurz in den Arm, bevor sie nach hinten durchmarschiert und den Champagner entkorkt.

Ich schüttle den Kopf. «Du spinnst doch.»

«Ich wusste, dass es passieren wird. Ich hab es vorhergesagt! Em, hast du hier keine Champagnergläser?»

Lautes Klappern lässt Emma vom Sofa hochschnellen. Ich bleibe sitzen und starre auf das Mila-Regal, das seit fast zwei Jahren dieselben Produkte trägt.

«Außerdem müssen wir auf deinen Geschäftserfolg anstoßen! Süße, in ein paar Jahren bist du vielleicht Millionärin! Hast du das eigentlich schon kapiert?»

«Nein», antworte ich, ohne mich zu den beiden umzudrehen. Aber mein Herz hüpft kurz in meiner Brust. Tatsächlich war Ben endlich mal wieder gut gelaunt und auch nicht mehr sauer auf mich. Denn offenbar hat Evan ihm einen Vertragsentwurf gezeigt, der einen Invest von fünf Millionen Pfund vorsieht und uns beiden einen Anteil von dreißig Prozent an dem neuen Unternehmen einräumt. Mir ist nicht ganz wohl bei dem Gedanken, so viel Verantwortung an einen

Investor abgeben zu müssen, aber wir haben keine andere Wahl. Jetzt wird alles gut. Mila wird wachsen, ich werde mit Evan schlafen und vielleicht … wer weiß …

«He, Dornröschen. Aufwachen.» Sam drückt mir ein Glas in die Hand. «Auf dich. Und Evan. Und auf Mila. Das wird ganz groß, ich wette mit dir.»

Wir stoßen an und trinken. Der Champagner prickelt angenehm, und mein Glas ist nach wenigen Sekunden leer.

«Endlich kannst du richtig loslegen.» Emma drückt mein Knie. Sie wirkt aufgeregter als ich selbst, denn im Gegensatz zu mir hat sie offenbar schon registriert, welche Veränderungen da auf mich zukommen werden. «Keine Einschränkungen mehr in der Produktentwicklung. Du hast ein dickes Budget und kannst deiner Fantasie freien Lauf lassen.»

«Hm», brumme ich und halte Sam das Glas hin, das sie sofort nachfüllt. «Sofern mir mal was wirklich Gutes einfällt.»

Ich denke an die Entwürfe, die in meiner Wohnung liegen. Wenn ich die nächsten Wochen hart daran arbeite, schaffe ich es vielleicht, Evan von Mila zu überzeugen. Dann wäre ich endlich wieder frei von dem unangenehmen Gedanken, dass der Invest nur zustande gekommen ist, weil er mit mir ins Bett wollte.

«Was ist mit dem Sextoy für Paare, über das wir mal gesprochen haben?» Emma tippt sich an die Nase. «Kannst du dich noch erinnern? Es ist eine Weile her, aber wir hatten mal die Idee ein Spielzeug zu entwickeln, das man gemeinsam beim Sex benutzen kann.»

«Gibt's schon. Das heißt Schwanz», wirft Sam ein und verdreht die Augen. «Ernsthaft, wer will denn beim Sex ein Spielzeug benutzen? Das ist ja wie eine Prothese oder so. Der Mann muss doch denken, dass er es nicht bringt. Spielzeuge sind für einsame Stunden da.»

«Und du hast offenbar keine Ahnung, wie viele Männer es nicht bringen.» Em grinst. «Die meisten Frauen kommen zu mir, weil sie beim Sex mit ihrem Partner keinen Orgasmus haben. Manche sind schon regelrecht verzweifelt deshalb und die würden einfach alles ausprobieren, damit es endlich klappt.»

«Also ich bekomme immer einen!» Sam zieht die Brauen zusammen. «Das ist doch nicht allein die Aufgabe des Mannes, oder was? Selbst ist die Frau. Wenn sein bestes Stück nicht reicht, lege ich eben selber Hand an.»

Ich muss kichern. «Die Idee an sich ist aber gar nicht schlecht. Ich weiß nur noch nicht, wie man das umsetzen könnte. Am besten wäre ja was, wovon beide was hätten, aber das ist schwierig.»

Sam unterbricht mich. «Ein zweiter Mann wirkt auch Wunder. Hatte ich schon mal gesagt, dass …»

« … jede Frau Dreier haben sollte», werfen Emma und ich gleichzeitig ein und lachen. «Ja, hast du.»

«Hundertmal. Mindestens.»

«Weil es stimmt.» Sam zuckt die Achseln. «Was ist besser als ein heißer Mann im Bett? Zwei heiße Männer im Bett. Die sich am besten nur um mich kümmern.»

Emma steht auf und schließt die Tür ab. «Feierabend für heute. Traut sich sowieso keiner rein, wenn wir drei hier sitzen und Champagner trinken.»

«Ist es schon so spät?» Ich springe auf und stelle das noch volle Glas ab. «Oh Gott, ich muss los! Evan kommt doch gleich.»

«Na, hoffentlich nicht sooo gleich», meint Sam. «Kannst du noch fahren, oder soll ich dich lieber bringen?»

Mein Puls beschleunigt sich. Mist, es ist schon nach sieben. Wann genau wollte er bei mir sein? Ich weiß es nicht mehr. Ich bin nicht mal geduscht, und meine Unterwäsche ist absolut nicht sextauglich.

«Ich hab doch nur ein Glas getrunken, also kein Problem. Wünscht mir lieber Glück!»

Emma lacht. «Hier. Vergiss das Wichtigste nicht!» Bevor ich zur Tür gehen kann, drückt sie mir eine Riesenpackung Kondome in die Hand. XXL. Ich hebe fragend eine Braue.

«Selbsterfüllende Prophezeiung. Hoffe ich für dich.»

Sie zwinkert mir zu und wartet, bis ich die Urlaubspackung in meine Handtasche gestopft habe.

«Oh verdammt, verdammt. Es tut mir leid!» Ich vergesse fast, meinen Mini abzuschließen, als ich Evan auf der Straße vor meiner Wohnung entdecke. «Wartest du schon lange?»

Mit fünf großen Schritten bin ich bei ihm und bleibe etwas atemlos vor ihm stehen. Er grinst schief, aber ich sehe ihm an, dass er nicht besonders amüsiert ist. Mist.

«Eine Dreiviertelstunde. Also … ja.»

«Sorry. Ich wusste nicht genau, wann du kommst, und hab mich mit den Mädels verquatscht.»

Wie begrüßt man jemanden, mit dem man tagsüber schon im Aufzug gefummelt hat? Ich fühle mich wie ein Idiot, der sich einen Platz in einer Quizshow ermogelt hat. Mit der kläglichen Hoffnung, dass meine Tarnung nicht so rasch auffliegt.

«Ich wollte dich zum Essen einladen. In South Kensington gibt es einen wunderbaren kleinen Inder, und ich dachte …?»

Er legt den Kopf schief und sieht mich fragend an. Er trägt dunkle Jeans, ein weißes Hemd und ein schlichtes, schwarzes Sakko dazu. Elegant, aber nicht so spießig wie sonst. Seine Haltung ist wie immer selbstbewusst.

«Essen klingt gut», antworte ich lachend und gehe die Treppe runter zu meiner Wohnung. Evan folgt mir. «Ich müsste mich allerdings noch schnell umziehen, ich komme quasi direkt aus dem Büro und habe nicht mal geduscht.»

«Meinetwegen nicht nötig.»

Er bleibt grinsend in meiner Tür stehen, nachdem ich aufgeschlossen habe, und sieht mir zu, wie ich die Pumps abstreife und meine Handtasche an die Garderobe hänge.

«Meinetwegen müssen wir ja auch nicht erst essen …», sage ich frech und drehe mich zu ihm um.

Seine Augen blitzen auf. Er macht einen Schritt auf mich zu, und ich lege eine Hand auf seinen Unterarm.

«Ich möchte ein richtiges Date», murmelt er dann in mein Haar, während er mich an sich zieht. Die plötzliche Berührung unserer Hüften jagt Schauer über meinen Rücken. «Auch wenn ich mich kaum noch beherrschen kann.»

Mein Gesicht wird warm. Schwer atmend lasse ich meine Hände über seinen Rücken gleiten.

«Gib mir fünf Minuten, okay?»

Ich husche ins Schlafzimmer. Unter der warmen Dusche kommt mir eine Idee, die mich grinsen lässt. Damit rechnet er ganz bestimmt nicht, und allein die Vorstellung von seinem verblüfften Gesicht, wenn er es erfährt, macht mir gute Laune. Fröhlich summend trage ich nur ein wenig Make-up und Mascara auf, dann schlüpfe ich in gefährlich hohe Pumps und streife meinen Burberry-Trenchcoat über. Ein letzter Blick in den Spiegel – perfekt.

«Wow.» Evan steht vom Sofa auf, als ich mich ihm präsentiere, und sieht auf seine Uhr. «Ich dachte, du hättest vorhin von fünf Frauenminuten gesprochen, aber das waren ja fünf echte Minuten.»

«Und ich hoffe, dass ich es später nicht mit zwanzig Männerzentimetern zu tun bekomme», antworte ich grinsend. «Können wir?»

Er lacht und legt mir einen Arm um die Taille, als wir meine Wohnung verlassen. «Zu Fuß oder …?»

«Wenn du in den Dingern laufen kannst, gern. Oder wir nehmen die Tube? Dann können wir beide was trinken.»

«Tube ist okay.»

Die nächste Haltestelle ist direkt um die Ecke, und meine Schuhe sind tatsächlich nicht gerade wandertauglich.

Die kurze Fahrt in der U-Bahn verbringen wir knutschend wie zwei Teenager, und ich spüre, dass er sich beinahe windet, weil wir natürlich dabei angestarrt werden. Kurz bevor wir South Kensington erreichen, lässt er beim Kuss eine

Hand durch einen Schlitz unter meinen Trenchcoat gleiten – und trifft auf nackte Haut. Blitzartig löst er seine Lippen von mir und starrt mich an.

«Sag, dass du was da drunter trägst. Irgendwas», fleht er, und als ich grinsend den Kopf schüttle, stöhnt er auf.

«Ally! Das ist nicht dein Ernst?»

Ich muss kichern. «Überprüf es doch», flüstere ich zurück, und obwohl die Bahn bereits die Haltestelle erreicht, schiebt er seine Hand etwas tiefer. Die kurze Berührung meiner Scham durchzuckt mich wie ein Stromschlag. Ich spüre an meiner Hüfte, dass er hart wird.

Die Türen öffnen sich und Menschen drängen uns auf den Bahnsteig, wo wir stehen bleiben. Evan mustert mich mit flackerndem Blick, dann zieht er mich wortlos mit sich zur langen Rolltreppe.

«Du bist einfach unglaublich», sagt er, bleibt eine Stufe unter mir stehen und schlingt von hinten die Arme um meine Taille. Seine Finger machen sich schon wieder auf die Suche nach einem Einlass in meinen Mantel.

Ich schlage ihm kichernd auf die Hände. «Ich dachte es wäre lustig, dir beim Essen zuzusehen, wenn du weißt, dass ich unter diesem Trenchcoat absolut nackt bin.»

Er stöhnt wieder, direkt in mein Ohr, gleichzeitig spüre ich einen seltsamen Zug an meinem Mantel. Etwas zieht an mir. Irritiert schaue ich hinter mich. Und dann wird mir heiß.

«Oh Scheiße!»

«Was?»

Evan folgt alarmiert meinem Blick. Zum Glück erkennt er meine missliche Lage sofort, denn mein verdammter Gürtel klemmt zwischen zwei Rolltreppenstufen fest! Und es sind nur noch wenige Meter, bis wir das obere Ende erreichen. Schweißperlen treten mir auf die Stirn, während Evan sich bückt und heftig an dem Gürtel zerrt. Menschen drängen sich kopfschüttelnd an uns vorbei, auch die uns entgegenkommende Rolltreppe ist voller Leute, die uns neugierig mustern. Und wenn Evan das blöde Ding nicht rauskriegt, werde ich gleich splitterfasernackt durch diese U-Bahn-Station laufen müssen. Ein hysterisches Lachen bahnt sich einen Weg nach oben, ich spüre, wie es mich kitzelt. Dann stürzt Evan plötzlich nach oben und hechtet auf den roten Knopf am Ende der Treppe zu. Mit einem Ruck bleibt die Rolltreppe stehen und ich atme erleichtert auf.

«Du lieber Himmel», sage ich, noch immer glucksend vor unterdrücktem Lachen, während Evan sich mit hochrotem Kopf wieder hinter mir bückt und versucht, den Gürtel aus den Ritzen zu ziehen.

«Ich muss den Gürtel abschneiden», sagt er. «Ich krieg den hier nicht raus.»

«Niemals.» Ich verschränke die Arme vor der Brust und lächle den genervten Leuten, die an uns vorbei nach oben marschieren, entschuldigend zu. «Der Mantel ist von Burberry. Hast du eine Ahnung, was so was kostet?»

«Ich kauf dir einen neuen. Bitte, Ally.» Er sieht mich verzweifelt an. Sein Gesicht ist knallrot, obwohl nicht er derjenige wäre, der nackt inmitten dieser Menschenmenge stünde. «Du kannst den Mantel unmöglich ausziehen!»

Evan zerrt weiter am Gürtel, doch die Rolltreppe hält ihn eisern im Griff. Lässig öffne ich die oberen Knöpfe.

«Großer Gott!» Evan zieht sein Sakko aus und hält es vor mich. «Was hast du vor?»

«Ich mache den Mantel auf und ziehe ihn so weit runter, dass ich ihn im Notfall oben abstreifen kann. Aber wahrscheinlich schaffe ich es, den Gürtel an der oberen Stufe rauszuziehen. Nur für den Fall, dass es nicht geht, sollte ich den Trench ziemlich schnell ausziehen können.»

Ich zucke die Achseln und mache weiter, bis alle Knöpfe auf sind. Mit beiden Armen halte ich den Mantel vor mir zusammen, und Evan stellt sich auf die Stufe über mir, um mich zu schützen. Er sieht schockiert aus.

«Entschuldigung?», rufe ich nach oben, wo mich ein älterer Herr mit Hut erhört. «Könnten Sie bitte den Schalter da vorn betätigen? Damit die Rolltreppe weiterfährt?»

«Ally, bitte ...»

«Ich bin mir sicher, dass es klappt», beruhige ich Evan, der sein Sakko wie einen Schutzschild vor mich hält und damit natürlich erst recht Aufmerksamkeit auf uns zieht. Dann setzt sich die Treppe wieder in Gang, und ich bereite mich darauf vor, möglicherweise gleich von ein paar Security-Mitarbeitern in Empfang genommen zu werden. Schließlich sind wir in Kensington und nicht in Soho, nackte Frauen gehören hier nicht unbedingt zum Straßenbild.

Evan beißt sich auf die Unterlippe. Und schon sind wir oben. Mein Puls rast. Ich zerre heftig an dem Gürtel, spüre, wie der Mantel dabei vorne aufklafft ... Aber die Erleichterung, als der Riemen tatsächlich nachgibt und ich beim Erreichen der Plattform fast nach vorn kippe ist so groß, dass ich mich gar nicht darum kümmere. Stattdessen lache ich laut auf und falle Evan in die Arme, der sofort seine Hände um meine Taille schiebt und mich an sich zieht.

«Du bist verrückt», murmelt er und küsst mich. Heiß. Gierig. Mein Herz rast immer noch, während ich den Mantel sorgfältig wieder zuknöpfe und den Gürtel verschließe. «Machst du so was öfter?»

«Normalerweise bleibe ich dabei nicht in irgendeiner Rolltreppe hängen, aber – klar. Warum auch nicht? Es tut gut, ab und zu mal seine Komfortzone zu verlassen und etwas Verrücktes zu tun. Man fühlt sich so lebendig dadurch.»

Grinsend hake ich mich bei ihm unter. Am Ausgang der U-Bahn-Station bleibt er stehen, sieht mich kurz an, schüttelt den Kopf und schiebt mich in die McDonald's-Filiale.

«Was ...?»

«Sorry, aber du glaubst nicht im Ernst, dass ich ein fünfgängiges Menü durchstehe, wenn ich weiß, dass du mir quasi nackt gegenübersitzt?»

Er platziert mich auf einem Barhocker und marschiert

entschlossen zur Theke, wo er zwei Burger und zwei Cola mit Eis für uns bestellt. Wir verschlingen das Essen kichernd in der U-Bahn, auf dem Rückweg zu meiner Wohnung, um keine Zeit zu verlieren.

Er schiebt die Haustür hinter uns zu und drängt mich gegen die Wand im engen Flur. Seine Hände fühlen sich heiß an, und während wir uns leidenschaftlich küssen, knöpft er meinen Mantel auf. Dann öffnet er ihn ganz und mustert mich bewundernd.

«Du bist so wunderschön, Ally», flüstert er, bevor er meinen Hals küsst.

Es ist dunkel in der Wohnung, wir haben nicht mal Licht gemacht. Nur die Straßenbeleuchtung wirft einen Schimmer in den Flur. Ein Schauer läuft mir über den Rücken, als Evan sanft an der empfindlichen Stelle unter meinem Ohr knabbert. Seine Küsse wirken wie eine Infektion. Ein Fieber, das von seinem warmen Körper auf meinen übergreift und mich in Brand setzen will. Ungeduldig zerre ich an seinem Hemd, öffne mit zittrigen Fingern die Knöpfe. Gierig wie ein Kind, das Weihnachtsgeschenke auspackt und keine Rücksicht auf die liebevolle Verpackung nimmt. Halte den Atem an, als ich das Hemd zur Seite streife, um seinen perfekt modellierten Oberkörper zu bestaunen. Immer wieder über seine feste, weiche Haut zu streichen.

«Wow. Und du siehst … wirklich toll aus.»

Ich ziehe scharf die Luft durch die Zähne und er lächelt geschmeichelt, ohne die Hände von meinem nackten Körper zu nehmen. Dann wandert sein Blick zu meinen Brüsten. Er haucht Küsse auf mein Dekolleté, geht langsam vor mir in die Knie, um meinen Bauch zu küssen. Seine Finger streichen sanft über die Innenseite meiner Schenkel, und meine Beine werden weich, als ich seine Lippen dicht vor meiner Körpermitte erahne. Sein Atem geht nur noch stoßweise, aber er lässt sich verdammt viel Zeit, meinen Körper genau zu erkunden. Das Kribbeln in meinem Schoß verstärkt sich, jedes Mal, wenn seine Lippen meine erhitzte Haut berühren. Alles in mir zieht sich zusammen. Mein Körper produziert Wärme wie ein Kraftwerk, ich spüre winzige Schweißtropfen in meinem Nacken.

«Du bist so süß. Hier. Und hier.» Er küsst meinen Bauch. Meine Hüften. Meine Oberschenkel. «Diese Sommersprossen … sie sind wirklich überall.»

Ich kichere leise, während seine Hände über meinen Rücken nach oben wandern und eine Gänsehaut auslösen. Zum ersten Mal in meinem Leben mache ich mir keine Gedanken darüber, ob meine Brüste zu klein sind. Sein Gesichtsausdruck und die Reaktion auf mich sind deutlich genug. Das Gefühl, genug zu sein, ist mächtig und gibt mir die Sicherheit zurück, die ich so schmerzlich vermisst habe.

Er richtet sich etwas auf, seine Finger streicheln vorsichtig über die Rundung meiner Brüste. Er ist so langsam und geduldig. Als wollte er jeden Moment, jede Sekunde des Entdeckens genießen.

Doch dann berührt er mich weiter unten. Ich reagiere mit einem lustvollen Zucken im Becken, als seine Finger durch meine Mitte gleiten und die Feuchtigkeit, die er dort findet, überall zwischen meinen Beinen verteilen, während wir uns wieder und wieder küssen. Ich schmiege meine Hüften fester gegen ihn, spreize die Beine weiter, um es ihm leichter zu machen. Das Zucken breitet sich in meinem ganzen Körper aus, als er mit sanftem Druck den Daumen auf mir kreisen lässt und gleichzeitig einen Finger in meine feuchte Wärme schiebt.

Stöhnend knabbere ich an seiner Lippe, suche seine Zunge, bis er im selben Takt in meinen Mund stößt, wie er mich mit den Fingern fickt. Er presst mich gegen die Wand, drückt seine Erektion gegen meine Hüfte, ohne mir auch nur eine Sekunde Pause zu gönnen. Großer Gott, er küsst sogar noch so gut, wenn seine Hände mit etwas ganz anderem beschäftigt sind. Es ist zu viel. Er ist zu viel. Ich spüre ihn überall, als hätte er mindestens fünf Hände, die sich gleichzeitig an mir zu schaffen machen. Keuchend kralle ich meine Finger in sein Haar, als er von meinem Mund ablässt und anfängt, an meinen steifen Brustwarzen zu saugen.

«Gott, Evan, bitte … Ich will dich jetzt!» Ich stoße mich von der Wand ab und schiebe ihn einfach rückwärts ins Wohnzimmer. Er folgt mir wie bei einem geheimnisvollen Tanz. Ohne mich loszulassen, setzt er sich auf meine Couch und zieht mich auf sich. «Warte.» Verdammt, meine blöde Handtasche liegt noch im Flur, und da sind die Kondome drin. «Bin gleich wieder da.»

Ich küsse ihn noch einmal, bevor ich in den Korridor husche und hektisch in der Tasche krame. Als ich mit meiner Beute zurückkomme, ist er gerade dabei, sich auszuziehen. Mit einer lässigen Bewegung streift er die Shorts ab, seine Erektion kommt zum Vorschein. Großer Gott! Mein Puls beschleunigt sich bei dem Anblick. Emma hatte offenbar den richtigen Riecher, die Kondome sind wohl goldrichtig! Ungeduldig reiße ich die Verpackung mit den Zähnen auf, knie mich vor ihn und betrachte lange, viel zu lange, was er zu bieten hat. Es ist … verdammt viel.

Ich schlucke und hebe den Kopf, um ihn anzusehen. Unsere Blicke treffen sich, sein schönes Gesicht mit den markanten Wangenknochen ist sehnsüchtig verzerrt.

«Musst du mich so quälen, du Teufelin?», fragt er leise, weil ich noch immer keine Anstalten mache, ihm das Kondom überzustreifen.

Statt auf eine Antwort zu warten, nimmt er es mir aus der Hand und zieht es über. Dann greift er um meine Hüften und hebt mich zurück auf seinen Schoß, bis ich seine Härte an meinem feuchten Fleisch spüre. Ein heftiges Pulsieren durchzieht meinen Unterleib, lässt mich leise aufstöhnen. Ich reibe mich an ihm, lasse ihn an mir entlanggleiten, auf und ab. Lustvolles Pochen durchströmt mich, während ich mich an seiner Härte reibe und meine Feuchtigkeit auf ihm verteile.

Evan legt beide Hände um mein Gesicht und küsst mich. Sein Mund ist heiß und feucht, so warm. Ich versinke in unserem Kuss, bevor ich mich Millimeter für Millimeter auf ihn herabsenke. Schweißperlen treten auf seine Stirn, ich küsse sie weg und lasse ihn endlich in mich eindringen. Er ist wirklich groß. Gott, so groß. Er weitet mich, dehnt mich. Das Pochen zwischen meinen Schenkeln wird schneller, lauter. Ich halte inne, um ihn noch einmal zu küssen und dem Pochen in meinem Körper zu lauschen. Mein Atem setzt ein paar Sekunden aus. Unsere Münder verschmelzen ineinander, ich fühle mich heiß und fiebrig. Dann zuckt er in mir, auffordernd, ungestüm. Seine Hüften drängen sich mir entgegen, bewegen sich unter mir, also folge ich dem stummen Befehl und nehme ihn endlich ganz in mir auf. Tief. So tief. Bis er etwas in mir berührt, dass mich für einen kleinen Moment beinahe befriedigt. Er fühlt sich so verdammt gut an in mir.

«Du machst mich wahnsinnig, Ally», flüstert er an meiner Wange.

Sein Atem schlägt hitzig gegen meine Haut und löst weitere Schauer aus. Ich bewege mich langsam auf ihm, sehe ihm fest in die Augen, während ich spüre, wie sich mein Inneres für ihn quälend langsam dehnt.

«Oh fuck, du fühlst dich perfekt an. Du bist perfekt, Ally. So wunderschön.»

Evan küsst mich erneut, eine Hand in meinem Nacken, die andere auf meinem Hintern. Ich bewege mich sanft auf ihm, will jede Sekunde des Zusammenseins genießen und auskosten, obwohl das Klopfen in meinem Schoß immer heftiger wird. Mein Puls beschleunigt sich, ich lege eine Hand auf seine makellose Brust, um seinen Herzschlag zu fühlen. Unsere Zungen spielen leidenschaftlich miteinander, imitieren die Bewegungen unserer Hüften.

Das Pochen in mir ist nicht auszuhalten. Ich kralle mich an seiner Schulter fest, dann rutsche ich auf ihm hin und her. Vor und zurück. Reibe meine empfindlichste Stelle an seinen Lenden und seinem Bauch, bis sich Schweiß in meinem Nacken ausbreitet. Mein Atem geht flach, ich reite ihn, schneller, wilder. Dann spüre ich, wie sich meine Beine versteifen. Wie eine ungeheure Anspannung in mir wächst, meine Zehen sich zusammenrollen. Ich reite einem sichtbaren Gipfel entgegen, getrieben von einem Rhythmus, der tief aus meinem Inneren kommt. Ohne darüber nachdenken zu müssen. Mein Körper hat die Führung übernommen.

«Verdammt, Ally, ich komme», stöhnt Evan plötzlich lang gezogen gegen meine Lippen, und seine Worte lösen endlich das erlösende Beben in mir aus, das tief in meinem Schoß beginnt und sich über meinen ganzen Körper entlädt. Ich küsse ihn wieder, wild und ungestüm, während ich auf ihm komme. Mein Inneres zieht sich pulsierend um seine Härte zusammen, und Sekunden später spüre ich auch sein Zucken in mir. Bis ich atemlos auf ihm zusammenbreche und mein Gesicht keuchend in seiner Halsbeuge verberge.

«Wie kann es sein, dass eine so schöne Frau so lange allein war?»

Er liegt neben mir, seitlich auf seinen Unterarm gestützt, und streichelt immer wieder sanft meine Wange. Ich schließe die Augen und rekle mich wohlig. Wir sind ins Schlafzimmer umgezogen, und nachdem er die Lichtinstallationen über dem extrabreiten Wasserbett ausgiebig bewundert hat, starteten wir eine zweite Runde, die sehr viel länger dauerte als die erste.

«Ich hatte sowieso keine Zeit für eine Beziehung», murmle ich schläfrig in seine Armbeuge. «Ich war zu beschäftigt mit meiner Arbeit.»

«Und das ist jetzt anders?»

Ich stütze mich auf meinen Ellbogen, um ihn ansehen zu können. Seine Frisur ist eine Ruine, was meine Schuld ist. Genauso wie die Kratzspuren auf seinem Rücken und der

Abdruck meiner Zähne auf seiner Schulter. Oh Gott, ich habe Evan Hawk entstellt!

«Das weiß ich noch nicht. Allerdings bin ich nicht der Meinung, dass wir jetzt eine Beziehung haben, nur weil wir einmal miteinander geschlafen haben.»

Mein Herz stolpert kurz, während ich atemlos auf seine Antwort warte. Er nimmt eine Haarsträhne zwischen zwei Finger und hält sie fest. Sieht mir dabei tief in die Augen.

«Okay, mit Zahlen kannst du wirklich nicht besonders gut umgehen. Ich habe nämlich mehr als einmal gezählt.»

Ich knuffe ihn lachend in den Bauch. «Du weißt genau, was ich meine!»

«Ja, das weiß ich.» Er küsst mich, die Berührung seiner Lippen ist sanft wie ein Schmetterlingsflügel. «Und nein, ich bin auch nicht der Meinung. Aber wie ich schon mal sagte … Ich bin berüchtigt für meine Hartnäckigkeit. In jeder Hinsicht. Ich habe jedenfalls nicht vor, es bei diesem einen Mal zu belassen.»

Die Schmetterlinge flattern in meinem Bauch weiter. Ich versinke in seinen grauen Augen, die mich plötzlich an einen herbstlichen Himmel erinnern. Wenn die Sonne kurz davor ist, noch ein letztes Mal durch die Wolken zu brechen.

«Ich bin froh, dass mit Mila alles geregelt ist. Sonst hätte ich jetzt ein sehr schlechtes Gewissen, weil du glauben könntest, ich wäre nur aus Berechnung mit dir ins Bett gegangen.» Sein Blick verdüstert sich. «Was? Es ist doch alles geregelt, oder nicht? Du hast doch ein Angebot … Evan?» Mein Puls geht schneller als mir klar wird, was sein Gesichtsausdruck zu bedeuten hat. Hitze durchströmt mich.

«Ich bin dran, Ally. Aber ich will nichts versprechen, was ich nicht halten kann. Ich bin nicht so mächtig, wie du vielleicht denkst. Es hängt leider nicht allein von mir ab, ob die Diamond Group das Angebot so akzeptieren wird. Das habe ich aber Ben auch gesagt.»

Ich rutsche ein Stück von ihm ab. «Wenn du uns jetzt länger hinhalten willst, damit ich öfter mit dir ins Bett gehe …»

«Nein! Nein, das ist es nicht. Gott, nein.»

Er setzt sich im Bett auf, und obwohl ich meine Augen kaum von seinem wunderschönen Körper lösen kann, verursachen seine Worte Unbehagen in mir. Ich schlucke, während Evan sich mit einer Hand über das Gesicht reibt.

«Ich will dich nur, wenn du mich auch willst. Ohne Hintergedanken. Okay?»

Er beugt sich zu mir runter und küsst mich noch einmal. Ich erwidere den Kuss erst nach einigem Zögern. Gedanken wirbeln in meinem Kopf herum wie Federn aus einem ausgeschüttelten Kissen. Heute Nachmittag klang es, als wäre alles klar. Als stünde das Angebot längst fest. Nun frage ich mich, ob er das nur vorgespielt hat, um mich ins Bett zu kriegen.

«Ich sollte jetzt nach Hause gehen», unterbricht er den Kuss sehr plötzlich und setzt sich auf.

«Du willst gehen? Wieso?» Verwirrt schaue ich ihn an. Wie von selbst ziehen meine Hände die Decke über meinen nackten Körper. «Du kannst doch hier übernachten? Es ist schon spät, und ich dachte, wir …»

Unruhig beiße ich die Lippen aufeinander. Enttäuschung breitet sich in mir aus. Was bin ich für ihn? Doch nur ein kleines Sexspielzeug? Die lustige, blonde Ally, die er ausnutzen kann, weil sie ihn braucht? Ein hübscher Nebeneffekt der Arbeit?

«Es tut mir leid, Ally. Ich muss in vier Stunden wieder raus, ich fliege morgen sehr früh nach New York.»

«Was machst du in New York?», frage ich. Ein seltsames Gefühl im Bauch alarmiert mich.

«Ich habe dort zu tun. Geschäftlich. Und ich will dich nicht in deiner Routine stören, wenn ich mitten in der Nacht aufstehen muss.»

Ich lache gequält. «Gut, wie du meinst.»

«Hey! Sei nicht sauer! Beim nächsten Mal bleibe ich länger, versprochen.»

Er küsst mich auf die Schulter und steht auf. Die Selbstverständlichkeit, mit der er sich nackt in meinem Schlafzimmer bewegt, beeindruckt mich. Ich bleibe auf dem Rücken liegen, starre auf die Beleuchtung unter der Schlafzimmerdecke und lausche den Geräuschen, die er im Wohnzimmer beim Anziehen macht. Ich habe keine Ahnung, wie spät es ist, es muss weit nach Mitternacht sein.

«Ich bin am Freitag wieder da, melde mich aber zwischendurch. Okay?»

Er beugt sich über mich und küsst mich noch einmal. Zwischen seinen Brauen ist eine winzige Steilfalte entstanden, die immer da ist, wenn er nachdenkt oder sich über etwas ärgert. Meine Brustwarzen ziehen sich zusammen, mein Körper würde ihn am liebsten wieder ins Bett zerren und noch einmal … Aber mein Verstand flüstert mir, dass ich vorsichtig sein sollte.

«Okay», sage ich also nur, als ob es mir nichts ausmachte, dass er mich mit all den blöden Gedanken einfach allein lässt. Dann geht er.

Als die Tür hinter ihm zufällt, durchzuckt mich ein Impuls. «Ich kriege immer, was ich will.» Das hat er gesagt. Nur – was passiert eigentlich, wenn er bekommen hat, was er wollte? Was ist dann?

20

Evan

«Wach auf, wir landen gleich!» Liz stößt mir ihren spitzen Ellbogen so heftig in die Rippen, dass ich aufkeuche. Müde reibe ich mir die Augen. Ich habe die ganze Nacht nicht geschlafen und die fehlende Erholung auf dem Flug nach New York nachgeholt. Was Liz natürlich nicht gefallen hat. Sie hasst es, sich zu langweilen. Ich dagegen habe mich alles andere als gelangweilt, und am Zustand meines Schwanzes erkenne ich deutlich, dass ich wohl von Ally geträumt haben muss. Zum Glück ist der Tisch am Sitz vor mir runtergeklappt und verbirgt meine Situation vor ihr.

«Ist ja gut», knurre ich sie an. «Ich weiß sowieso nicht, warum ich das hier eigentlich mache. Es ist absolut unnötig.»

«Dad sagt, wir sollen es uns ansehen, bevor wir Mila ein Angebot unterbreiten. Und ich finde, er hat recht damit. Du hast ihn doch selbst darauf gebracht, wofür er dir ja auch sehr dankbar ist.»

Sie legt ihre Hand auf mein Knie. Ich hasse es, wenn sie das macht. Unwirsch schiebe ich ihre Finger von mir und rücke weiter zum Fenster, um Abstand zwischen uns zu bringen. Sie seufzt leise, lässt mir aber meinen Willen. Was bleibt ihr auch anderes übrig?

Der Flieger schwimmt durch ein Meer mit weißen Inseln aus Watte. Die Farbe des Himmels erinnert mich an Alicias Augen und zaubert Bilder von ihr herbei. Ihr verzücktes Gesicht von gestern Abend, als ich meinen Kopf zwischen ihren Schenkeln vergraben habe. Die feinen Sommersprossen, überall auf ihrer Haut. Zwischen meinen Beinen pocht es, die Erinnerung ist so frisch, dass sie sich feucht und warm anfühlt. Ich hätte diesen verfluchten Trip nach New York einfach absagen sollen, aber das habe ich nicht gewagt. Ich habe schon viel für sie riskiert, und die Gefahr, dass Liz uns in letzter Minute einen Strich durch die Planung macht, ist riesig. Deshalb muss ich sie begleiten. Ich fühle mich verantwortlich, für Mila und für Alicia.

Ich vermisse sie jetzt schon. Ihre Wärme. Die Natürlichkeit. Die Art, wie sie mich anlächelt. Wie sie ihre Hand auf meinen Arm oder mein Bein legt, so selbstverständlich und beiläufig, nicht fordernd oder manipulierend wie Liz.

«Woran denkst du?» Liz beugt sich zu mir rüber, während sie sich anschnallt.

«Glaub mir, das willst du nicht wissen», gebe ich zurück.

Vor mir auf dem Klapptisch steht eine angetrunkene Piccoloflasche. Ich drücke sie Liz in die Hand, weil es ihre ist, und klappe den Tisch hoch. Liz verzieht das Gesicht.

«Du hast also doch mit ihr geschlafen. Richtig?»

«Sorry, Liz, aber …»

«Die Klamotten hattest du gestern schon an.»

Sie sieht an mir runter, und ich muss ihr zustimmen. Ich habe die Stunden vor dem Abflug zu Hause rumgesessen und nachgedacht. Ich hatte keine Lust, zu duschen oder mich umzuziehen, weil ich ihren Duft so lange wie möglich mit mir herumtragen wollte.

«Außerdem kann ich sie an dir riechen.» Liz rümpft die Nase.

«Tut mir leid. Ich dusche später im Hotel.»

«Es scheint dir ernst zu sein mit ihr. Du hast noch nie so viel für eine Frau aufs Spiel gesetzt.»

Das kommt überraschend. Ihr Oberarm berührt meinen, und ich bin mir sicher, dass diese Berührung wirklich zufällig ist. Sie löst allerdings nichts in mir aus. Nicht einmal mehr Wut.

«Vielleicht. Wir werden sehen», antworte ich kurz.

«Evan …» Ihre Stimme klingt so eindringlich, dass ich mit einigem Widerwillen den Kopf wende und sie ansehe. Ihre Augen glänzen. «Ich will dir nicht länger im Weg stehen. Wenn sie diejenige ist, die dich glücklich macht, dann soll es so sein. Es ist meine Schuld, dass du mir nicht verzeihen kannst. Jetzt muss ich mit den Konsequenzen leben. Ich dachte nur …» Ihre Finger streichen sanft über meinen Handrücken. Ich ziehe die Hand nicht weg und sehe ihr fest in die Augen. «Ich dachte, weil du in den letzten zwei Jahren nie eine andere Frau … Ich dachte, dass es vielleicht doch noch eine Chance für uns gäbe.»

Sie beißt sich auf die Lippe. Mit ihrem steifen Lächeln könnte sie Karriere als Handpuppe in der Sesamstraße machen. Was genau hat mich damals so an ihr fasziniert? War es die Vertrautheit? Die Tatsache, dass sie Curts Tochter war und wir uns so gut kannten? Weil ich dachte, Curt würde es von mir erwarten? Oder habe ich versucht, etwas in ihr zu sehen, das sie gar nicht war? Ich kann ihr keinen Vorwurf machen. Nicht mehr.

«Liz, es war nicht allein deine Schuld. Wir beide haben einfach nicht funktioniert. Es fühlte sich nicht … richtig an. Für mich nicht, und für dich ja wohl auch nicht. Sonst hättest du dich nicht mit anderen trösten müssen. Aber wir haben in den letzten zwei Jahren so oft darüber gesprochen … Lass es gut sein.»

«Du würdest sogar deinen Job für sie riskieren. Stimmt's?»

Liz beugt sich über mich und schließt meinen Gurt, weil die schnarrende Durchsage der Stewardess uns das befiehlt und ich nicht zugehört habe. Die fürsorgliche Geste rührt mich einige Sekunden lang.

«Wie kommst du darauf?»

«Es ist offensichtlich.» Liz zuckt die Achseln und lehnt

sich wieder zurück. Eine ihrer Haarnadeln hat sich gelockert, sie schiebt sie an die richtige Stelle. «Ich habe mir deine Unterlagen angesehen und die Zahlen sind schon ziemlich … beschönigt. Ich bin mir noch nicht sicher, was Dad dazu sagen wird, aber er könnte verdammt sauer auf dich sein, wenn er kapiert, woher dein Sinneswandel kommt. Allerdings warst du auch lange nicht mehr so wild entschlossen. Weißt du, dass ich mich damals in genau diese Entschlossenheit verliebt habe? Irgendwann hast du sie verloren.»

Herrgott, das sind Gespräche, die ich nicht mal in der Hölle führen will. Leider sitze ich festgeschnallt in einem Flugzeug über New York und kann nicht einfach aufstehen und gehen. Ich schließe die Augen. Ein Versuch, dieses unangenehme Gerede auszublenden. Aber Liz wäre nicht Liz, wenn sie nicht weiter mit einem salzigen Finger in offenen Wunden bohren könnte. Ach, und wie sie bohren kann! Beinahe hätte ich es vergessen.

«Weiß Alicia eigentlich inzwischen von mir?»

«Nein», knurre ich. «Ich werde es ihr am Wochenende sagen, wenn ich zurück bin.»

«Und wie wird sie darauf reagieren?»

«Himmel, Liz. Warum kannst du es nicht einfach gut sein lassen? Ich weiß doch noch gar nicht, was aus uns –»

«Hast du keine Angst, dass sie wütend auf dich ist?»

«Hör jetzt bitte auf damit.»

Ich öffne die Augen wieder und sehe sie an. Ihr Gesichtsausdruck verrät nichts, sie starrt an mir vorbei zum Fenster.

«Vielleicht sollte *ich* mit ihr sprechen? Und es ihr erklären? Das bin ich dir schuldig, Evan. Du hast es verdient, glücklich zu sein.» Sie drückt meine Hand. Ihre Finger sind eisig, wie immer.

«Ich kann mich selbst darum kümmern, bemüh dich nicht. Und falls du vorhast, – »

Glücklicherweise unterbricht mich die Stewardess. «Bitte

klappen Sie den Tisch hoch und stellen Sie Ihre Rückenlehne aufrecht, Ma'am. Wir setzen jetzt zur Landung an.»

Liz gehorcht widerwillig. Die Stewardess zwinkert mir lächelnd zu, als ob sie wüsste, dass sie mich gerade erlöst.

«Schluss jetzt damit», sage ich scharf, noch bevor Liz wieder den Mund aufmachen kann. «Ich bin dir zuliebe nach New York geflogen, obwohl ich gerade heute nirgendwo anders als in Kensington sein möchte. Das muss genügen, um euch zu beweisen, dass ich durchaus Herr meiner Sinne bin und meine neuen Kalkulationen bezüglich Mila kein Gefälligkeitsdienst sind.»

«Das werden wir sehen.»

Liz' Augen schießen Giftpfeile auf mich ab, die ich kopfschüttelnd ignoriere. Was auch immer sie vorhat – ich weiß, wozu sie in der Lage ist. Wie weit sie geht, um andere zu manipulieren. Und das bereitet mir verdammte Magenschmerzen.

«Hey! Wie ist es im Big Apple? Wie spät ist es überhaupt bei dir? Bist du schon lange da?»

Lachend versuche ich, Allys Redeschwall zu unterbrechen. «Süße, ich bin gerade im Hotel angekommen und hatte das dringende Bedürfnis, deine Stimme zu hören.»

«Wann kommst du zurück?»

«Am Freitag, leider erst ziemlich spät. Können wir uns trotzdem sehen?»

«Auf jeden Fall. Ich kann warten. Nein, kann ich eigentlich nicht. Aber ich versuch's, dir zuliebe. Und weil mir sowieso nichts anderes übrig bleibt.» Sie lacht leise. «Also, wie spät ist es bei dir?»

«Acht Uhr morgens. Ich bin quasi gerade aufgestanden.»

«Oh, okay. Ich kann mir das nie merken mit der Zeitverschiebung. Deshalb hätte ich dich auch niemals angerufen, weil ich dich nicht zu irgendwelchen Unzeiten aus dem Bett holen will. Und weil es sich nicht gehört. Nach einem Date muss der Mann die Frau anrufen und nicht umgekehrt. Nicht, dass ich auf deinen Anruf gewartet hätte oder so.» Sie lacht leise.

«Ich habe dich nicht für so konservativ gehalten.»

Ich schmunzle und inspiziere mit dem Handy am Ohr die Minibar. Meine innere Uhr verlangt nach einem kräftigen Lunch und einem Glas Wein, was um diese Uhrzeit natürlich völlig daneben wäre.

«Das ist eine der goldenen Regeln beim Dating. Sagt jedenfalls Sam, meine beste Freundin.»

«Es tut mir leid, dass ich gestern so Hals über Kopf aufbrechen musste, Ally.»

Ich schließe die Minibar wieder, mit einer Dose Cola in der Hand, und setze mich aufs Bett. Das Hotelzimmer ist so modern eingerichtet, dass ich mich darüber freuen sollte, immerhin eine Matratze und kein Nagelbrett vorzufinden. Warum ist es offenbar so schwierig, modernes Design mit Komfort zu verbinden?

«Ich möchte nicht, dass du deshalb einen falschen Eindruck von mir hast.»

«Welchen Eindruck soll ich schon haben? Wir hatten Sex, du hast dich unter einem Vorwand mitten in der Nacht weggeschlichen … Also bin ich natürlich überrascht, dass du mich tatsächlich anrufst. Ich meine, du hast den berühmten Satz bestimmt auch schon oft gesagt. *Ich ruf dich an.*»

«Ally!» Ich lache. «Du kannst nicht ernsthaft glauben, dass es für mich eine einmalige Sache war. Oder?»

«Hm.» Sie schweigt ein paar Sekunden. «Na gut. Ehrlich gesagt habe ich gehofft, du würdest mich auf Knien rutschend um eine Wiederholung anflehen. Mein Auto waschen, meine Fenster putzen, meine High Heels ablecken …»

Mein Schwanz zuckt bei der Vorstellung erfreut gegen meine Hose. «Wenn das nötig ist, werde ich es tun. Oder traust du mir das nicht zu?»

«Seit gestern Nacht traue ich dir einiges zu.» Ihre Stimme

klingt samtig, wie das Schnurren einer Katze. «Dass du deine Zunge nicht nur beim Reden so gekonnt einsetzt, hatte ich nicht unbedingt erwartet. Das war echt … toll.»

Mir wird heiß. Das Gespräch verläuft in eine Richtung, mit der ich absolut keine Erfahrung habe. Und ich hasse Situationen, in denen ich mir vorkomme wie ein Teenager. Aber ich will auch nicht ablenken. Ich will …

«Sprich ruhig weiter», sage ich heiser und reiße die Coladose mit einer zittrigen Hand auf, während ich mir das Handy zwischen Kinn und Schulter klemme.

«Ich bin im Büro, Evan. Allerdings bin ich ganz allein hier. Und ich trage das Kleid mit dem breiten Korsettgürtel, erinnerst du dich? Ich glaube, ich hatte es bei unserem ersten Meeting an, als du mich vor dem Ersticken gerettet hast.»

«Ich erinnere mich. Gut sogar.»

«Ehrlich gesagt kann ich heute kaum die Beine übereinanderschlagen. Ich fühle mich ziemlich … wund.»

Sie lacht leise, und ich spüre meine Halsschlagader pochen. Meine Hose wird eng.

«Verflucht, Ally, weißt du, was du hier gerade anrichtest?», stoße ich zwischen den Zähnen hervor.

«Nein, keine Ahnung. Oder doch? Heb es auf für Freitag, ja? Dann werde ich mich darum kümmern und mich für deine Zungenfertigkeit gestern revanchieren.»

Stöhnend lasse ich mich rücklings aufs Bett fallen und kicke die Schuhe von den Füßen. «Das Problem ist, dass ich in einer Stunde ein wichtiges Meeting habe und vorher dringend duschen sollte. Am besten eiskalt. Obwohl mir im Moment nach etwas ganz anderem wäre.»

«Mir auch.» Sie flüstert. «Bringst du mir was Schönes mit aus New York? Ich war noch nie da.»

«Ganz bestimmt. Das mache ich. Ich melde mich bald, okay?»

«Ja, ruf mich an, wenn du kannst.»

Ich unterdrücke den Wunsch, einen albernen, kitschigen Liebesschwur durch den Äther zu schicken. Vielleicht schreibe ich ihr später eine SMS. Allerdings ist mir klar, dass ich die nächsten drei Tage damit zubringen werde, über ein perfektes Mitbringsel für Alicia Sinclair zu grübeln. Was für eine Herausforderung.

Doch vorher gilt es, noch eine Hürde zu überwinden. Ich muss Liz den bescheuerten amerikanischen Konkurrenten madig machen, auf den ich sie selbst gestoßen habe. Ich könnte mich dafür ohrfeigen, aber das war, bevor ich Alicia richtig kennengelernt habe. Ich weiß genau, warum Liz plötzlich so scharf darauf ist. Sie wittert die Chance, meine frische Beziehung zu Alicia zu vernichten, indem sie die Investition platzen lässt. Das werde ich nicht zulassen.

Während ich ins Bad gehe und mich auf dem Weg dorthin ausziehe, lasse ich mich von Erinnerungen ablenken. Erinnerungen an ein Erlebnis, das ich so bald wie möglich wiederholen möchte und das mir hilft, unter der Dusche ein paar … Spannungen loszuwerden.

21

Ally

Ich strecke die Beine auf meinem Schreibtisch aus und schaue aus dem Fenster auf die Themse, die in der Sonne glitzert. Er hat angerufen! Was mich hoffen lässt. Das machen Männer angeblich nur, wenn sie verknallt sind. Behauptet jedenfalls Sam, die der Meinung ist, dass man an der Wartezeit bis zum ersten Anruf nach einem Date erkennen kann, wie schlimm es einen Mann erwischt hat. Wenn ich die Flugzeit nach New York abziehe und die Zeitverschiebung berücksichtige, hat er sich quasi sofort gemeldet. Also ein gutes Zeichen. Das Klopfen an der Tür schreckt mich aus meinen verträumten Gedanken. Ben schiebt sich durch den Türspalt, er ist blass um die Nase.

«Ist was passiert? Alles okay mit Katie?»

«Ja. Und ja. Mit Katie ist alles gut, aber es ist trotzdem was passiert.»

Alarmiert nehme ich die Füße vom Tisch und richte mich auf. «Was denn? Los, sag schon!»

«Curt Diamond hat angerufen. Wegen des Angebots.» Ben lässt sich auf einen Stuhl fallen. «Er sagt, dass sie gerade noch *andere Optionen* prüfen und deshalb leider abwarten müssen.»

«Andere Optionen?» Ich runzle die Stirn. «Was meint er denn damit?»

«Keine Ahnung.» Ben zuckt die Achseln. «Konkurrenzunternehmen, die ebenfalls einen Investor suchen?»

Mein Herz klopft schneller. Davon hat Evan mir nichts gesagt. «Und was bedeutet das?»

«Das bedeutet, dass sich die Diamond Group offenbar nach Alternativen umsieht. Curt Diamond war sehr ehrlich zu mir. Er sagte, dass er eine klare Zukunftsperspektive vermisst. Also prüft er gerade, wie Mila im Vergleich zu anderen Unternehmen aus der Branche dasteht. Natürlich.»

Ben steht auf und wandert wie ein Tiger auf und ab. «Ich dachte, es wäre alles geregelt zwischen Evan und dir? Oder glaubt er immer noch, du hättest ihn aus Berechnung angemacht?»

Ich kaue auf meiner Lippe, während ich auf die vollgekritzelten Bögen auf meinem Schreibtisch starre. Meine Entwürfe. Es sind mindestens zwei dabei, die ich für ganz vielversprechend halte. Ich muss sie nur endlich ausarbeiten und damit aufhören, meine Zeit mit unnützem Kram zu vergeuden. Anfangen, loszulassen und wieder an mich selbst zu glauben.

«Es ist alles klar bei Evan und mir. Aber ich bin mir gar nicht mehr sicher, ob er wirklich allein über dieses Geschäft bestimmen kann? Offenbar mischt sich ja sein Chef in die Sache ein.»

«Vielleicht deinetwegen?» Ben mustert mich scharf. «Hat er Wind davon bekommen, dass du und Evan …?»

«Woher soll ich das wissen? Und wenn es so wäre, ist es jetzt sowieso zu spät. Ich meine, es ist ja schon passiert.» Meine Wangen werden warm.

«Herrgott. Scheiße.»

Bens Fluchen lässt mich zusammenzucken.

«Was machen wir jetzt?», frage ich leise.

«Was sollen wir machen? Wir können nur abwarten. Und ehrlich gesagt, Ally …» Er hält kurz inne und sucht meinen Blick. «Wenn die Sache bis Ende des Monats nicht in trockenen Tüchern ist, müssen wir die Leute entlassen. Unser Kreditrahmen ist ausgeschöpft, die Bank gibt uns nichts mehr. Selbst mit den fälligen Zahlungen von Händlern sieht es verdammt eng aus. Ich kann nächsten Monat weder Gehälter noch Steuern bezahlen. Von den ausstehenden Mieten für das Büro ganz abgesehen.»

Mein Blut weicht aus dem Kopf. Mein Mund fühlt sich kalt und steif an. «Großer Gott!»

Er nickt stumm.

«Ich bin mir ziemlich sicher, dass Evan alles tut, um uns zu unterstützen.»

Mein Herz schlägt mir plötzlich im Hals. Ben zieht eine Braue hoch und mustert mich scharf.

«Ally ...»

«Wir haben natürlich auch über Mila geredet. Und er hat versprochen, dass er uns hilft. Er wird sicher tun, was in seiner Macht steht.» Ich will einfach daran glauben. Habe ich eine andere Wahl?

«Curt Diamond klang am Telefon vorhin allerdings weniger zuversichtlich. Übernächsten Montag kommt er persönlich her und möchte vor Ort eine Entscheidung treffen. Ich brauche dich zu diesem Termin. Am besten mit einer Handvoll sehr guter Entwürfe, die wir ihm präsentieren können, damit er uns glaubt, dass wir eine tolle Perspektive haben.»

«Du liebe Zeit, wie soll ich denn ...», murmle ich. «Ben, ich würde ja, aber ich ...»

«Du hast noch ein paar Tage Zeit, um dir was auszudenken. Etwas, das hoffentlich auch Curt Diamond beeindruckt, denn der wird sich im Gegensatz zu Evan Hawk sicher nicht damit zufrieden geben, mit dir ins Bett zu steigen.»

Ich schnappe nach Luft, doch bevor ich auf diese Beleidigung was erwidern kann, ist Ben verschwunden und knallt die Tür hinter sich zu. Was zum Teufel ist in ihn gefahren? Es war seine Idee, dass ich *nett* zu Evan Hawk sein sollte. Und jetzt will er mir vorhalten, dass ich genau das getan habe? Wütend zerknülle ich die Kritzeleien und stopfe das Papier in den Korb unter meinem Tisch.

Ich brauche ein paar Einfälle. Inspiration. So schnell wie möglich. Eine Injektion mit Disziplin wäre auch nicht verkehrt. In den letzten zwei Jahren habe ich vor lauter Angst, zu versagen, alles einfach vor mir hergeschoben, und damit muss Schluss sein. Vielleicht kann Emma mir helfen.

«Was ist das hier, zum Beispiel?» Fragend drehe ich ein Schmuckstück aus der Vitrine hin und her.

Emma kichert. «Eine Brustklemme. Na gut, eigentlich ist es eine Wäscheklammer, aber ich habe sie vergolden lassen und verkaufe sie jetzt für dreihundert Pfund.»

«Autsch.» Ich verziehe das Gesicht und lege das gute Stück in die Vitrine zurück. «Gibt es echt Leute, die auf so was stehen?»

«Oh ja, und wie. Seit *Fifty Shades of Grey* kann ich gar nicht genug von dem SM-Kram ranschaffen. Erinnerst du dich an die nette Sattlerin, die wir letztes Jahr kennengelernt haben? Sie macht jetzt Harnesse und Handfesseln aus Leder. Zum ersten Mal verdient sie richtig Geld! Sie hat ja vorher nur Zeugs für Pferde genäht.»

Mein Gehirn rattert. «Und was kann *ich* dazu beitragen?»

«Es geht um Dominanz und Unterwerfung. Um Hingabe. Um erotisches Quälen. Wenn du ein Produkt entwickelst, mit dem die Männer ihre Frauen sanft quälen können, indem sie zum Beispiel ihren Höhepunkt hinauszögern …»

«Hm.» Ich kratze mich an der Stirn und betrachte weiter die neuen Ausstellungsstücke in Emmas Vitrinen. «Das kann man doch mit jedem Vibrator.»

«Klar.» Emma zuckt die Achseln. «Aber alles, was das Etikett SM hat, verkauft sich halt besser. So wie Liebeskugeln. Die gehen zwar immer gut, im Moment reißen mir die Leute die Dinger allerdings fast aus den Händen. Besonders diese hochwertige Variante.» Sie nimmt zwei silberne Kugeln, die mit einer Kette verbunden sind, aus der Vitrine und drückt sie mir in die Hand.

«Wow, sind die schwer.» Staunend lasse ich die Kugeln hin und her rollen und spüre die Vibrationen, die durch eine eingelagerte Kugel ausgelöst werden. «Fallen die nicht raus?»

«Wenn man nicht gut trainiert ist, klar. Aber je öfter man sie trägt, desto besser klappt es. Und irgendwann hat man einen Beckenboden, mit dem man Nüsse knacken kann.»

«Ach, Quatsch.» Ich lache und lege die Kugeln zurück auf ein rotes Samtkissen.

«Außerdem machen sie sich gut beim Oralsex.» Emma zwinkert mir zu. «Wenn er dabei an den Ketten zieht und die Dinger in dir gegeneinanderschlagen … hmmm.»

Der Gedanke an Oralsex ruft sofort Erinnerungen an Evan hervor. Mein Schoß zieht sich zusammen. Seine Zungenfertigkeit war wirklich beeindruckend. Wenn man das in einen batteriebetriebenen Vibrator übertragen könnte … oh Gott. Es wäre der Renner.

«Emma? Was hältst du von einem Vibrator, der Cunnilingus simuliert?»

«Super Idee! Aber wie soll das aussehen?» Emma mustert die Auslage. Fast alle Spielzeuge sind stabförmig, wie ein Phallus. Klein, groß, dick, dünn, gekrümmt, gerade … aber eben stabförmig. Dazu gedacht, einen echten Schwanz zu ersetzen. Was, wenn es einen Vibrator gäbe, der nur dazu da ist, die Klitoris zu stimulieren? Hitze durchströmt mich vor Aufregung.

«Eine organische Form», sinniere ich laut. «Rund. Wie ein Apfel oder so. Unter der Silikonschicht eine kleine Perle, die nicht vibriert, sondern kreist. Mit einem ausgefallenen Rhythmus, vielleicht sogar mit einer zusätzlichen Vibration? Die meisten Frauen stehen auf Oralsex, oder?»

«Klar. Viele kommen nur so überhaupt zum Höhepunkt, weil beim Sex ihre Klitoris nicht genug stimuliert wird. Irgendein Wissenschaftler hat mal herausgefunden, dass der maximale Abstand zwischen Klitoris und Vagina nur zweieinhalb Zentimeter betragen darf. Ist er größer, hat die Frau es schwer, bei normalem Verkehr zu kommen, jedenfalls ohne manuelle Unterstützung. Das wissen leider nur wenige Menschen.»

«Kann man das denn einfach auf die Anatomie reduzieren?», frage ich. «Beim Sex spielt doch so vieles eine Rolle. Liebe. Sympathie. Das Gefühl, sicher zu sein. Lust. Hormone.»

«Ja, natürlich. Das auch. Wir Frauen sind halt so viel komplizierter als Männer.» Emma seufzt und lacht gleich wieder. «Was mein Glück ist, sonst würde ja kein Mensch zu mir kommen.»

Ich ziehe meinen Notizblock aus der Tasche und schreibe mir ein paar Stichpunkte auf. Vielleicht gibt es doch noch Hoffnung. Fast fühlt es sich an, als wäre tatsächlich ein Funke übergesprungen. Aber es ist ein winziger Funke, nicht stark genug, das Feuer wirklich zu entfachen. Ich brauche mehr. Mehr Sauerstoff. Mehr Zunder. Als die Tür aufgeht und ein schüchtern wirkender Kunde hereinkommt, verabschiede ich mich rasch von Emma, damit sie ihn in Ruhe beraten kann.

Der Covent Garden ist voller Menschen. Es duftet nach gebratenem Fleisch, nach Kaffee, Blumen und nach Schokolade. Mein Magen knurrt. Maggie war heute nicht im Büro, und ich hatte keine Lust, mit dem schlecht gelaunten Ben essen zu gehen. Stattdessen bin ich in der Mittagspause zu Emma geflüchtet. Jetzt vibriert mein Körper vor Aufregung.

Ich bin nah dran, das kann ich spüren. Zum ersten Mal seit zwei Jahren macht sich wieder diese Euphorie in mir breit, die eine kreative Hochphase ankündigt. Eilig gehe ich zur U-Bahn und fahre nach Hause. Ich werde die nächsten Tage dort verbringen und nicht im Büro. Ich werde mich um nichts anderes kümmern als um neue Entwürfe und Ideen. Mit John telefonieren, der mir helfen kann, wenn sich die Frage nach der Machbarkeit ergibt. Ich werde Curt Diamond schon zeigen, dass ich was draufhabe. Es ist eine Herausforderung, und ich nehme sie an.

22

Ally

Mein Gehirn fühlt sich an, als hätte eine Hummel darin ihr Nest gebaut. Ich habe seit Tagen kaum geschlafen und mich sogar im Bett ständig mit meinen Entwürfen befasst. So hart habe ich seit Jahren nicht gearbeitet, und obwohl ich todmüde und erschöpft bin, geht es mir blendend. Mein Körper vibriert, mein Kopf ist voller Ideen und Gedanken. Ich vergesse, zu essen oder zu trinken. Renne in letzter Sekunde aufs Klo, weil ich mich nicht von meiner aktuellen Skizze lösen kann. Aber heute, am Freitag, finde ich zwischendurch immer wieder Zeit, um auf mein Handy zu schielen. Ich habe keine Ahnung, wann Evan in Heathrow landet, doch er hat versprochen, sich sofort zu melden, wenn er aus New York zurück ist. Ich weiß nicht, worauf ich mich mehr freue – ihn zu sehen, zu küssen, anzufassen. Oder darauf, ihm am Wochenende endlich meine Entwürfe zu präsentieren. Ein seltenes Gefühl von Stolz durchströmt mich, wenn ich mir meine beiden wichtigsten Ideen anschaue. Sogar mit John habe ich schon gesprochen, ob meine Ideen überhaupt umsetzbar sind, und er war zum Glück zuversichtlich und sehr begeistert. Nur Ben ahnt nichts. Ich will ihn damit überraschen, wenn das wichtige Meeting mit Curt Diamond ansteht. Ihn und alle anderen.

Die Stimmung im Büro ist allerdings schrecklich. Ben hat die meisten Leute aus der Produktion in den Urlaub geschickt, weil gerade nicht viel zu tun ist. Der Sommer steht vor der Tür, es kommen daher nur wenige Bestellungen von den Großhändlern rein. Unser Lager ist aber noch gut gefüllt. Maggie lugt durch meine Tür. «Ich geh dann jetzt auch, Ally. Okay?»

«Ja, sicher. Schönes Wochenende», antworte ich fahrig, während ich weiter Herzchen und Blumen auf das Papier vor mir kritzle.

«Meinst du, dass ...»

«Ich bin mir sicher, dass alles gut wird», versuche ich sie zu trösten. Im Gegensatz zum Rest von uns verliert Maggie nur einen Nebenjob und nicht ihren gesamten Lebensinhalt. Trotzdem ist sie seit Tagen bedrückt. Schließlich kümmert sie sich um die Ablage und kennt die letzten Mahnungen und Vollstreckungsbescheide, die neuerdings täglich eintrudeln, ziemlich genau. Ich ignoriere die negativen Gefühle, weil ich mich auf meine Arbeit konzentrieren will. Der Gedanke, dass die Zukunft von Mila zum großen Teil von mir abhängt, beflügelt mich genauso sehr, wie er mich ängstigt. Ich war noch nie im Leben so verantwortlich für etwas, und der Druck ist kaum erträglich für einen kreativen Menschen wie mich. Aus Kohlenstoff werden unter hohem Druck Diamanten; aus Menschen leider nicht.

«Ich schätze, du hast keine Lust, morgen zu meinem Auftritt zu kommen, oder?»

Sie legt mir einen Flyer aus glänzendem Papier auf den Schreibtisch. Auf dem Bild ist Maggie abgebildet. Sie trägt einen glitzernden Mini-Bikini und rekelt sich in einem überdimensionalen Champagnerglas. Ich muss schmunzeln.

«Ich geb dir die Einladung trotzdem. Falls du ein bisschen Ablenkung brauchst. Das ist übrigens eine VIP-Einladung, der Eintritt ist also gratis.»

Meine Wangen werden warm. Wie peinlich, wenn die eigene Assistentin so gut über die finanziellen Verhältnisse ihrer Chefin Bescheid weiß.

«Und ich brauche diesen Monat auch keinen Lohn, wenn euch das irgendwie hilft. Ich hatte drei Auftritte und hab genug verdient.»

Tränen schießen mir in die Augen. Ich greife nach ihrer Hand und verschränke meine Finger mit ihren, während ich sie gerührt ansehe. «Maggie, das ist … Aber nein. Eher verzichte ich aufs Essen, als dass ich dich umsonst hier arbeiten lasse.»

«Das wäre fatal. Du bist sowieso zu dünn für meinen Geschmack.» Grinsend löst sie ihre Hand aus meiner. Dann nimmt sie mich über den Schreibtisch hinweg in den Arm. «Ich glaube an dich, Ally. Du wirst das meistern, ganz bestimmt. Du bist stärker, als du denkst. Du musst die Stärke nur zulassen.»

Jetzt kann ich die Tränen nicht mehr zurückhalten, ein dicker salziger Tropfen kullert mir über die Wange. So viel zum Thema Stärke. Gott, ich heule vor meiner Mitarbeiterin wie ein Kleinkind, und es tut gut. Verdammt gut.

«Danke, dass du an mich glaubst», schniefe ich an ihrer Schulter.

«Das tun wir alle. Auch Ben. Ich bin mir sicher.»

Sie drückt mir einen feuchten Kuss auf die Stirn, dann geht sie. Ben ist schon am Mittag gegangen. Er ist blass und sein Gesicht wirkt eingefallen. Ich sehe ihm an, wie sehr die ganze Situation an ihm nagt, und ich fühle mich schuldig.

Als ich nach unten auf den Parkplatz schaue, durchzuckt mich ein Glücksgefühl. Evan steigt aus seinem Audi, legt den Kopf in den Nacken und schaut nach oben. Zu mir. Wärme durchströmt mich bei seinem Anblick. Ich lächle und winke ihm, aber er sieht mich nicht. Die Sonne blendet.

Eilig klappe ich das Laptop zu, stopfe die fast ausgearbeiteten Entwürfe in meine Handtasche und verlasse das bereits leere Büro. Die Stille in den verlassenen Räumen lässt mich frösteln. Eine düstere Zukunft breitet sich vor meinem geistigen Auge aus, die ich hastig wegblinzle. Positiv denken. Einfach positiv denken. Wie immer.

Unten kommt mir Evan mit großen Schritten entgegen. Er sieht gut aus, leger gekleidet. Dunkle Jeans, ein helles Hemd mit aufgekrempelten Ärmeln, keine Krawatte, kein Sakko. Obwohl er ein wenig müde wirkt, strahlt er mich an. Ich beschleunige, soweit es in den hohen Absätzen möglich ist, dann falle ich ihm in die Arme. Er küsst meinen Scheitel, während ich mein klopfendes Herz an seine Brust drücke und die plötzliche Ruhe genieße, die mich durchströmt. Als wäre ich eine Woche lang durch einen reißenden Fluss geschwommen und nun endlich am ruhigen Ende, in einem warmen Badesee, angekommen.

«Hey. Da bist du ja schon», murmle ich gegen seine Brust und atme tief durch die Nase ein. Er riecht irgendwie fremd, nach Parfum und Haarspray und Essen. Offenbar kommt er direkt vom Flughafen.

«Ich konnte es nicht erwarten, dich zu sehen.»

Ich hebe den Kopf und blinzle gegen die Sonne. Dann schließe ich bereitwillig die Augen, als er mich vorsichtig küsst. Die Luft flirrt, und in meinem Leib taumeln die Schmetterlinge wie betrunken durcheinander. Lieber Himmel, es ist Jahre her, dass ein Mann so was mit mir angestellt hat. Nicht mal bei Chris habe ich mich so verrückt, so albern gefühlt wie bei Evan.

«Wie war's in New York?»

Er bleibt vor dem Wagen stehen und zieht mein Gesicht mit beiden Händen näher zu sich. «Anstrengend. Und schrecklich einsam.»

Mein Herz macht einen Freudensprung. «Hast du mich etwa vermisst?»

«Und wie. Ich bin direkt vom Flughafen hergekommen, um dich zu sehen. Ich hoffe, du hast jetzt schon Zeit für mich?»

«Habe ich.» Mein Magen krampft, denn der wahre Grund für meine Freizeit liegt hinter mir in dem grauen Büro, dessen Miete seit Monaten nicht bezahlt wurde, und ist verdammt unangenehm. Evan küsst mich noch einmal, dann öffnet er mir die Tür und bedeutet mir, einzusteigen. «Wo fahren wir hin?», frage ich, nachdem er hinterm Steuer Platz genommen hat.

«Ich dachte daran, dich heute in ein richtig teures Restaurant auszuführen. Um dich zu beeindrucken.»

«Yeah!» Ich grinse ihn von der Seite an.

«Aber dann habe ich mir überlegt, dass ich dich gerade absolut nicht mit anderen teilen möchte. Außerdem hatte ich Angst, du könntest wieder nackt neben mir sitzen wollen. Also fahren wir lieber zu mir und kochen später gemeinsam was. Okay?»

«Sehr okay. Auch wenn es ehrlich gesagt ein bisschen egoistisch von dir ist.» Ich schnalle mich an, und Evan steuert den offenen Wagen durch London. «Wir waren noch nie bei dir», stelle ich überflüssigerweise fest.

Evan nickt. «Es ist nichts Besonderes. Nicht annähernd so stylish wie deine Wohnung, das wirst du sehen. Ich bin eben ein Mann und habe leider kein Händchen für Design und Stil.»

Meine Neugier auf seine Wohnung wächst. Dass er in Kensington wohnt, weiß ich ja. Aber wo und wie kann ich mir gerade nicht vorstellen. Ein modernes Penthouse würde zu ihm passen. Ich schalte das Autoradio ein, ein alter Song von Ray Charles läuft und ich summe die Melodie mit. Evan lächelt, ohne den Blick von der Straße zu nehmen. An einer Ampel legt er vorsichtig seine Hand auf mein Knie. Die Geste rührt mich, weil sie so vertraut und gleichzeitig besitzergreifend ist. Und irgendwie altmodisch. Ich flechte meine Finger in seine, solange die Ampel rot leuchtet. Meine Hände sind feucht, und mein Herz schlägt so schnell, als würde ich gerade durch den Park joggen und nicht entspannt in einem Auto sitzen.

Minuten später hält er vor einem weißen, viktorianischen Haus direkt hinter dem Naturkundemuseum. Ich muss lachen.

«Ernsthaft, hier wohnst du? Das ist ja wirklich um die Ecke!»

«Ich weiß. Sagte ich doch.»Lächelnd hilft er mir aus dem Wagen und verriegelt die Türen. Dann nimmt er einen kleinen Lederkoffer vom Rücksitz, und eine große schwarze Lacktüte mit einer Schleife. «Ich hab dir tatsächlich was mitgebracht. Wie versprochen.»

Mein Herz hüpft, als er mir die Tüte in die Hand drückt. «Das war nur ein Scherz!», sage ich schnell, und spüre, dass ich rot werde. «Du hättest nicht …»

«Du hast mich darum gebeten, und ich habe einen ganzen Tag meines Lebens geopfert, um dieses Mitbringsel für dich zu finden. Also bedank dich lieber dafür.»

«Danke.» Ich drücke ihm einen Kuss auf die Wange. «Meine Mutter hat mir früher immer was mitgebracht, wenn sie unterwegs war. Meistens ein Stofftier. Ich habe sie alle gesammelt, ihnen Namen gegeben und konnte noch mit achtzehn jedes einzelne einer ihrer Reisen zuordnen.»

«War sie so oft weg von zu Hause?»

Evan tippt einen Code an der Haustür ein und drückt sie für mich auf. Ich gehe an ihm vorbei in das Treppenhaus, das nach Bohnerwachs und feuchtem Papier riecht. Die alte Treppe ist krumm und schief, aber mit einem hochflorigen Teppich belegt.

«Sie ist Modedesignerin, also … ja. Sie war viel unterwegs. Und ich habe es geliebt, wenn sie nach ein paar Tagen zurückkam und ein Geschenk für mich hatte. Ich hab mir dann eingebildet, sie hätte dauernd an mich gedacht, als ich nicht bei ihr war.»

«Wo warst du, wenn sie unterwegs war?» Evan lässt mich vorangehen. «Vierter Stock», fügt er hinzu, und ich stöhne theatralisch.

«Meine Tante Lucy hat auf mich aufgepasst. In der Wohnung, in der ich heute lebe. Sie war der lustigste Mensch der Welt und hat mich vergöttert.»

«Wo ist sie jetzt?»

Im zweiten Stock bleibe ich kurz auf dem Absatz stehen, um meine Pumps auszuziehen. Mit einem Schulterzucken entschuldige ich mich dafür, aber Evan lacht nur und nimmt mir die Schuhe aus der Hand. Barfuß laufe ich weiter neben ihm her.

«Sie ist vor fünf Jahren gestorben. An Brustkrebs.»

Die Erinnerung schnürt mir wie immer die Kehle zu. Ich habe Tante Lucy genauso geliebt wie meine Mutter. Ihr zuliebe habe ich mir damals sogar die langen Haare abrasiert, weil sie so schrecklich unter ihrer Glatze gelitten und sich dafür geschämt hat. Meine Mutter war entsetzt, aber ich fühlte mich Lucy dadurch sehr nah. Ich dachte, wenn wir gemeinsam leiden, nehme ich ihr vielleicht damit einen Teil ihrer Schmerzen. Was natürlich Unsinn war.

«Das tut mir sehr leid.»

«Ja, ich vermisse sie immer noch. Meine Wohnung habe ich übrigens von ihr geerbt.»

Und ich Idiot habe sie bis zum Limit belastet, um mir meinen Traum von einem eigenen Unternehmen zu erfüllen. Wenn die Investition in Mila platzt, werde ich auch Lucys Wohnung verlieren. Die Bank wird nicht lange fackeln, wenn ich die ausstehenden Raten nicht bald bezahle. Eine solche Immobilie in Kensington verkauft sich heutzutage innerhalb von achtundvierzig Stunden. Ich schlucke, will aber jetzt gerade gar nicht an so was Düsteres denken. Und schließlich hat Evan gesagt, es gäbe keinen Grund zur Sorge. Ich sollte ihm vertrauen und ihm glauben, dass er uns hilft.

In der vierten Etage geht Evan an mir vorbei und schließt eine uralte Eichentür auf, an der sogar ein Türklopfer in Form eines Löwenkopfes prangt. Neugierig trete ich ein und bleibe staunend im Flur stehen.

«Du lieber Himmel! Ich hatte keine Ahnung … Offenbar verdient man als Investor wirklich verdammt viel!» Den Kopf in den Nacken gelegt bewundere ich die hohen Stuckdecken.

Aber die altmodischen Perserteppiche und antik wirkenden Polstermöbel überall irritieren mich. «Wer hat das hier eingerichtet? Deine Großmutter?»

«So ähnlich.» Evan lacht. «Die Wohnung hat Curt mir als Bezahlung für eine sehr gelungene Investition vermacht. Bis zu ihrem Tod gehörte sie einer Großtante von ihm. Und ich hab dir ja schon gesagt – ich habe kein Gespür für so was. Design, Einrichtung ... Also habe ich das meiste einfach so gelassen, wie es war. Nur das Schlafzimmer ist neu.»

Er zeigt auf eine Treppe, die nach oben führt. Die untere Etage hat jedenfalls keine Zwischenwände und ist ungefähr doppelt so groß wie meine gesamte Wohnung. Küche, ein großzügiges Esszimmer und ein Wohnzimmer, in dem man Tanzkurse abhalten könnte, bilden einen einzigen Raum. Die weißen Holzfenster sind fast deckenhoch, und ich kann die Türmchen vom Naturkundemuseum von hier aus erkennen.

«Das ist ... wow. Hier sollte eine Prinzessin wohnen.»

Grinsend hänge ich meine Handtasche an die Garderobe und gehe barfuß über die weichen Teppiche, die überall verteilt auf dem Parkett liegen.

«Möchtest du was trinken? Ich habe Wein, Whisky, Champagner, Pimm's, Cognac ...»

Ich werfe einen Blick auf meine Armbanduhr. «Weißwein?»

«Gern.» Er geht zum Kühlschrank und holt eine angebrochene Flasche heraus.

«Darf ich?», frage ich und halte die schwarze Tüte hoch. «Ich bin furchtbar neugierig.»

«Sicher! Ich bin gespannt, ob es dir gefällt.»

Evan durchquert den Raum und nimmt Weingläser aus einer schmucken Vitrine. Ich setze mich an den großen runden Esstisch und packe mein Geschenk aus. Es ist quadratisch, flach und ...

«Du hast mir eine Schallplatte gekauft? Oh mein Gott!» Ich strahle ihn an. Er dreht sich kurz zu mir um, seine Augen leuchten. «Woher wusstest du überhaupt, dass ich einen Plattenspieler besitze?»

«Ich war zwar ziemlich abgelenkt in deinem Schlafzimmer am Montag, aber das ist mir trotzdem nicht entgangen.»

Lachend reiße ich das glänzende Geschenkpapier ab und zerknülle es. Zum Vorschein kommt *Don't Tampa With The Blues* von 1960. Mein Herz schlägt heftig gegen meinen Brustkorb.

«Das ist wirklich ... verrückt. Das kannst du doch unmöglich wissen?»

«Ich weiß doch, welche Musik du magst.» Evan kommt mit zwei Weingläsern in der Hand zu mir an den Tisch und setzt sich. «Und es ist absolut unmöglich, sich nicht in eine Frau zu verlieben, die Tampa Red mag. Das kann ich dir aus Erfahrung sagen.»

Oh Gott. Jetzt wird mir gleich schwindelig. Verlieben? Hat er gerade von verlieben gesprochen? Oder spielt mir nur mein verstrahltes Gehirn einen bösen Streich? Meine Wangen glühen. Weil ich keine Ahnung habe, was ich darauf antworten soll, greife ich zu dem Glas, das er vor mich hingestellt hat, und trinke einen Schluck. Der Weißwein ist trocken, aber nicht sauer. Ein guter Wein, das merke sogar ich. Und weil ich heute noch nicht viel gegessen habe, steigt er mir sofort in den Kopf. So wie mir Evans Aftershave in den Kopf steigt, als er sich über den Tisch zu mir beugt. Mein Herz pumpt so viel Blut in meinen Kopf, dass es ungesund sein muss. Es beruhigt sich erst recht nicht, als ich seine Lippen auf meinen spüre. Warme, weiche Lippen, die nach Weißwein und Meer schmecken. Ein wenig salzig.

Nach gefühlten Minuten lässt er von mir ab. Das Prickeln, das durch meinen Körper zieht, verstärkt sich. Bis in die Haarspitzen.

«Ich würde dich jetzt gern ...», flüstert er, ohne mein Gesicht loszulassen. «Aber ich war den ganzen Tag im Flieger und möchte dringend duschen.»

«Ich auch», erwidere ich leise. «Ich meine, ich müsste auch duschen, obwohl ich natürlich nicht im Flieger war.»

Großer Gott, Ally! Gibt es einen Grund, sich wie ein Idiot zu benehmen? Weil dir ein Mann eine Schallplatte geschenkt hat? Okay, mir hat noch nie jemand eine Schallplatte geschenkt. Chris hatte immer nur ein Augenrollen für mich übrig, wenn ich Stunden in einem der alten Plattenläden in Camden verbracht habe, um nach Schätzen zu stöbern. Und plötzlich fühle ich mich so … verstanden. Auch wenn mir klar ist, dass er das mir zuliebe getan hat. Weil er weiß, was ich mag.

«Du riechst köstlich, Ally. Meinetwegen musst du also nicht duschen. Aber ich würde natürlich nichts dagegen unternehmen, falls du vorhast, mir zu folgen.»

Zwinkernd lässt er mich los. Ich sinke im Stuhl zurück und beobachte, wie er trinkt. Starre auf seine Lippen, die sich voll und weich um den Glasrand legen, während seine Augen meinen Blick festhalten. So verführerische Augen …

«Ich bin dann kurz oben, mich frisch machen. Die dritte Tür links, hinter dem Schlafzimmer.»

Schmunzelnd steht er auf und geht zur Treppe. Ich bleibe ein paar Minuten sitzen, mit klopfendem Herzen. Trinke noch einen Schluck Wein und streiche mit den Fingern zärtlich über die rosa Schallplattenhülle, die vergilbt und zerknittert ist und genau deshalb so wertvoll. Bevor ich ihm tatsächlich folge, schaue ich mich neugierig in seinem Reich um. Es gibt keine Fotos, nirgends. Dafür eine Menge Bücher und DVDs. Als ich den alten Plattenspieler im Schrank entdecke, hüpft mein Herz vor Freude. Es ist unglaublich, und ich möchte am liebsten die ganze Plattensammlung durchsehen. Aber das Verlangen, ihn in der Dusche zu überraschen und ihn endlich wieder so zu spüren wie am Montag, ist größer.

23

Ally

Die Treppe ächzt unter meinem Gewicht, obwohl ich so vorsichtig wie möglich und auf Zehenspitzen nach oben gehe. Hier gibt es mehrere Räume. Hohe Fenster im Flur, ein paar Ölbilder an den Wänden. Ziemlich alte Bilder, die kitschigen Motive würde ich nicht zu Hause aufhängen. Dann stehe ich vor dem offenen Schlafzimmer. Ein riesiges Bett steht in der Mitte, das Fenster führt auf eine kleine Dachterrasse, die mit vielen rankenden Pflanzen begrünt ist. Spannender als das Schlafzimmer ist jedoch das Geräusch der rauschenden Dusche hinter einer Tür. Evans Klamotten liegen auf dem Boden, also setze ich mich auf die Matratze, um mich ebenfalls auszuziehen. Und kippe mit einem leisen Aufschrei um. Gütiger Himmel, ein Wasserbett? Kichernd rapple ich mich wieder hoch und ziehe mich so schnell wie möglich aus. Werfe Rock, Bluse und Unterwäsche auf den Haufen vor dem Bett. Dann öffne ich die Badezimmertür, ohne anzuklopfen. Dichter Wasserdampf schlägt mir entgegen, der Raum ist schwül. Unter einer großen Regendusche steht Evan, versonnen vor sich hin summend, und schäumt sich gerade die Haare mit Shampoo ein. Sein Kopf ist in den Nacken gelegt, die Augen geschlossen. Andächtig bleibe ich mitten im Raum stehen und beobachte ihn, solange er noch nicht mitbekommen hat, dass ich hier bin. Schaue mir an, wie das Wasser an seinem perfekten Körper entlang perlt.

Mein Unterleib zieht sich zusammen, und mein Blut fängt zu pochen an. Überall. Besonders da unten.

«Wieso kommst du nicht zu mir?»

Ich kreische leise auf, dann muss ich lachen. Er schiebt die Glastür auf, und ich schlüpfe an seinem Arm vorbei unter die Dusche, die groß genug ist, dass man eine Orgie darin feiern könnte. Prustend halte ich das Gesicht in den Wasserstrahl, der tatsächlich wie ein feiner Sommerregen auf uns niederprasselt. Herrlich. Evan zieht mich an der Taille zu sich. Seine warme, nasse Haut schmiegt sich an meine. Meine Brüste pressen sich gegen seinen Oberkörper, er duftet nach einem Duschgel oder Shampoo mit herbem Arganöl. Ich liebe diesen Geruch und atme ihn tief ein.

«Ich habe dich vermisst», murmelt er, während seine Hand meinen Rücken nach oben kriecht und trotz des warmen Wassers eine Gänsehaut auslöst. «Das ist nicht normal. Wie kann man jemanden vermissen, den man kaum kennt?»

«Ich weiß es nicht», flüstere ich und lege meine Wange auf seine Schulter. Wasser fließt mir übers Gesicht. «Aber ich habe dich auch vermisst. Und du weißt schon viel mehr über mich als ich über dich.»

«Das werden wir ändern. Bald.»

Er küsst mich wieder. Sein Gesicht ist so nass wie meins, unser Kuss vermischt sich mit dem warmen Wasser. Seine Hände wandern wie tausend Ameisen über meine Haut. Und noch etwas anderes ist deutlich zu spüren – seine Erregung, die sich mächtig gegen meine Hüften drückt. Ich greife nach unten und berühre ihn dort. Streiche sanft über seinen Schaft, während wir uns hitzig küssen. Das wohlige Brummen, das er von sich gibt, vibriert in meinem Mund. Seine Finger gleiten über meinen Schritt, erkunden meinen Körper, so neugierig, so eindringlich, als wäre er auf Entdeckungsfahrt in der Südsee. Zwischen meinen Beinen breitet sich heiße Feuchtigkeit aus, wärmer als das Wasser. Ich spreize die Beine weiter, um ihm mehr Spielraum zu geben, ohne die Lippen auch nur eine Sekunde von ihm zu lösen. Ich kann kaum atmen, Wasser, Zunge, Evan. Überall.

Seine Härte presst sich gegen meinen Schritt, er legt die Hände auf meine Pobacken und hebt mich an. Ich schlinge ein Bein um seine Hüfte, suche mit dem Rücken Halt an den glatten Fliesen.

«Gott, Ally, du machst mich wahnsinnig», murmelt er, sein Atem schlägt feucht und heiß gegen mein Ohr. «Ich will dich. Jetzt. Sofort.»

«Dann komm», keuche ich zurück, beide Hände in seinem nassen Haar. Lust pulst durch meinen Körper, mein Blut fühlt sich an wie zähflüssige Lava. «Nimm mich doch.»

«Kondom …?», fragt er heiser, sein Blick flattert.

«Keine Sorge. Ich nehme die Pille.»

Mit einem unterdrückten Stöhnen schiebt er sich weiter in meine Mitte. Sein Schwanz teilt meine nassen Schamlippen, und schon spüre ich ihn in mir. Beiße in seinen Hals, kralle mich an seinen Schultern fest, um den Halt nicht zu verlieren. Und dann ist er in mir. Tief. Fest. Hält mich an den Hüften und stößt zu. Wir küssen uns wieder, gierig und voller Verlangen. Er dehnt mich, füllt mich gut aus, und trotzdem habe ich noch lange nicht genug. Ich bin wie rasend, will ihn tiefer spüren, härter.

«Komm, bitte. Fick mich», hauche ich, und sein gequältes Stöhnen heizt mich nur weiter an.

«Fuck, Ally, du bist so … du machst mich so geil. Ich kann nicht …»

Er stammelt zwischen seinen Stößen. Ich halte mich an ihm fest, das Wasser umspült uns, unsere Körper sind glitschig und nass. Er nimmt mich mit solcher Wucht, dass mir schwindelig wird. Ich atme den Duft von Shampoo und Duschgel. Der warme Wasserdampf nimmt mir die Sicht, und Minuten später spüre ich, wie sich mein ganzer Körper versteift. Ich halte die Luft an, als sich das erlösende Zucken dunkel am Horizont ankündigt.

«Oh, Gott, ich komme», stöhne ich endlich, beiße in seine Schulter. Kralle die Nägel in seinen Rücken. Blitze zucken vor meinen geschlossenen Augen, der Höhepunkt erwischt mich wie ein Schnellzug in voller Fahrt. Ich höre mich selbst schreien. Und Sekunden darauf spüre ich die Wärme, die er in mich verströmt. Höre ihn keuchen, stöhnen. Seine Lippen auf meinen Brüsten, sein Gesicht fest in mein Dekolleté gepresst, als auch er kommt.

Evan trocknet mich mit einem riesigen, unglaublich flauschigen Badetuch ab. Lachend wickle ich mich darin ein, während er sich mit einem winzigen Handtuch abmüht. Der Anblick seines nackten Körpers erregt mich gleich wieder, ich will ihn ständig anfassen, berühren, spüren …

«Was machst du nur mit mir?», frage ich, als wir gemeinsam auf das weiche Wasserbett sinken.

Er setzt sich hinter mich und legt die Hände in meinen Nacken, um mich zu massieren. Schnurrend schließe ich die Augen und genieße die sanft knetenden Berührungen.

«Dasselbe könnte ich dich fragen. Du bist einfach unglaublich.»

Er schiebt meine nassen Haare zur Seite und küsst meinen Nacken. Nach einer Weile lässt er sich fallen und zieht mich mit sich, bis ich halb auf ihm liege. Seine Haut ist noch feucht und warm. Lächelnd male ich mit dem Finger kleine Kreise auf seiner Brust.

«Also, Mr Hawk …» Ich hebe eine Braue. «Du hast gesagt, wir würden uns bald besser kennenlernen. Was hast du dazu zu sagen?»

«Das Wichtigste über mich weißt du doch schon … Ich bin absolut verrückt nach dir.» Er legt eine Hand in meinen Nacken und zieht mein Gesicht zu sich, um mich zu küssen. «Ich könnte das den ganzen Tag tun.»

«Ich auch», gestehe ich kichernd und lege meine Wange auf seine Brust. Ich spüre seinen Herzschlag, seine Atemzüge, wenn sich sein Oberkörper unter meinem Kopf hebt und senkt.

«Also, was möchtest du wissen? Ich bin vierunddreißig Jahre alt, Unternehmensberater und Investor, arbeite gerade an einem sehr vielversprechenden Geschäft mit einem Unternehmen, das …»

«Halt, halt. Nicht das», unterbreche ich ihn. «Das weiß ich doch alles. Ich will die Dinge hören, die dich wirklich ausmachen. Das, was du bist.»

«Okay …» Er holt tief Luft. «Also zunächst das Wichtigste: Ich hasse Brokkoli.»

Ich pruste lachend. «Wie kann man Brokkoli hassen? Ehrlich, das ist pervers.»

«Dafür liebe ich Rosenkohl. Ist das jetzt doof?»

Er grinst, und ich nicke bekräftigend.

«Das ist mehr als doof. Rosenkohl ist echt eklig. Weiter.» Ich lege meine Wange zurück auf seine Brust und verschränke meine Finger mit seinen.

«Ich bin ein Sommermensch. Ich liebe es, in der Sonne zu liegen, frisch gemähtes Gras zu riechen und in grüne Laubkronen zu starren, während ich meinen Gedanken nachhänge. Ich mag Musik, aber manchmal brauche ich Stille um mich herum. Ich mag anregende Gespräche bei Rotwein oder Whisky, hitzige Diskussionen, doch ich mag auch die ruhigen, stillen Momente. Wenn man nebeneinander liegt und Worte einfach nicht nötig sind, um sich zu verstehen. Man kann mit allen Menschen auf der Welt reden, aber man kann nur mit sehr wenigen Menschen schweigen.»

Er verstärkt den Druck seiner Finger auf meinen, unsere Hände liegen verhakt auf seiner Brust. Mein Herz klopft schneller, aber ich unterbreche ihn nicht. Ich bin so gespannt, als würde ich ein aufregendes Buch lesen, bei dem ich nicht erwarten kann, das nächste Kapitel anzufangen.

«Ich liebe Tiere und bedaure sehr, keine Zeit für ein Haustier zu haben. Am liebsten hätte ich einen großen Hund, der mich auch körperlich fordert und mich zwingt, jeden Tag mindestens zwei Stunden an der frischen Luft rumzulaufen. Ich sehne mich nach einer Familie, einem Zuhause. Lärm und Kinderlachen, wenn ich abends nach Hause komme. Einer Frau, die mich trotz meiner Fehler liebt und die versteht, dass ich nicht alles für sie sein kann, auch wenn ich das versuche.»

Ich verstehe sofort, was er damit meint. «Kein Mensch kann alles für einen anderen sein. Und man darf sich auch nicht zu sehr in seinem Partner verlieren. Man muss versuchen, man selbst zu bleiben.»

«Richtig.» Evan zieht meine Hand zu sich hoch und küsst meine Finger. «Aber manche Menschen verlangen zu viel von ihrem Partner und sind dann enttäuscht.»

«Klingt, als hättest du Erfahrung damit?», frage ich leise.

Er schweigt, streichelt meine Fingerkuppen mit dem Daumen.

«Ich vermisse meine Mutter», sagt er schließlich. Ich atme tief ein und aus. «Es gibt Tage, da bin ich einfach nur wütend auf sie. Weil sie mich verlassen hat. Und es gibt dunkle Tage, an denen meine Schuldgefühle mich zu ersticken drohen und ich mich frage, was ich falsch gemacht habe, dass sie mich einfach so verlassen hat. Dann gibt es Tage, an denen ich an mir selbst verzweifeln möchte. Weil ich glaube, dass sie mich zerstört hat.»

«Sie hat vielleicht etwas in dir zerstört», werfe ich vorsichtig ein. «Dein Vertrauen. Aber das heißt nicht, dass du zerstört bist.»

«Nein, vielleicht nicht. Aber ich habe jahrelang meinen Platz in dieser Welt gesucht, und immer, wenn ich glaubte, ihn gefunden zu haben, katapultierte mich jemand mit dem Schleudersitz wieder raus.»

Wir schweigen sekundenlang, dann hebe ich den Kopf, um ihn anzusehen. Sein Blick ruht auf mir, er hat mich offenbar die ganze Zeit angesehen, während er gesprochen hat. Meine Brust fühlt sich plötzlich eng an. Als wäre mein Herz gewachsen und hätte nicht mehr genug Platz in mir.

«Ich glaube, ich könnte mich in dich verlieben», flüstere ich.

Seine grauen Augen schimmern dunkel. Auf seinem Kinn liegt ein feiner Schatten. Ich spüre, dass meine Lider zu flattern beginnen, als er sich wortlos zu mir runterbeugt, mein Gesicht in beide Hände nimmt und mich küsst.

24

Ally

Schläfrig reibe ich mir die Augen und brauche ein paar Sekunden, bevor mir klar wird, wo ich bin. Ich strecke die Hand aus und taste im Bett neben mir, aber der Platz ist leer. Dafür dringt von unten ein saurer Essigduft in meine Nase. Und gebratener Speck. Was macht er da? Oh mein Gott! Womöglich kocht er Eggs Benedict für mich? Mein Herz hüpft vor Entzücken.Ich schlüpfe ins Bad, putze mir mit der neuen Zahnbürste, die Evan mir gegeben hat, die Zähne und erleichtere meine Blase. Ich dusche nur kurz, obwohl das prasselnde warme Wasser mich so verführerisch an gestern erinnert. An Evans Körper. Die Gedanken jagen sofort Schauer über meinen Rücken, aber ich beherrsche mich. Trockne mich ab, bürste mein Haar, dann ziehe ich meine Klamotten von gestern wieder an.

«Guten Morgen, Schönheit!»

Er strahlt, als ich die Treppe runterkomme. Ich gehe zu ihm an den Herd und schlinge meine Arme von hinten um seinen Körper. Er trägt Jeans und ein T-Shirt, darüber eine schwarze Schürze, was mich amüsiert.

«Da ich seit gestern weiß, dass du auch noch kochen kannst, muss ich dich warnen. Du bist nicht mehr sicher vor mir.»

«Ich war schon nicht sicher vor dir, als ich dich das erste Mal gesehen habe, meine Schöne.» Er wendet den Kopf zu mir, und wir küssen uns. Mein Herz flattert.

«Ich hab gar keinen Hunger, aber die Eier riechen genial», sage ich. «Bitte sag mir, dass du die Hollandaise nicht selbstgemacht hast?»

«Das ist ein Geheimnis. Setz dich.»

Evan deutet mit der Hand auf den gedeckten Tisch. Gestern haben wir zusammen gekocht, wobei ich nicht viel mehr getan habe, als das Gemüse zu schneiden, den Rest hat Evan übernommen. Und das schnelle Curry war absolut köstlich. Es hat mich nicht erstaunt, dass er so häuslich ist. Seine Freizeit verbringt er am liebsten zu Hause oder im Fitnessstudio, nicht auf Partys. Genauso habe ich ihn auch eingeschätzt.

Er zaubert einen Cappuccino für mich und reicht mir die Tasse, dann holt er die fertigen Eier, die mit Speck auf aufgeschnittenen Muffins angerichtet sind.

«Du verwöhnst mich zu sehr», klage ich. «Ich will mich nicht daran gewöhnen.»

«Gewöhn dich ruhig dran. Du verdienst es, verwöhnt zu werden. Wie eine Königin.»

Ich schlucke und stelle die Kaffeetasse zurück. «Oh Gott, nein. Im Moment fühle ich mich eher wie Aschenputtel.»

Mein Gesicht läuft heiß an. Evan hebt eine Braue.

«Was meinst du damit? Wegen Mila? Ally, ich weiß, wie es um eure Finanzen bestellt ist, aber …»

«Wir müssen Leute entlassen», sage ich leise. Mein Magen verknotet sich. «Wenn wir nicht sehr bald diese Investition bekommen, sind wir pleite. Die Miete ist seit Monaten überfällig.»

«Ich kümmere mich schon darum.»

Evan legt eine Hand auf meine und sieht mir fest in die Augen. Sofort scheint sich mein Magen wieder zu entknoten. Wenn er mich berührt, wenn seine Haut auf meine trifft, durchströmt mich so eine plötzliche Wärme, dass ich mich sicher fühle.

«Ich möchte nicht, dass du glaubst … Ich bin nicht hier,

damit du mir hilfst, Evan. Sondern weil ich hier sein will. Bei dir.»

«Das hatte ich gehofft. Und trotzdem – es ist meine Pflicht, dir zu helfen. Ich bin schließlich nicht ganz unschuldig daran, dass die Sache nicht schon längst über die Bühne gegangen ist.»

«Was meinst du damit?» Ich sehe ihn fragend an.

«Du weißt, dass ich anfangs nicht begeistert von der Idee war, in Mila zu investieren. Ich habe euch falsch eingeschätzt und das leider auch ziemlich deutlich gemacht.»

«Aber du hast deine Meinung geändert. Oder nicht?»

Ich stehe auf und hole meine Handtasche aus dem Flur. Meine Fingerspitzen kribbeln vor Aufregung.

«Ja, das habe ich. Und ich gebe alles, um das Geschäft noch hinzubiegen.»

«Vielleicht kann ich dabei helfen?»

Mit zittrigen Fingern fummle ich die neuen Entwürfe aus der Tasche und halte sie ihm hin. Er nimmt sie und betrachtet sie schweigend. Ich knete meine Hände, während ich ihn beobachte. Gott, sag doch was. Irgendwas.

«Das musst du mir erklären.»

«Okay. Gern. Das hier ist ein Vibrator für Paare. Man kann ihn beim Sex benutzen und er ist für Frauen gedacht, die beim Sex selten zum Höhepunkt kommen. Deshalb ist er wie eine Klammer geformt. Die Frau klemmt ihn sich in die Vagina, und die Spitze hier oben vibriert dann auf der Klitoris und hilft ihr, den Orgasmus zu erreichen.»

«Du machst mich fertig.» Evan grinst mich an.

«Wieso? Was habe ich denn …»

«Du kannst dich doch nicht einfach so vor mich hinstellen und über Sex und Höhepunkte sprechen. Beim Frühstück!»

«Was …?», frage ich verwirrt.

Er steht auf, legt meine Entwürfe zur Seite und küsst mich. So leidenschaftlich, dass meine Knie weich werden.

«Du bist vielleicht daran gewöhnt, ständig über Sex zu reden. Für mich allerdings ist das ziemlich hart.»

«Oh Gott, ja. Ich merke gerade, wie hart das für dich ist.» Kichernd schmiege ich mich fester gegen seine Hüften und spüre seine wachsende Erektion am Bauch. «Trotzdem musst du dir das wohl noch weiter anhören, wenn du es wissen willst.»

«Und ob ich es wissen will. Ich will alles wissen», raunt er mir ins Ohr und küsst meinen Hals. Knabbert so sanft an der empfindlichen Haut, dass mir warme Schauer über den Rücken rieseln. «Also, lass dich von mir nicht aufhalten. Erzähl einfach weiter.»

Wohlig seufzend erkläre ich ihm meine Entwürfe. Den Vibrator für Paare, und auch das Spielzeug, das Oralsex simuliert. Während ich die Idee mit der rotierenden Perle erläutere, zeigt Evan mir, dass kein Spielzeug der Welt so gut sein wird wie er. Wie seine Zunge. Er platziert mich auf dem Esstisch, spreizt meine Beine und küsst mich so lange und heftig zwischen den Schenkeln, bis ich laut stöhnend in seinen Mund komme, die Hände fest in sein Haar gekrallt.

«Eigentlich bin ich eifersüchtig auf deine Spielzeuge», gesteht er anschließend, nachdem ich atemlos meine eigene Lust von seinen Lippen geküsst habe.

«Dazu hast du gar keinen Grund. Im Gegenteil. Wenn eins meiner Toys auch nur halb so gut wäre wie du … oh Gott, ich könnte damit reich werden!»

«Ich stehe gern als Studienobjekt zur Verfügung. Die Eier sind übrigens jetzt kalt geworden. Also die auf dem Tisch, meine ich …»

Ich lache laut, und dann frühstücken wir, ohne dass er eine Gegenleistung für seine intimen Zungenküsse erwartet. Das ist neu für mich. Ich habe fast ein schlechtes Gewissen deswegen, aber er versichert mir, dass es okay für ihn ist. Ein Mann mit Geberqualitäten. Bis vor kurzem hätte ich eher an das Ungeheuer von Loch Ness geglaubt als daran, dass solche Männer wirklich existieren.

Allerdings revanchiere ich mich später bei ihm und genieße sein lustvoll verzerrtes Gesicht, als er in meinem Mund kommt. Wir bleiben den ganzen Tag in seiner Wohnung wie in einer Höhle. Wandern zwischen Bett, Dusche und Sofa hin und her, nur um uns hier wie dort erneut zu lieben, zu küssen, uns zu berühren und über verrückte Dinge zu reden. Abends bestellen wir Pizza und küssen zum Nachtisch Schokoladeneis von unseren erhitzten Körpern, bevor wir irgendwann ermattet aneinander geschmiegt einschlafen.

Es fühlt sich gut an. Warm und sicher. Zum ersten Mal seit Wochen schaffe ich es sogar, die schlimmen Gedanken über Mila und meine berufliche Zukunft zu verdrängen. Weil Evan sie einfach wegküssen kann. Und weil ich ihm vertraue.

Bis ich am Sonntagmorgen nach unten schlurfe, um ihn mit einem Frühstück zu überraschen, und eine Visitenkarte auf dem Boden entdecke. Neugierig bücke ich mich und hebe die elegant gestaltete Karte auf. Sie muss ihm gestern aus der Jacke gefallen sein. Als ich die Aufschrift lese, setzt mein Herz für einen Moment aus. Das darf doch nicht wahr sein! Ist das sein Ernst? Meine Finger zittern. Ich trage nur ein weißes Hemd von ihm, das groß genug ist, um meinen Hintern zu bedecken. Zum Glück habe ich meine Handtasche hier unten stehen gelassen, also schiebe ich die Karte eilig hinein und gehe in die Küche, um im Kühlschrank nach Zutaten für Pfannkuchen zu suchen. Ich werde fündig und bereite einen Teig zu. Evan hat noch geschlafen, als ich mich aus dem Schlafzimmer geschlichen habe.

«Pfannkuchen! Ich bin offenbar gestern gestorben und im Himmel wieder aufgewacht.»

Grinsend drehe ich mich zu ihm. Sein Haar ist völlig zerstrubbelt und er wirkt noch verschlafen, aber unglaublich sexy in den schwarzen Boxershorts. Zum ersten Mal fällt mir auf, dass er wunderschöne Beine hat. Muskulöse Waden, nur wenig behaart und leicht gebräunt. Mein Unterleib macht sich bemerkbar und versucht, meinen Magen zu übertönen, aber heute will ich wirklich erst frühstücken. Und mit ihm über etwas Wichtiges sprechen.

Evan brüht Kaffee für mich auf und kocht Tee für sich, während ich den gesamten Teig zu Pfannkuchen backe und auf zwei Tellern anrichte. Seinen mit Speck und Tomate, meinen mit Zuckersirup. Erst, als er probiert und meine Pancakes gelobt hat, als wären sie ein Drei-Gänge-Menü von Jamie Oliver, traue ich mich, das Thema anzusprechen.

«Deine Reise nach New York letzte Woche … Hatte sie was mit Mila zu tun?»

Evan zieht eine Braue hoch. «Wieso fragst du?»

Mein Magen krampft, ich schiebe den noch halb vollen Teller von mir. «Ich habe eine Visitenkarte bei dir gefunden. Von Adam & Eve.»

Er stöhnt leise. «Ally, das hat nichts zu bedeuten. Curt Diamond wollte, dass wir uns die Konkurrenz genau ansehen, und das habe ich getan.»

«Und zu welchem Schluss bist du gekommen?» Mein Magen fühlt sich an, als ob er gerade eine Zitrone auspressen würde.

«Adam & Eve ist ein solides Unternehmen, keine Frage. Sie haben große Pläne für die Zukunft und die sind ehrlich gesagt nicht schlecht. Aber die Qualität ihrer Produkte lässt doch sehr zu wünschen übrig, erst recht verglichen mit euren. Und was ich da gestern von dir gesehen habe … Die Entwürfe sind genial, Ally. Damit könntest du den Markt wirklich revolutionieren. Für mich gibt es keinen Zweifel, dass die Diamond Group in Mila investieren sollte, und das werde ich Curt auch so mitteilen. Okay?»

«Okay», sage ich leise. Mir ist trotzdem der Appetit vergangen. «Wieso hast du mir das denn nicht gleich erzählt? Ich mag es nicht, wenn man mir so was verheimlicht», gebe ich unumwunden zu.

«Ich wollte dich nicht unnötig beunruhigen. Es war ein Routinebesuch, mehr nicht. Mach dir keine Sorgen.»

Er greift nach meiner Hand und knetet meine Finger, während er mir fest in die Augen sieht. Ich möchte ihm so gern glauben. Aber solange wir nichts in der Hand haben, kein Vertrag unterzeichnet wurde, kann noch alles passieren. Das hat auch Ben gesagt.

Mein Blick fällt auf die Uhr und ich springe entsetzt auf. «Oh verdammt, ich muss los! Ich bin mit Martha verabredet.»

Evan reißt die Augen auf. «Jetzt? Am Sonntag?»

«Ja, tut mir leid! Sonntags begleite ich sie immer zum Friedhof. Sie geht nicht gern allein hin, und der Spaziergang ist ein kleines Ritual zwischen uns geworden. Sie wartet bestimmt schon auf mich! Mist.»

Ich eile zur Treppe, um nach oben zu gehen und mich anzuziehen, aber Evan holt mich ein. Von hinten schlingt er die Arme um meine Taille, zieht mich fest an sich. Ich seufze leise.

«Bitte … Ich würde auch lieber mit dir, aber …»

«Nur eine halbe Stunde?», murmelt er gegen meinen Hals.

Sein Atem kitzelt. Ich bin kurz davor, nachzugeben, aber dann denke ich an Martha und daran, wie sie in ihrem eleganten Kostüm am Fenster sitzt und auf mich wartet. Mit beiden Händen löse ich mich aus seiner Umklammerung.

«Wirklich, ich kann nicht. Heute Nachmittag habe ich Training. Und außerdem will ich noch meine Entwürfe überarbeiten, damit ich sie Ben morgen zeigen kann. Hast du mir nicht selbst gesagt, dass ich zuverlässiger werden sollte? Mich mehr auf die Arbeit konzentrieren muss?»

«Okay, ich habe geahnt, dass mir dieser Bumerang eines Tages an den Kopf fliegen wird.»

Er verzieht das Gesicht und sieht mich mit einem so flehenden Blick an, dass ich mir ein Lachen verkneife. Aber ich bleibe hart. Es ist eine verdammt schwierige Disziplin-Übung für mich.

«Ohne dich hätte ich das niemals geschafft. Ich bin dir

also sehr dankbar.» Ich stelle mich auf die Zehenspitzen und küsse ihn, bevor ich nach oben verschwinde und rasch unter die Dusche hüpfe.

«Wann sehen wir uns wieder?», fragt er eine Viertelstunde später, als ich angezogen in seinem Flur stehe.

«Wann du willst. Rufst du mich an?»

«In fünf Minuten. Spätestens.» Er grinst, und ich muss lachen. Wir küssen uns noch einmal, aber ehe er mich damit doch wieder rumkriegen kann, verlasse ich seine Wohnung und gehe zu Fuß nach Hause. Wo mich eine böse Überraschung erwartet.

«Ich habe sie erwischt, Ally!», ruft Martha mir zu. Sie lehnt im Fenster und macht mir keinen Vorwurf, dass ich zu spät bin. Entsetzt starre ich auf die weiße Mauer, auf die jemand ein sehr hässliches Wort mit grellrotem Lack gesprüht hat. «Es war eine Frau, und ich habe sie dabei ertappt. Deshalb fehlt das *e*. Komm schnell rein!»

25

Evan

«Das gefällt mir nicht, Evan.» Curt kneift die Augen zusammen und nimmt die Brille ab. Ich reibe meine Hände am Oberschenkel. «Was genau meinst du?»

«Ich habe deine ersten Kalkulationen gesehen. Die waren nicht besonders gut. Dann änderst du Hals über Kopf deine Meinung, machst den Konkurrenten, den du ursprünglich für den besseren Invest gehalten hast, plötzlich schlecht. Gleichzeitig erfahre ich, warum Mila wirklich insolvent ist, wobei ich mir nicht vorstellen kann, dass du das nicht schon früher bemerkt hast. Und Liz erzählt mir, dass du mit Alicia Sinclair geschlafen hast.»

Mir bricht Schweiß aus. «Meine Meinungsänderung hat nichts damit zu tun, dass ich …»

«Evan.» Curt legt den Kopf schief. «Ich war auch mal jung, auch wenn das heute vielleicht kaum noch vorstellbar ist. Ich war da, wo du jetzt bist. Ich war ehrgeizig, zielstrebig und ich wusste, was ich wollte. Ich bekam es. Immer. Weil ich hartnäckig war, so wie du. Bis ich auf eine Frau traf, die mich fast ruiniert hätte.»

Ich öffne den Mund, aber er hebt eine Hand und bringt mich zum Schweigen. «Nein, ich meine nicht Liz‘ Mutter. Ich meine eine andere Frau. Ich habe sie geliebt, weißt du? Es war ein großes Geschäft, eine sehr wichtige Investition. Die ich versaut habe, weil ich verblendet war. Ich hatte mich verknallt und hätte alles für sie getan. Ich hätte sogar Rindfleischburger in Indien verkauft, wenn sie es von mir verlangt hätte. Ich war nicht mehr Herr meiner Sinne.»

«So ist es nicht …», setze ich an, doch Curt spricht einfach weiter.

«Ich habe Verständnis für dich, Evan. Wirklich. Aber ich kann nicht zulassen, dass du deine Karriere wegen einer Frau ruinierst oder die Diamond Group in Misskredit bringst. Keine Frau der Welt ist das wert.»

«Das sehe ich anders.» Ich verschränke die Arme vor der Brust und lehne mich im Stuhl zurück. «Kein Geld der Welt ist es wert, dass man dafür sein Glück nicht zulässt.»

Curt seufzt und sieht mich an wie ein Kind, dem er das Alphabet erklären muss. «Liz teilt meine Meinung. Adam & Eve ist das interessantere Unternehmen, da hattest du vor ein paar Wochen den richtigen Riecher. Und aufgrund der Unregelmäßigkeiten in der Geschäftsführung von Mila müssen wir so oder so von einer Investition absehen. Selbst wenn wir die bisherige Geschäftsleitung austauschen. Aber ich bin enttäuscht von dir, das sage ich ehrlich. Es ist verständlich, dass du dich nicht unter Kontrolle hast, nur kann ich nicht zulassen, dass du deine hormongesteuerten Instinkte über deinen Intellekt stellst.»

Wütend beuge ich mich wieder zu ihm vor. «Was auch immer Liz dir erzählt hat … wahrscheinlich ist nicht mal die Hälfte davon wahr. Außerdem solltest du bedenken, dass die Qualität von Adam & Eve nicht an die von Mila heranreicht. Sie lassen ihre Produkte in Asien fertigen, das Material ist nichts als billiger Kram.» Mein Herz schlägt schneller.

«Was ist in dich gefahren, Evan? Das wäre doch das Erste gewesen, was wir an Mila verändert hätten. Die Fertigungskosten reduzieren, die Produktion in Billiglohnländer verlegen … Anders wäre die Wunschrendite niemals erreicht worden. Das alles hast du selbst in deinen ersten Statements über Mila gesagt.» Curt runzelt die Stirn.

«Ich habe aber gelernt, dass es gerade in diesem Produktbereich auf Qualität ankommt», beharre ich. «Manchmal muss man seine Ansichten eben ändern, wenn man neue Informationen bekommt.»

«Man muss allerdings auch prüfen, von wem diese Informationen stammen. Und welche Beweggründe dahinterstecken. Diese Objektivität vermisse ich ehrlich gesagt im Moment.» Er seufzt. «Du weißt, dass ich nächstes Jahr in den Ruhestand gehen werde. Das ist seit langem geplant, und ich habe mir jahrelang Gedanken darüber gemacht, wie es mit der Diamond Group weitergehen soll. Liz war … nicht besonders zuverlässig, wie du selbst weißt. Und sie hatte kein glückliches Händchen bei einigen Geschäften, im Gegensatz zu dir. Doch wenn ich nun eine Entscheidung treffen müsste, würde ich mich für Liz entscheiden. Mein eigenes Fleisch und Blut.»

Ein Zittern geht durch meinen Körper. Ich beiße die Zähne fest aufeinander, um mir die Wut nicht anmerken zu lassen.

«Ich werde auch dich zum Teilhaber machen, Evan. Das hast du dir verdient. Aber Liz wird die Kontrolle über die Group bekommen. Sie hat noch einiges zu tun und muss daran wachsen, und das wird sie. Da bin ich mir sicher.»

«Das war doch von Anfang an ihr Plan.» Ich knurre. «Hat sie Alicia Sinclair auf mich gehetzt, um mich vor dir bloßzustellen und uns gegeneinander auszuspielen?»

«Evan … Ich weiß, dass ihr einiges durchgemacht habt, Liz und du. Ich hätte gleich zu Anfang eingreifen sollen, denn mir war klar, dass ihr überhaupt nicht zueinander passt. Aber ich hatte Hoffnung, vor allem für Liz. Dass du ihr gut tun würdest. Leider hat sich diese Hoffnung nicht erfüllt. Trotzdem glaube ich, dass ihr zwei zumindest beruflich ein gutes Team seid und die Diamond Group weiter voranbringt. In meinem Sinne.»

«In deinem Sinne?» Ich stehe langsam auf und stütze die

Hände auf seinen Schreibtisch. Curts Blick verdüstert sich. «Ich habe jahrelang *in deinem Sinne* gehandelt. Ich habe dir zuliebe deine Tochter geheiratet und, ja, ich habe bei Gott versucht, alles richtig zu machen. Ich wollte, dass es funktioniert. Aber ich konnte sie nicht daran hindern, mit anderen ins Bett zu gehen, und irgendwann habe ich es einfach nicht mehr ertragen. Sie braucht mehr Aufmerksamkeit als ein Hundewelpe, und wenn sie die nicht bekommt, holt sie sich woanders, was ihr fehlt. Das habe ich jetzt verstanden. Ich kann nicht bis an mein Lebensende mit ihr zusammenarbeiten. Es geht nicht. Verstehst du das?»

Curt bleibt sitzen und dreht einen teuren Kugelschreiber in den Händen hin und her, ohne mich dabei anzusehen. «Blut ist dicker als Wasser, Evan», sagt er ruhig. Ein Fausthieb trifft mich in den Magen, ich atme ein und bekomme keine Luft. «Mehr habe ich dazu nicht zu sagen. Ich hoffe, du verstehst das.»

«Das tue ich. Ich verstehe so einiges. Solange man nach deiner Pfeife tanzt, ist alles gut. Ich werde dir bis an mein Lebensende dankbar sein für alles, was du für mich getan hast. Ich denke, ich habe meine Schulden bei dir längst abbezahlt. Aber wenn du …»

«Evan, ich will nicht, dass du gehst. Du bist gut und ich liebe dich wie einen Sohn, das weißt du. Bleib, arbeite mit Liz zusammen, und du hast einen Platz bei der Diamond Group, solange du willst.»

«Solange ich will. Richtig. Und genau jetzt will ich nicht mehr.» Ich drehe mich um und marschiere zur Tür.

Curt räuspert sich. «Wenn du wirklich gehen willst, kann ich dich nicht halten, Evan. Ich kann dir nur alles Gute wünschen.»

«Danke», knurre ich, dann lasse ich seine Bürotür hinter mir ins Schloss fallen und bleibe mit rasendem Puls im Flur stehen. Fuck. Es war ein Test, das ist mir inzwischen klar. Liz wollte mich reinlegen, und es ist ihr gelungen. Aber ich kann das ganze Theater hier nicht länger ertragen. Ich mache es schon viel zu lange mit. Seit Jahren. Ich fühle mich wie ein Idiot, der sich wie eine billige Handpuppe von Curt und Liz hat missbrauchen lassen. Damit ist jetzt Schluss. Man muss seine Komfortzone auch mal verlassen, um sich lebendig zu fühlen, hat Ally gesagt. Und ich spüre, dass der richtige Zeitpunkt für mich gekommen ist.

Trotzdem verkrampft sich mein Magen. Wie um alles in der Welt soll ich Alicia beibringen, dass ich es nicht geschafft habe? Dass die dringend benötigte Investition nicht kommt? Sie wird sauer sein. Enttäuscht von mir. Sie hat sich auf mich verlassen. Vielleicht werde ich sie verlieren. Etwas schnürt mir die Kehle zu.

Ich dachte, es wäre ein Spiel. Mein Einsatz war hoch. Viel zu hoch. Ich bin All-in gegangen, ohne dass es mir bewusst war. Jetzt verlasse ich als Erster den Spieltisch – mit leeren Händen.

26

Ally

«Entschuldigung, haben Sie hier auch Kabinen?» Ein älterer Herr mit Hut und Mantel an der Tür mustert verschlagen Emmas kleinen Laden. «Natürlich nicht. Wir haben nur eine Umkleidekabine.» Emma verdreht die Augen. «Versuchen Sie es mal im Internet, da gibt es das Zeug nämlich gratis. Rund um die Uhr und ganz bequem vom Sofa aus.»

Der grauhaarige Mann errötet sichtbar und zieht die Tür eilig von außen zu.

Emma stöhnt. «Das war der fünfte Typ diese Woche, der danach gefragt hat. Ernsthaft, sind die Leute zu blöd, um youporn aufzurufen? Wer bitte geht heute noch zum Wichsen in eine bescheuerte Videokabine?»

«Keine Ahnung. Dass es die Dinger überhaupt noch gibt …»

«So häufig wie Telefonzellen. Offenbar besteht ja Bedarf. Erinnerst du dich an den Kerl, der sich damals in dem Sexshop in Soho bei mir beschwert hat?»

«Oh Gott, ja!» Ich lache laut auf. «Der zu dir an die Kasse kam und meinte: *Entschuldigen Sie, aber in der Kabine neben mir holt sich jemand einen runter! Ist das erlaubt?*»

«Du liebe Güte, der steht heute noch auf Platz eins meiner Liste mit den dümmsten Kunden der Welt.»

Emma schüttelt den Kopf. In ihren Haaren kleben weiße Farbreste, ich strecke den Arm aus und zupfe trockene Farbe von einer Strähne. Sie war so lieb und hat mir heute Morgen geholfen, die hässliche Aufschrift auf meiner Mauer zu übermalen.

Martha hat gestern eine junge Frau in Jeans und Sweatshirt dabei beobachtet, wie sie mit einer Sprühdose meine Wand verunstaltet hat. *Schlamp* stand in großen roten Lettern direkt neben meiner Tür. Sehr unschön. Evan hatte auch keine Erklärung dafür, als ich ihn anrief und es ihm erzählte. Wer sollte ein Interesse daran haben, mir Angst einzujagen? Nicht, dass mir so ein Kinderkram wirklich Angst machen würde …

«Ich fahre ins Büro», sage ich zu Emma, die mit ihrem Staubwedel die Glasvitrinen abstaubt.

«Viel Glück. Und viel Erfolg!»

Ich drücke ihr einen Kuss auf die Wangen und verlasse ihren niedlichen kleinen Laden. In den alten Markthallen des Covent Garden ist einiges los um diese Zeit. Ein Charlie Chaplin-Imitator bereitet seinen ersten Auftritt vor, eine Prinzessin auf dem Einrad spielt ihre Geige ein, und in der Gastronomie wird fleißig geschrubbt und angerichtet. Ich liebe diesen Ort und könnte ganze Tage hier vertrödeln, um mich inspirieren zu lassen. Emma hätte sich keinen besseren Platz für ihre ausgefallene Boutique ausdenken können.

«Guten Morgen, du Schöne!» Ich begrüße Maggie mit einer Umarmung und streiche über ihr seidiges, schwarzes Haar.

Sie lächelt. «Ben ist schon da. Und er hat ziemlich … na ja … miese Laune.»

Das unangenehme Gefühl im Magen verstärkt sich und wird zu einem kleinen, harten Knoten. Aber ich versuche, mir nichts anmerken zu lassen. Egal, wie schlimm es um Mila steht – das ist unser Problem, nicht das unserer Mitarbeiter. Ich muss sie davor schützen, auch wenn ich mich mit dieser Verantwortung überfordert fühle.

«Ist was los?», frage ich, nachdem ich Bens Büro betreten

und seine Tür hinter mir zugezogen habe. Irritiert fällt mein Blick auf die Umzugskartons, die an der Wand gestapelt stehen. Die Regale und auch sein Schreibtisch sind leer. Mein Herz klopft schneller. «Ben?»

«Es ist vorbei.»

Er ist furchtbar blass und hat graue Ränder unter den sonst so blitzenden Augen. Mein Magen legt einen Salto hin. Ich lasse mich auf einen Stuhl fallen und schlinge die Arme um meinen Oberkörper.

«Was meinst du damit?», krächze ich.

«Was ich gesagt habe. Hier ist der Räumungsbefehl des Vermieters.» Er schiebt mir fahrig ein Papier zu. «Ich habe versucht, mein Auto zu verkaufen, um wenigstens die ausstehenden Mieten bezahlen zu können, aber der Gebrauchtwagenmarkt ist im Moment am Boden und niemand hat sich bisher dafür interessiert. Ich weiß nicht mehr weiter.»

«Was ist mit Curt Diamond? Können wir die Entscheidung irgendwie beschleunigen? Wenn wir sagen, wie dringend wir …»

«Ich habe alles probiert, Ally. Ich gebe auf.» Ben hebt die Arme und lässt sie traurig wieder fallen. Sogar seine blonden Haare wirken heute fast grau.

Mein Puls tanzt eine Samba. Mein Kopf fühlt sich plötzlich an, als ob kleine Bauarbeiter darin sitzen und mit einem Presslufthammer arbeiten. Ich lege beide Hände gegen die Schläfen und starre Ben Hilfe suchend an.

«Was ist mit dem Meeting mit Curt Diamond? Ich kann das unmöglich alleine schaffen, Ben. Nicht ohne dich.»

«Ich kann dir nicht mehr helfen, Ally. Und ich kann auch nicht länger warten. Ich habe nächste Woche ein paar Bewerbungsgespräche und suche mir einen neuen Job. Vorher werde ich Katie nicht sagen, wie es um das Geschäft bestellt ist. Sonst macht sie sich nur wieder Sorgen. Und ich möchte dich bitten, ihr gegenüber ebenfalls nichts darüber zu sagen, dass ich schon ausgestiegen bin.»

Langsam stehe ich auf, die Finger ineinander verknotet. «Dann war es das für dich? Endgültig?» Übelkeit steigt in mir hoch. Angst und Unsicherheit.

Er nickt stumm, ohne mich dabei anzusehen. Sein schlechtes Gewissen ist körperlich spürbar, aber das tröstet mich jetzt auch nicht. Es fühlt sich an, als ob jemand die Holzdielen unter meinen Füßen einfach wegzieht. Ein Sturz ins Bodenlose. Ich habe mich auf ihn verlassen, jahrelang, und ich dachte, wir wären Freunde. Jetzt lässt er mich einfach so im Stich. Am liebsten möchte ich losheulen, aber ich schaffe es, mir keine Blöße zu geben. Mein ganzer Körper fühlt sich taub an, als ich in mein Büro zurückgehe, um allein zu sein. Das Handy auf meinem Schreibtisch signalisiert ein paar eingegangene Nachrichten, und als ich den Absender erkenne, durchzuckt mich ein freudiges Flattern. Sie sind von Evan.

Würde dich gern sehen heute. Kann ich dich abholen?

Ohne länger darüber nachzudenken, tippe ich meine Antwort.

Ja, bitte! So schnell wie möglich …

Die Hoffnung auf einen Nachmittag mit Evan tröstet mich für einen Moment, bis ich den Vorraum wieder betrete und sehe, dass Maggie weint. Sofort rutscht mir der Magen in die Kniekehlen. Ich muss nicht fragen, was passiert ist. Sie hat natürlich mit Ben gesprochen. «Es tut mir so leid», flüstere ich, während ich sie fest an mich drücke. Ihr Körper ist so herrlich weich und prall.

«Ich weiß», schnieft sie. «Mir tut es auch so leid. Ich hätte auch ohne Geld für dich gearbeitet, weißt du das? Das weißt du, oder?»

Ich nicke stumm und schlucke meine eigenen Tränen

tapfer runter. Dann wische ich mit dem Handrücken Tränen von ihrer Wange. Betretene Gesichter schleichen an uns vorbei zur Tür, Ben hat offenbar reinen Tisch gemacht und alle nach Hause geschickt. Ich bin wie gelähmt, kann gar nichts sagen, aber die traurigen Blicke der anderen Mitarbeiter bringen mein Blut zum Gefrieren. Trotzdem bin ich nicht bereit, die Hoffnung aufzugeben. Noch gab es keine Absage von der Diamond Group, und ich werde Evan gleich alles erzählen und ihn darum bitten, die Dinge zu beschleunigen. Er kann mir helfen, und ich bin mir sicher, dass er das auch tun wird.

27

Ally

«Großer Gott, was ist passiert?» Evan reißt die Brauen hoch, als ich mit einem gezwungenen Lächeln auf ihn zugehe. Er steht in der Sonne, mit der Hüfte gegen seinen Wagen gelehnt, und stößt sich hastig davon ab, um mir entgegen zu kommen.«Ich erzähle es dir später», wehre ich ab und lasse zu, dass er mich in den Arm nimmt und mich küsst. Ich will jetzt gerade nicht an die düstere Zukunft denken, sondern nur an die sonnige Gegenwart. Mit Evan. Bei seinem Kuss wird mir wieder warm. Mein Körper verliert die Spannung, als wäre Evan eins dieser Wunderpflaster, die man sich bei Rückenschmerzen aufklebt, um auf magische Weise den Schmerz zu lindern.

«Dann komm mit. Ich möchte dir etwas zeigen.»

Neugierig schlüpfe ich ins Auto und schnalle mich an. «Wo fahren wir hin?»

«Überraschung.» Er lächelt, streicht einmal zärtlich über meinen Oberschenkel, bevor er zum Steuer greift und den Wagen startet.

«Nur bitte nichts essen. Mir ist heute der Appetit gründlich vergangen», wage ich zu sagen.

Evan mustert mich skeptisch von der Seite. «Was ist denn los? Willst du nicht darüber reden?»

Er weiß natürlich, was bei uns los ist. Er kennt ja die Geschäftszahlen besser als ich. Nur von der Sache mit Ben ahnt er nichts, und ich will ihn jetzt nicht darüber aufklären. Falls er doch noch etwas für uns tun kann, sollte er nicht unbedingt wissen, dass ich das Geschäft nach der Investition allein führen müsste. Schon der Gedanke macht mich ganz schwindelig.

Wir fahren eine Weile durch die Stadt, lauschen schweigend der Musik vom Blues Radio, und ab und zu streift seine Hand wie zufällig mein Knie, wenn er schaltet. Die kleine Berührung verstärkt das immense Kribbeln, das allein sein Anblick in mir auslöst. Lieber Himmel, meine Welt ist gerade zusammengebrochen. Ich habe keine Perspektive, keine Zukunft mehr. Aber seine bloße Anwesenheit beruhigt mich so sehr, dass ich mir kaum noch Gedanken darüber mache. Wie Schokolade, die meinen Verstand vernebelt und mich glücklich macht, obwohl ich gerade absolut keinen Grund dazu habe, glücklich zu sein.

In Farringdon parkt Evan den Wagen vor einem großen Geschäft, dessen Name *iMakr* Fragezeichen in meinem Kopf entstehen lässt.

«Was um alles in der Welt haben wir vor?», frage ich, als er die Beifahrertür für mich öffnet.

«Hast du schon mal was von 3D-Druck gehört?»

Evan nimmt mich an die Hand, und ich schlinge die Finger in seine. Dann folge ich ihm auf meinen hohen Absätzen zu dem Store.

«Ja, habe ich. Damit kann man Pizza drucken. Sobald es einen für Schokolade gibt, kaufe ich ihn.»

«Gibt es schon», sagt Evan. «Das Unternehmen hier ist früh dran mit dieser Dienstleistung. Es ist ein Shop, in dem man eigene Entwürfe mit einem 3D-Drucker plastisch ausdrucken lassen kann. Ich habe vor einem Jahr die Finanzierung begleitet.»

«Evan! Ich hoffe, das ist kein Kontrollbesuch?»

Eine winzige Frau mit strubbeligen, roten Haaren, in die sie ein gepunktetes Tuch geknotet hat, kommt strahlend auf uns zu und begrüßt Evan mit Wangenküssen. Dann bleibt sie lächelnd vor mir stehen und hält mir eine ebenso winzige Hand hin, die ich etwas eingeschüchtert ergreife.

«Nein, ist es nicht. Ich brauche was von dir.»

«Was auch immer du willst», antwortet sie, ohne ihr Lächeln von mir abzuwenden. Zum Glück klingen die Worte aus ihrem Mund ganz und gar nicht zweideutig, was mich beruhigt.

«Alicia, darf ich dir Tilda vorstellen? Sie betreibt diesen Shop zusammen mit ihrem Mann, der ein verdammtes Genie ist.» Tilda lächelt geschmeichelt. «Tilda, das ist Alicia Sinclair. Meine Freundin.»

Mein Mund klappt auf und ich spüre, dass ich Evan anstarre, als hätte er mir gerade verkündet, dass ich den Friedensnobelpreis gewonnen habe. Mein Herz fängt an zu rasen. Meine Freundin … Wie das klingt! Am liebsten würde ich schreien, hüpfen, tanzen, ihm in den Arm fallen, ihn abknutschen …

«Erstens hätten wir gern so eine coole Figur von uns beiden. Und dann habe ich ein paar Entwürfe bei mir, die du uns ausdrucken sollst.»

Er zieht Papier aus seiner Umhängetasche, und mir wird mulmig. Woher zum Teufel hat er die Skizzen? Habe ich sie ihm überlassen? Oder hat er sie letzte Woche einfach eingesteckt? Die rothaarige Frau betrachtet meine Zeichnungen stirnrunzelnd, dann sieht sie wieder zu mir hoch und grinst.

«Sind das Sextoys?»

«Gut erkannt», lobe ich, obwohl ich keinen Schimmer habe, was Evan mit dieser Sache eigentlich bezweckt.

«Großartig. Die Idee gefällt mir. Das ist doch für Paare hier, oder?» Sie tippt auf die Zeichnung mit dem Ding, das Emma lachend als Nasenklammer bezeichnet hat, und ich nicke. «Das dürfte kein Problem sein, aber zwei, drei Tage brauche ich dafür. Ich muss die Skizzen erst umwandeln.»

Evan verzieht das Gesicht. «Wirklich? Geht das nicht schneller?»

Sie hebt entschuldigend die Schultern. «Ich leg sogar eine Nachtschicht für dich ein, aber trotzdem …»

«Na schön. Zwei, drei Tage sollten noch gerade so hinhauen. Aber die Figur klappt sofort, oder?»

«Klar!» Sie strahlt und nimmt mich an die Hand. «Komm mit, Alicia. Ich zeig dir unseren Scanner.»

Der Scanner entpuppt sich als Glaskasten, in den Evan und ich uns stellen sollen. Evan schlingt die Arme um meine Hüften und zieht mich an sich.

«Ihr könnt euch hinstellen, wie ihr möchtet. Dauert auch nur eine Sekunde», verkündet Tilda von draußen, während sie auf einem Display herumdrückt.

Meine Knie werden weich, als ich Evans tiefen Blick erwidere und mein Becken enger an ihn presse. Unsere Oberkörper sind einige Zentimeter voneinander entfernt, aber unsere Blicke verbinden uns wie unsichtbare Fäden.

«Achtung, stillgestanden!» Es gibt ein surrendes Geräusch, dann reißt Tilda die Glastür wieder auf und winkt uns. «Schon fertig. Ist das nicht cool?»

«Äh … ja», sage ich verwirrt. Ich fühle mich wie ein Kind, das versehentlich in einen Liebesfilm für Erwachsene geraten ist. Ich habe absolut keine Ahnung, worum es hier eigentlich geht.

«Dauert nicht lang», verspricht Evan. «Wie wär's mit einem Tee, während wir warten?»

«Gibt's auch Kaffee?», frage ich vorsichtig, und Evan lacht. «Sicher.»

Er zieht mich mit sich zu einem Automaten an einer gemütlichen Sitzecke, und ich setze mich auf ein winziges Sofa, während Evan dem Automaten zwei heiße Getränke im Pappbecher entlockt.

«Verrätst du mir jetzt, was um alles in der Welt wir hier machen?», frage ich, nachdem er mir einen Cappuccino in die Hand gedrückt hat, der wider Erwarten wirklich nach Kaffee riecht.

«Ich lasse deine Entwürfe in Form bringen. In eine dreidimensionale Form zum Anfassen. Nicht alle Menschen können mit Zeichnungen so viel anfangen wie du oder ich, die meisten brauchen etwas Reales, um das Genie zu begreifen.»

Meine Wangen werden ganz heiß. «Mit Genie hat das ja wenig zu tun», brumme ich und nippe vorsichtig an meinem Kaffee.

«Das sehe ich anders.» Er quetscht sich tatsächlich neben mich auf das schmale Sofa und rückt mich so zurecht, dass ich mich an ihn lehnen muss. «Und das wirst du auch so sehen, sobald die Entwürfe fertig gedruckt sind.»

«Ich hatte keine Ahnung, dass man mit diesen 3D-Druckern schon so viel machen kann. Ich dachte, das wäre nur was für irgendwelche Freaks.» Neugierig schaue ich mich in dem Raum mit verschieden großen Druckern um, die leise vor sich hin surren.

«Viele Designer entwerfen Dinge, die man hier ausdrucken lassen kann. Schmuck, Eierbecher, ganze Möbel, sogar Klamotten. Die Materialien werden immer besser und der Fantasie sind kaum Grenzen gesetzt.»

Ein Gedanke flackert in mir auf, während ich staunend zusehe, wie aus einem der Drucker schichtweise ein spitzes Türmchen herauskommt. «Könnte man damit auch … Sextoys herstellen? Für Mila?»

Evan nickt. «Ja, in der Tat. Auch das ist schon möglich. Ich habe letzte Woche mit Tilda darüber gesprochen und sie war begeistert von der Idee.»

Oh mein Gott. Welche Auswirkungen hat diese Neuheit auf unsere Zukunft? Irgendwann muss ich vielleicht nicht mal mehr das Haus verlassen, oder etwas bestellen und tagelang auf die Lieferung warten. Ich wähle einfach online etwas aus, klicke es an und warte, bis mein eigener 3D-Drucker das Ding ausgedruckt hat. Ein kalter Schauer läuft mir über den Rücken.

«Die Zukunft beginnt heute», sagt Evan lächelnd.

«Allerdings. Ich komme mir gerade vor wie in einem Science Fiction-Film. Ehrlich, ich wusste ja bis vorhin nicht mal, dass so ein Geschäft existiert. In London!»

«Es werden mehr, auf der ganzen Welt. Wir haben ein Expansionsprogramm ausgearbeitet für *iMakr*, die nächsten Shops werden nächstes Jahr eröffnet. In Berlin, Paris, Rom …»

«Und eines Tages hat jeder so ein Ding ganz einfach zu Hause stehen. Schöne neue Welt.»

«Eure Figuren sind fertig!» Tilda eilt auf uns zu und klatscht in die Hände. «Und sie sind sooo entzückend geworden!»

Evan springt auf und reicht mir die Hand. Meine Beine fühlen sich ein wenig taub an vom engen Sitzen. Und dann führt Tilda uns zu einem der Drucker, aus dem gerade eine ungefähr fünfzehn Zentimeter große Statue kommt. Sie ist eine perfekte Nachbildung von Evan und mir. Eine perfekte, winzige Kopie eines perfekten Augenblickes. Sogar beim Betrachten dieser kleinen Figur spürt man die Intensität, mit der wir uns ansehen. So sehr, dass meine Hände zu kribbeln anfangen.

Ich reiße die Augen auf. «Das gibt‘s doch nicht!»

«Toll, oder? So viel besser als ein langweiliges Foto, finde ich.»

Tilda drückt mir die noch warme Figur in die Hand und ich studiere sie staunend. Jedes Detail stimmt. Es ist ein kleines Wunder.

«Woraus ist die gemacht?», frage ich neugierig, und Tilda erklärt mir, dass es sich um ein Kunststoff-Gips-Gemisch handelt.

«Normalerweise sind die noch viel detaillierter, aber dafür brauchen wir ein paar Tage, um die Daten zu bearbeiten. Da ich Evan kenne, war mir klar, dass er sie sofort haben will, deshalb ist das nur der erste grobe Entwurf von eurem Scan. Ich mache die aber noch mal in besserer Qualität.» Sie zwinkert mir zu.

«Ich kann es gar nicht glauben. So schnell! Und das alles aus einem Drucker.» Fassungslos schüttle ich den Kopf.

«Ich wusste, dass du sofort verstehen würdest, warum ich dich hierher geschleppt habe.» Evan legt den Arm um mich und betrachtet unsere Miniaturen an meiner Schulter vorbei.

«Oh ja. Das habe ich allerdings.»

Evan gibt Tilda meine Adresse, und sie verspricht, mir die ausgedruckten Entwürfe bis zum nächsten Wochenende zuzuschicken. Dann gehen wir zum Auto zurück. Ich halte die kleine Figur so fest, als ob sie das Wertvollste wäre, das ich je in die Hände bekommen habe.

«Danke. Wieso wusste ich nur nichts davon?»

«Ich kenne es ehrlich gesagt auch nur, weil ich die Finanzierung dafür gemacht habe. An der Vermarktung müssen wir also offenbar noch ein bisschen arbeiten.»

«Stimmt. Und ich dachte, du bist der große Marketing-Experte», necke ich ihn.

Wir bleiben vor dem Wagen in der Sonne stehen.

«Oh nein. Gegen dich bin ich sogar ein ausgemachter Vermarktungstrottel! Immerhin hast du es geschafft, dass Mila in sämtlichen großen Frauenmagazinen und in der Sun vorgestellt wurde.»

Das weiß er alles?

«Das weißt du alles?», frage ich erstaunt.

«Ich habe durchaus Stalker-Tendenzen. Ich dachte, das hätte ich deutlich genug klargemacht.» Er streicht mit einem Finger über meine Wange und lächelt mich an. Mein Herz zieht sich zusammen. Die kleine Figur fühlt sich immer wärmer an in meiner Hand.

«Okay, Mr Stalker. Und was machen wir jetzt?» Ich halte die Figur zwischen uns hoch wie eine Handpuppe und winke damit.

Evan grinst. «Also, ich hätte da eine Idee …»

«Vielleicht haben wir beide dieselbe?»

Ich strecke die Hand nach ihm aus, weil ich ihn berühren will. Im selben Moment zieht er mich wieder dicht an sich, bis unsere Gesichter nur noch wenige Zentimeter trennen.

«Vorher muss ich dir allerdings etwas beichten.»

Oh. Oh. Nicht gut. Gar nicht gut. Das klingt … ungesund. «Bitte jetzt keine schlechten Nachrichten», flüstere ich und weiche seinem Blick aus. «Ich hatte heute schon meine Portion.»

«Es tut mir leid, Ally. Aber ich dachte, ich sage es dir besser gleich, bevor du es nächste Woche von Curt Diamond erfährst. Ich habe gekündigt.»

Mein Magen krampft. Ich trete einen Schritt zurück und sehe ihm ins Gesicht. «Du hast was?»

«Ich habe gekündigt. Bei der Diamond Group. Ich … Es hatte persönliche Gründe, jedenfalls hauptsächlich. Und berufliche. Ich werde mir einen neuen Job suchen, aber ich musste da raus. Nicht nur deinetwegen.»

Mein Herz rast plötzlich wie ein Schnellzug. Ein Trommelfeuer in meiner Brust. Ich muss mich gegen sein Auto lehnen, weil meine Beine auf einmal mein Gewicht nicht mehr tragen wollen.

«Aber du … Du hast versprochen, dich zu kümmern. Um die Investition. Um Mila. Ben hat mir heute gesagt, dass er raus ist. Er hat nicht mehr an uns geglaubt und will sich einen neuen Job suchen. Einfach so! Aber du hast doch vorgestern noch gesagt, dass meine Entwürfe gut sind. Dass du die Sache durchkriegen wirst. Was soll ich denn jetzt machen?»

Die Tränen, die ich vorhin so mühsam unterdrückt habe, steigen nun gnadenlos in mir auf. Ich umklammere die Figur fester, bis meine Finger schmerzen.

«Hey, das eine hat nichts mit dem anderen zu tun. Über die Investition habe ich sowieso nicht mehr zu entscheiden, das hat Curt in die Hand genommen. Seiner Meinung nach bin ich nicht objektiv genug in dieser Sache. Und es gibt da ein paar Ungereimtheiten, die mit deinem Kompagnon zu tun haben … Ehrlich gesagt, Ally, ich kann dir wirklich nicht mehr helfen.»

Jetzt wird mir schwindelig. «Woher weiß Curt denn, dass wir …? Glaubt er jetzt, du hättest der Investition nur zugestimmt, weil ich mit dir ins Bett gegangen bin? Oh Gott, Evan, das ist …»

Eine Katastrophe. Meine Augen brennen, gleichzeitig bemerke ich, wie Evans Gesichtszüge versteinern. Er mustert mich mit einem Blick, der einen eisigen Schauer auslöst.

«Geht es dir wirklich darum, Alicia? Ist das alles, woran du denkst? An die Investition, die du dir erhofft hast? Ich dachte, dir läge etwas an mir, aber gerade glaube ich wieder, dass deine plötzliche Zuneigung tatsächlich nur Berechnung war.»

Ich schnappe nach Luft und spüre, wie mir hitzige Röte ins Gesicht kriecht.

«Wie redest du denn mit mir?», fauche ich. Warum scheint mir die Sonne direkt ins Gesicht und blendet mich? Und warum ist mir auf einmal trotzdem eisig kalt? Die kleine Figur rutscht mir aus den Fingern und fällt vor meinen Füßen aufs Pflaster.

«Du hältst mich also für eine Prostituierte? Das traust du mir tatsächlich zu?» Mein Herz rast so sehr, dass mir schwindelig wird. Mein rechter Arm zuckt. Ich möchte ihn am liebsten ohrfeigen.

«Was genau sollte ich denn sonst glauben, Alicia? Nach dieser Reaktion?»

«Du hättest mir ja einfach früher sagen können, dass du mir nicht mehr helfen kannst. Dann … Dann hätte ich gar nicht erst darauf gehofft. Mich nicht auf dich verlassen. Aber jetzt …»

Ich bin sauer. Und enttäuscht. Ich fühle mich im Stich gelassen, erst von Ben und nun auch noch von Evan. So wie ich in meinem ganzen Leben ständig im Stich gelassen wurde. Von meinem Vater, der kurz nach meiner Geburt verschwand und nie wieder auftauchte. Von meiner Mutter, der nicht mal meine Einschulung wichtig genug war, um dafür die Teilnahme an einer halbseidenen Modenschau abzusagen. Offenbar bin ich wirklich niemandem etwas wert. Aber viel mehr als die Sache an sich schmerzen die Worte, die er mir gerade wütend entgegengeschleudert hat. Sie bohren sich ätzend in mein Herz und lassen alles, was eben noch schön war, auf einmal in einem sehr hässlichen Licht erscheinen.

«Natürlich bin ich enttäuscht, Evan. Und außerdem auch noch stinksauer. Du blöder Idiot.»

«Ally!» Er schüttelt den Kopf. Zwischen seinen Brauen entsteht eine steile Falte. «Ich hätte sowieso nicht mehr für dich tun können als das, was ich bereits getan habe. Und das war mehr, als gut für mich war, verdammt noch mal. Du hast es jetzt allein in der Hand. Du kannst Curt Diamond nächste Woche von deinen Entwürfen begeistern, und da ich ihn kenne und weiß, dass er sich ein gutes Geschäft niemals durch die Lappen gehen lässt, stehen deine Chancen nicht schlechter als gestern. Im Gegenteil. Da Ben nun raus ist …»

Ich beiße die Lippen aufeinander. Sein Gesicht verschwimmt hinter dem Tränenschleier in meinen Augen. Wieso sollten meine Chancen ohne Ben besser sein als vorher? Das ist total absurd! «Wenn du wirklich glaubst, dass ich nur aus Berechnung mit dir zusammen war, sollten wir uns ganz einfach nicht mehr sehen.»

«Ally, so habe ich das nicht –»

«Schon gut», unterbreche ich ihn, blinzle die Tränen weg und schlucke wieder. Mein Herz krampft sich zusammen. «Ich weiß Bescheid. Ich fahre nach Hause. Danke, dass du mir das hier gezeigt hast, auch wenn es mir jetzt nicht mehr hilft.»

Ich drehe mich um und laufe auf die Straße, wo ich ein schwarzes Taxi ranwinke. Aus den Augenwinkeln sehe ich, dass Evan die Arme hebt und mir nachschaut, aber er hält mich nicht auf. Warum sollte er? Er ist offenbar genauso enttäuscht wie ich, auch wenn er dazu meiner Meinung nach gar keinen Grund hat.

Was für ein verdammt blödes Spiel! Ich hätte vorher ein paar Regeln festlegen sollen. Auf einmal sieht es so aus, als ob es nur Verlierer gäbe.

28

Evan

«Überleg es dir noch mal, Evan.» Liz steht mit verschränkten Armen in der Tür, während ich zwei Kartons mit meinen Habseligkeiten aus dem Büro an ihr vorbeitrage. Ich funktioniere seit Tagen wie ein Automat. Und schaffe es nicht mal darüber nachzudenken, was aus mir wird. Ich finde nicht genug Energie in mir, um mich um einen neuen Job zu kümmern, und es ist mir verdammt egal. Nicht mal beim Krav Maga-Training konnte ich meine Wut loswerden.

«Nicht nötig», erwidere ich nur kurz und stelle die Kisten vor dem Fahrstuhl ab. «Ich habe sowieso viel zu lange gebraucht, wie du weißt. Ich hätte damals schon gehen sollen. Endgültig. So habe ich es uns beiden nur noch schwerer gemacht.»

Liz blinzelt und starrt an mir vorbei zum Fenster. «Es tut mir leid. Ich wollte das nicht.»

Ich schnaube kopfschüttelnd. «Ich bin mir ziemlich sicher, dass du genau das wolltest, Liz. Aber es ist okay. Du hast ja deinen Willen durchgesetzt, wie immer. Ich hoffe, du bist jetzt glücklich.»

«Wie kann ich glücklich sein, wenn du einfach so verschwindest, Evan? Immerhin haben wir uns mal geliebt.»

«Das war keine Liebe, Liz. Nie. Du hast mich benutzt, und ich Idiot habe mich benutzen lassen. Ich war verblendet von eurem Reichtum, eurem Erfolg. Ich wollte all das auch für mich und habe diese Sehnsucht wohl mit Liebe verwechselt. Du hast das nicht verdient, Liz, und es tut mir leid. Du hattest jedes Recht, fremdzugehen. Weil ich dir nicht das geben konnte, was du eigentlich gesucht hast.»

Sie schluckt sichtbar. Ihre Augen glänzen. «Du weißt, dass du jederzeit wiederkommen kannst, oder? Wenn du keinen Job findest oder einfach nur wieder hier arbeiten willst … Ruf mich an. Du bist immer willkommen. Das hat Dad auch gesagt. Er ist ziemlich enttäuscht, dass du gehst.»

«Ich weiß.» Meine Zähne knirschen. Die Fahrstuhltüren öffnen sich. Ich bücke mich nach den Boxen und hebe sie auf. «Bis dann, Liz. Es ist gut, dass alles jetzt ein Ende hat.»

«Ein Ende bedeutet nicht den Untergang von allem, weißt du? Manchmal bedeutet es nur den Anfang von etwas anderem.» Sie lächelt traurig. «Das hat mir vor zwei Jahren ein sehr kluger Mann gesagt, und er hatte recht damit.»

Ich steige in den Fahrstuhl ein, stelle die Kisten ab und drücke den Knopf für die Tiefgarage. «Man fängt leichter etwas Neues an, als etwas Altes zu beenden. Das habe ich inzwischen gelernt. Aber das Eine geht ohne das Andere nicht. Man muss erst den alten Ballast loswerden, um mit einem neuen Ballon wirklich fliegen zu können.»

Die Lifttüren schließen sich mit einem leisen Zischen. Ich lehne den Hinterkopf gegen die verspiegelte Wand und mache die Augen zu. Es ist vorbei. Ein seltsamer Gefühlscocktail zieht durch meinen Körper. Angst. Hoffnung. Sorge. Erleichterung. Glück. Ich kann es nicht greifen, nicht einordnen. Aber ich weiß, dass ein großer Teil dieser Gefühle von Ally ausgelöst wird.

Ich denke an ihre strahlend blauen Augen, während ich in die Tiefgarage fahre. Ich sehe ihr weizenblondes Haar in der Sonne, wann immer ich an einer roten Ampel stehe. Ich rieche ihren Duft, den Sommer, als ich die Tür zum Treppenhaus öffne und nach oben gehe. Als wäre sie nur wenige

Minuten vor mir denselben Weg gegangen. Aber natürlich ist sie nicht da.

Dafür steht im Flur die Figur, die ich aufgehoben und wieder zusammengeklebt habe. Ein paar Teile waren abgebrochen, ich habe sie gestern Abend stundenlang geflickt. Ich kann mich nicht entscheiden, was schlimmer schmerzt. Die Angst, dass sie mich nur ausgenutzt hat und alles, was wir hatten, ihr gar nichts bedeutete. Oder die Tatsache, dass ich zu blöd, zu unehrlich war, um eine echte Chance zu haben. Ich wäre nicht ich, wenn ich einfach aufgeben würde. Ich habe bereits meine Karriere geopfert, und ich kann weitere Opfer bringen. Der bevorstehende Termin wird zeigen, ob es funktioniert. Dann muss ich sehen, ob ich mich tatsächlich in ihr getäuscht habe, oder ob sie mich auch dann noch will, wenn ich ihr beruflich nicht mehr helfen kann. Kopf oder Zahl. Ich werfe eine Münze und betrachte lächelnd das Ergebnis zu meinen Füßen. Das Spiel ist noch lange nicht zu Ende. Es hat gerade erst angefangen.

29

Ally

Fünf neue Nachrichten. Ich lösche sie und lege das Handy zur Seite. Ich will nicht mit ihm reden. Ich will nicht mal seine Nachrichten lesen. Stattdessen sitze ich am Sonntag in meiner Wohnung, nachdem ich Martha zum Friedhof begleitet habe, betrachte die 3D-Ausdrucke meiner Entwürfe, die gestern in der Post waren, und hänge meinen Gedanken nach.Ich habe keine Ahnung, ob meine Designs gut sind oder nicht. Aber diese Muster sind eindrucksvoll. Morgen findet das wichtige Meeting mit Curt Diamond statt, und ich muss es allein durchstehen, weil Ben weg ist. Ich fühle mich einsam, aber ich will die Hoffnung einfach nicht aufgeben. Ich will kämpfen. Für Mila. Und für mich.

In der Post von iMakr war auch eine perfekte Kopie der kleinen Figur von Evan und mir. Noch viel schöner als der Schnellausdruck von letzter Woche. Doch die handgeschriebene Notiz, die Tilda dazugelegt hat, trieb mir wieder die Tränen in die Augen.

Ihr seid so ein wunderschönes Paar!

Ich kritzle trotzig ein gewesen hinter den Satz. Der Anblick der Figur schnürt mir die Brust zusammen, aber ich muss sie trotzdem ständig anstarren. Martha hat mir den Kopf gewaschen wegen Evan. Aber was versteht sie davon? Sie war jahrzehntelang mit ihrer großen Liebe verheiratet, die sie nie enttäuscht oder verletzt hat. Dieses Schicksal ist mir offenbar nicht vergönnt. Seufzend wende ich den Entwurf meines Vibrators für Paare in der Hand hin und her. Er erinnert tatsächlich an eine überdimensionale Klammer, und obwohl das Material starr und nicht so flexibel ist wie das Silikon, das wir eigentlich benutzen, bekommt man einen sehr guten Eindruck davon, wie er funktionieren wird. Ich schließe die Augen und erinnere mich an Evan. An seine Finger. Seine Zunge. Wie er mich auf dem Tisch verwöhnt hat. Wie seine Küsse schmeckten. Meine Brustwarzen ziehen sich zusammen, zwischen meinen Beinen prickelt es. Gott, ich vermisse das. So sehr. Ich will ihn anfassen. Riechen. Schmecken. Fühlen. Ich will ihm in die Augen sehen, kurz bevor er kommt. Will sein raues Kinn an meinen Schenkeln spüren. Seine heisere Stimme hören, wenn er tief in mir ist und mir süße Komplimente ins Ohr flüstert. Ich will in sein Haar greifen und mich an ihm festhalten. Wieder in seine Schulter beißen. Meine Augen werden heiß.

Ich fühle mich krank, aber morgen muss ich fit sein. Für das wahrscheinlich wichtigste Meeting meines Lebens, wenn ich meinen Traum nicht heute schon endgültig begraben will. Und das habe ich nicht vor.

Das leere Büro macht mir Angst, und die Tatsache, dass ich diesen Termin ganz allein durchstehen muss, weil Ben nicht mehr da ist, lässt mich verkrampfen. Ich fühle mich einsam wie ein Kleinkind, das die Eltern an einer Autobahn ausgesetzt haben.

Wieder und wieder schaue ich auf die Uhr. Ich bin eine halbe Stunde zu früh im Büro gewesen, und vor mir auf dem Tisch stehen die ausgedruckten Entwürfe aus dem 3D-Shop. Meine Hände fühlen sich taub an.

«Sie sind da!» Maggies Wangen glühen. Die Gute hat mich begleitet, wir sind die einzigen Menschen im Büro. Dass sie so zu mir hält, rührt mich. «Und Evan Hawk ist zum Glück nicht dabei. Ich hole sie vorne ab und bringe sie her, okay?» Maggie nimmt mich kurz in den Arm und drückt mich. «Du schaffst das, Ally. Auch ohne Ben, den Idioten.»

Ich versuche, zu lächeln. «Er ist sicher kein Idiot, Maggie. Er wusste nur nicht mehr weiter.»

«Du bist echt zu gut für diese Welt. In meinen Augen grenzt das an Vaterlandverrat.»

Kopfschüttelnd lässt sie mich los und marschiert zum Fahrstuhl. Meine Hände sind klebrig, ich wische sie an meinem spießigen Kostüm ab, das ich mir vor drei Jahren extra für solche Zwecke gekauft habe. Es sitzt perfekt, aber es fühlt sich jedes Mal viel zu groß für mich an. Als ob ich irgendwen damit täuschen könnte. Ein letzter Blick in den Spiegel und die Hoffnung, souverän und seriös auszusehen, verpufft. Leider muss ich mich mit unsicher und ängstlich zufriedengeben, mehr ist einfach nicht drin.

Im Flur ertönen Stimmen. Die laute, polternde Stimme eines älteren Mannes, der wohl Curt Diamond ist, Maggies glockenhelles Lachen, und der unterkühlte Ton einer jüngeren Frau, den ich zunächst nicht einschätzen kann. Ich postiere mich neben der Tür, setze mein strahlendstes Lächeln auf, ignoriere den eisigen Knubbel in meinem Magen und erwarte den Besuch. Um in der nächsten Sekunde in eine Art Schockstarre zu fallen. Eine Überdosis Botox könnte meinem Gesicht nichts Schlimmeres antun als der Anblick der blonden Frau, die gerade forsch mein Büro betritt und mich spöttisch anlächelt. Mein Herz stolpert einige Male.

«Ally, dein Besuch ist da!»

Maggie wirft mir einen fragenden Blick zu und runzelt die Stirn. Ich halte mich mit einer Hand am Türgriff fest, ohne die Augen von der Blondine abzuwenden. Was zum Teufel hat das hier zu bedeuten? Träume ich?

«Curt und Liz Diamond.»

Maggie räuspert sich und ich schaffe es tatsächlich, ihn

endlich anzusehen. Curt Diamond ist groß, grauhaarig und trägt eine eindrucksvolle Brille. Er strahlt Macht und Kompetenz aus, wirkt aber trotz allem menschlich. Beinahe freundlich. Im Gegensatz zu seiner Begleiterin, die aussieht, als hätte sie gerade eine heiße Zitrone getrunken. Ohne Zucker.

Curt Diamond reicht mir lächelnd die Hand, offenbar stört es ihn nicht, dass ich wie ein Vollidiot hier rumstehe.

«Schön, Sie kennenzulernen, Ms Sinclair. Ich habe schon viel von Ihnen gehört.»

Ich nicke nur und starre wieder die Frau an, die ihrerseits keine Anstalten macht, mich zu begrüßen. Stattdessen stolziert sie mit durchgestrecktem Rücken an mir vorbei. Sie ist kaum größer als ich, trotz ihrer hohen Absätze, kommt mir aber gerade vor wie eine Riesin.

«Das ist meine Tochter Liz.»

Curt Diamond sieht irritiert von mir zu der Blondine und wieder zurück, als verfolge er ein Tennismatch.

«Kommen Sie. Setzen Sie sich.»

Danke, Maggie, stöhne ich innerlich. Ich fühle mich wie eine Schlenkerpuppe, all meine Muskeln scheinen den Dienst quittiert zu haben. Trotzdem schaffe ich es irgendwie an meinen Tisch, wo ich mich erschöpft auf einen Stuhl fallen lasse.

Liz Diamond mustert mich aus zusammengekniffenen Augen. Ihre Brauen sind hell und so dünn gezupft, dass man sie erst auf den zweiten Blick erkennt. Und als sie eine Mappe mit vielen Papieren aus ihrer Prada-Handtasche zieht und mir ein süffisantes Lächeln zuwirft, weiß ich, dass es vorbei ist. Es hat keinen Sinn mehr, zu kämpfen. Was auch immer ihr Plan war – sie guckt wie ein Mädchen, das im Besitz der letzten Schokoladentafel der Welt ist. Mir wird schlecht.

Maggie bietet Tee und Kaffee an. Curt Diamond bittet höflich lächelnd um schwarzen Tee ohne Zucker, die Frau verlangt nur nach einem stillen Wasser. Mein Herz wummert heftig gegen die Rippen. Ich schaffe es einfach nicht, sie nicht anzustarren. Was hat das alles hier zu bedeuten? Warum ist sie mir in den Pub gefolgt? Und in Emmas Geschäft? Hat sie nach Gründen gesucht, um diese Investition zu verhindern?

«Nun, Ms Sinclair …» Sie spitzt die Lippen und macht eine kleine Kunstpause. Ich zwinge mich zu einem Lächeln, das vermutlich so natürlich gerät wie das einer Bauchrednerpuppe. «Sie haben ja bisher nur mit Mr Hawk zu tun gehabt, der leider das Unternehmen letzte Woche verlassen hat.»

Ich nicke stumm, ohne den Blick von ihr abzuwenden.

«Die Geschäftszahlen von Mila sind gar nicht so schlecht», wirft ihr Vater ein. Ich lächle ihn dankbar an. Meine Finger sind eisig. Unruhig spiele ich an einem Knopf meiner hellen Bluse herum, während ich gespannt zuhöre. «Allerdings fehlt uns ehrlich gesagt eine klare Zukunftsvision für Ihr Unternehmen, um uns für diesen Invest zu entscheiden.»

«Ich habe … Also, es gibt eine», unterbreche ich ihn und deute auf die 3D-Entwürfe vor mir. «Und ich möchte sie Ihnen gern vorstellen.»

«Nicht nötig.» Liz Diamond grinst mit schmalen Lippen. «Wir haben uns bereits in den USA umgesehen und festgestellt, dass ihr größter Konkurrent, Adam & Eve, ein paar vielversprechende Ideen für die Zukunft hat. Deshalb und wegen einiger … Ungereimtheiten in Ihrer Geschäftsführung müssen wir zum jetzigen Zeitpunkt von einer Investition in Mila leider absehen.»

«Okay.» Ich hauche das Wort dahin, während meine Gedanken im Kopf durcheinander purzeln. Ungereimtheiten in der Geschäftsführung? Meint sie mich damit? Die Sache mit Evan? Oder was … *Lieber Himmel, kämpf, Ally! Lass dich doch nicht so einfach unterkriegen!* Eine trotzige Stimme in meinem Kopf ruft mich in die Gegenwart zurück.

«Vielleicht darf ich Ihnen zeigen, was ich mir für die Zukunft überlegt habe? Zum Beispiel dieses Spielzeug für Paare. Es wird den Markt revolutionieren, denn bisher gab es nur Sexspielzeug für Männer oder für Frauen. Das hier jedoch …» Ich halte die gebogene Klammer hoch, die steif in meiner Hand liegt. «Dieses Toy kann beim Sex benutzt werden und funktioniert für beide Partner. Es stimuliert die Frau und gleichzeitig …»

«Ms Sinclair.» Curt Diamond unterbricht mich und nimmt die Brille ab. Er reibt sich über die Augen. «Ich will ganz ehrlich mit Ihnen sein. Natürlich ist mir bekannt, was zwischen Ihnen und Evan Hawk passiert ist. Und natürlich war dies ein Grund, warum meine Tochter und ich uns Ihr Unternehmen etwas genauer angesehen haben als üblich. Weder Sie noch Ihr Kompagnon waren in der Lage, Mila wirtschaftlich zum Erfolg zu führen. Statt Geld in Produktentwicklung und Marketing zu investieren, haben Sie sehr hohe Privatentnahmen getätigt, die zu Liquiditätsproblemen geführt haben. Das ist leider nicht gerade ein Zeichen von zuverlässiger Geschäftsführung.»

Hohe Privatentnahmen? Ich habe nun wirklich nicht … In meinem Kopf dreht sich wieder alles.

«Ich weiß nicht, wovon Sie –»

«Sehen Sie, Ms Sinclair. Als Investor verwalten wir das Geld anderer Leute, die an uns glauben. Bei einer Investition verlassen wir uns vor allem auch darauf, dass wir es mit seriösen Geschäftspartnern zu tun haben. Können Sie sich vorstellen was passiert, wenn wir Millionen investieren und ein Großteil des Geldes von der Geschäftsführung einfach verschwendet wird? Für teure Autos oder was auch immer?»

«Teure Autos?» Ich schnappe nach Luft. «Entschuldigen Sie, Mr Diamond, aber ich fahre einen sechs Jahre alten Mini, der ganz sicher nicht …»

«Nicht Sie.» Liz Diamond schüttelt sacht den Kopf. «Ihr Partner. Benedict Somerson.»

Mein Gesicht läuft heiß an. «Was wollen Sie damit sagen?»

«Offenbar haben Sie sich wirklich nicht um die Finanzen gekümmert.» Sie wirkt auf einmal fast freundlich. Ich bin irritiert. Was zum Geier ist hier eigentlich los? «Das hätten Sie besser tun sollen, denn dann wüssten Sie, dass Ihr Partner im letzten Jahr eine Menge Geld aus Mila gezogen hat. Sie selbst haben zwar tatsächlich immer nur ein fixes Gehalt bezogen, er dagegen hat unverhältnismäßig hohe Entnahmen getätigt. Sie sollten ihn verklagen, Ms Sinclair, damit Sie heil aus der Insolvenz rauskommen.»

Mir wird schwindelig. «Ich verstehe nicht ganz … Ben ist gar nicht mehr da, er hat Mila verlassen. Falls das …»

«Ich habe hier alles für Sie zusammengestellt», unterbricht sie mich. «Evan hat es herausgefunden und Ihren Partner zur Rede gestellt. Ich nehme an, diese Entdeckung hatte auch mit seiner spontanen Entscheidung, Mila zu verlassen, zu tun. Vielleicht hoffte er, dadurch einer Anzeige durch Sie zu entgehen als ihm klar wurde, dass es keine Investition in Mila geben wird.»

Ich schlucke hart. «Evan hat mir gar nichts davon gesagt», flüstere ich. In meinen Augen brennen Tränen, wie Essig. Ich blinzle sie hastig weg. Liz Diamond lächelt mich mitleidig an.

«Er wollte das vermutlich selbst mit Mr Somerson klären. Evan ist ein guter Mann, Ms Sinclair. Ich muss es wissen, schließlich bin ich mit ihm verheiratet.»

Verheiratet? Sie ist Evans Frau? Ich schnappe entsetzt nach Luft. Mein Herz fühlt sich an, als wäre es gerade in meiner Brust explodiert. Großer Gott, schlimmer kann es heute nicht mehr werden!

30

Evan

«Evan?»Erschrocken fahre ich hoch. Im Autoradio läuft ein alter Blues-Song, der mich an Ally erinnert. So wie mich im Moment alles an Ally erinnert, was kein Wunder ist. Schließlich sitze ich seit Stunden im Auto vor ihrem Haus und warte auf sie.

«Darf ich einsteigen?» Martha lächelt, die Haut um ihre Augen wirft viele kleine Fältchen.

«Klar, natürlich.» Lachend öffne ich von innen die Beifahrertür, und sie klettert etwas umständlich auf den Sitz. Dann zieht sie die Tür ordentlich hinter sich zu und reibt sich die Hände, als ob ihr kalt wäre.

«Warten Sie auf Ally?»

Ich nicke.

«Sie ist noch im Büro. Heute ist so ein wichtiges Meeting, hat sie mir erzählt. Es geht wohl um ihre Zukunft.» Martha mustert mich streng. «Und wenn ich Ally richtig verstanden habe, sind Sie nicht ganz unschuldig daran, dass die Sache nicht so läuft wie geplant.»

Ich werde selten rot, aber der strenge Blick der älteren Dame im feinen Kostüm lässt mich im Sitz förmlich zusammenschrumpfen.

«Martha, ich … Es tut mir leid. Glauben Sie mir, wenn ich geahnt hätte, was passiert, hätte ich mich zurückgehalten. Mehr als zurückgehalten. Aber Sie kennen Ally selbst …»

Ich zwinge mich zu einem Lächeln. «Es ist kaum möglich, ihr zu widerstehen. Meinen Sie nicht?»

Martha verzieht die Lippen zu einem breiten Grinsen, das sie beinahe jugendlich aussehen lässt. «Sie haben natürlich recht. Sie sind schließlich ein Mann. Männer unterschätzen Frauen gern, wenn es ums Geschäft geht. Dabei sind sie uns gegenüber absolut wehrlos und unbewaffnet.»

«Auch, wenn es am Anfang vielleicht nur ein Spiel für sie war … Mir ist es verdammt ernst geworden», gestehe ich.

«Dann hören Sie auf Ihr Herz, Evan. Das ist manchmal klüger als der Verstand. Was sagt es Ihnen, wenn Sie Ally ansehen? Wenn Sie sie küssen? Sie haben sie doch geküsst, will ich hoffen?»

Ich hebe langsam die Schultern. «Es sagt mir, dass ich ein Idiot war, mich unbewaffnet in so ein Gefecht zu stürzen.»

Martha lacht rau. Sie legt ihre faltige Hand auf meine und drückt meine Finger zwischen ihren. «Wissen Sie, ich war über vierzig Jahre mit meinem Mann verheiratet. Als er vor ein paar Jahren starb, wollte ich auch sterben. Es hat Jahre gedauert, bis ich mich davon erholt habe, und ich vermisse ihn noch heute. Wie ein amputiertes Bein. Er fehlt mir an jedem verfluchten Tag. Manchmal liege ich abends im Bett und stupse das Kissen hinter mir an, weil ich mir sicher bin, ihn schnarchen zu hören. Manchmal wache ich morgens auf und lächle, weil ich glaube, dass er hinter mir liegt und seinen Arm um meinen Bauch geschlungen hat. Aber da liegt er natürlich nicht. Trotzdem ist er immer noch bei mir, und ich erinnere mich an jede einzelne Minute unserer Ehe. Ich habe sein Aftershave aufbewahrt. Wenn ich daran rieche, ist es für ein paar Sekunden so, als ob er direkt hinter mir stünde. Ich höre ihn dann fragen: *Martha, wann fängst du endlich damit an, das Geschirr abzutrocknen?*»

Sie kichert. Ihre Hand liegt noch immer fest um meine.

«Ich habe nämlich nie das Geschirr abgetrocknet. Ich habe es immer nur abgewaschen und im Korb trocknen lassen, was natürlich hässliche Wasserflecke gab. James konnte das nie leiden. Erst seit er tot ist, trockne ich alles ab. Sehr sorgfältig. Und bei jedem einzelnen Glas denke ich daran, wie er mich dabei angesehen hätte.»

Mein Magen krampft. Marthas Wangen sind rot geworden, ihre Augen glänzen. Wenn es wirklich so was wie die wahre Liebe gibt, dann hat diese Frau sie erlebt. Vierzig Jahre lang. Der Gedanke jagt mir eine Gänsehaut über den Rücken.

«Und wissen Sie, wie wir uns kennengelernt haben?» Sie zwinkert mir zu. «Auf einer Weihnachtsfeier. In der Bank, in der wir beide gearbeitet haben. Ich war Sekretärin, er hatte gerade als Investmentbanker angefangen. Wir sahen uns, wechselten ein paar Worte bei drei Gläsern Pimm's, und eine halbe Stunde später vergnügten wir uns in der Garderobe miteinander wie Teenager, die keine Ahnung haben, was sie da gerade tun. Es war schön. Sehr schön sogar.» Sie lacht verschmitzt. «Ich wurde sofort schwanger, und wir heirateten. Es war Liebe auf den ersten Blick, das war mir damals klar. Ihm nicht so rasch, aber er war ein Ehrenmann. Manchmal braucht man einfach nicht lange, um zu wissen, wer einen glücklich macht. Manchmal genügt ein einziges Lächeln, ein Augenzwinkern, ein Grübchen in der Wange oder ein Paar strahlend grüner Augen, um zu wissen, dass man angekommen ist. Und okay, ein paar Gläser Pimm's helfen vielleicht bei der Entscheidung.»

Wir lachen gemeinsam.

«Ich wusste nicht, dass Sie Kinder haben», sage ich.

Ihr Gesicht trübt sich. «Ich habe keine. Ich hatte eine Fehlgeburt im sechsten Monat. Und fünf weitere Fehlgeburten im Laufe der Jahre. Es war uns leider nicht vergönnt, aber James stand zu mir und es wäre ihm nie eingefallen, mich deshalb zu verlassen. Er sagte immer: *Es genügt doch, dass wir uns haben. Ich brauche dich mehr als ein Kind.*»

«Das tut mir leid.» Sie wäre eine großartige Mutter gewesen, da bin ich mir sicher.

Martha streicht noch einmal über meine Hand. «Ich mag Sie, Evan. Und ich glaube, dass Sie Ally gut tun. So wie sie Ihnen gut tut. Ich wünsche mir, dass Sie klug genug sind für sie. Und da ich mich selten täusche, sind Sie das wohl.»

Bevor ich etwas antworten kann, erregt eine huschende Bewegung im Rückspiegel meine Aufmerksamkeit. Alarmiert setze ich mich auf und versuche zu erkennen, ob es Ally ist, die nach Hause kommt. Ihr Mini parkt drei Autos hinter mir, offenbar ist sie heute mit der U-Bahn ins Büro gefahren.

«Was ist?» Martha flüstert und duckt sich verschwörerisch. «Ist sie da?»

«Ich weiß nicht», flüstere ich zurück und richte den Spiegel, um besser sehen zu können. Aber ich entdecke niemanden. Da war doch gerade noch jemand? Eine halbe Minute später taucht eine junge Frau auf. Sie sieht sich vorsichtig auf der Straße um, dann bückt sie sich wieder. Entschlossen steige ich aus. Martha beobachtet mich mit weit aufgerissenen Augen. Ich nehme mir nicht mal die Zeit, die Autotür zuzuschlagen. Mit fünf großen Schritten bin ich bei Allys Auto angekommen und erwische die brünette Frau, die ich noch nie im Leben gesehen habe, wie sie sich gerade mit einem Schraubenschlüssel an den Radmuttern des linken Vorderrads zu schaffen macht.

«Was zum Teufel tun Sie da?», frage ich scharf und bleibe so dicht vor ihr stehen, dass sie zwischen mir und dem kleinen Wagen eingeklemmt ist. Erschrocken sieht sie zu mir hoch und blinzelt. Ihr Gesicht ist blass und sehr schmal, die braunen Augen riesig. «Wer sind Sie überhaupt?»

Nach dem ersten Schrecken hat sie ihre Fassung zurückgewonnen und richtet sich langsam auf. Ihre Augen funkeln vor Ärger.

«Haben Sie da gerade ernsthaft die Radmuttern manipuliert?» Mein Puls rast vor Wut.

Sie schiebt trotzig die Unterlippe vor. «Was geht Sie das an?», fragt sie zickig.

«Es geht mich eine verdammte Menge an», knurre ich. Instinktiv greife ich nach ihrem Oberarm, um sie festzuhalten. Genau im richtigen Moment, denn mit einer hektischen Bewegung wollte sie unter meinem ausgestreckten Arm durchschlüpfen und weglaufen.

«Sie bleiben schön hier und warten, bis die Besitzerin zurückgekommen ist», herrsche ich sie an. «Los, da ins Auto.» Mit festem Griff ziehe ich sie über die Straße zu meinem Wagen. Sie ist teuer gekleidet, ihr Haar gepflegt und ordentlich frisiert. Kein jugendlicher Punk, der sich am Besitz anderer vergreifen will. Was zum Teufel treibt sie hier?

«Vorsicht, Evan!»

Martha beugt sich aus der Beifahrertür und gestikuliert wild in unsere Richtung. Ich spüre einen Luftzug dicht an meinem Ohr, wirble herum und halte das zierliche Handgelenk in der Luft fest. Der Schraubenschlüssel fällt klirrend zu Boden, bevor er meinen Hinterkopf treffen konnte.

«Ich rufe die Polizei!»

Martha umklammert den Türgriff wie einen Rettungsanker. Sie ist kreidebleich und sogar von hier aus kann ich sehen, wie sie zittert. Verdammt.

«Ganz ruhig, Martha. Ich hab alles im Griff. Aber verlassen Sie bitte den Wagen. Schnell!»

Es bricht mir fast das Herz, dass ich diese liebenswerte, ältere Dame allein aussteigen lassen muss, aber ich kann die kleine Ziege neben mir unmöglich frei herumlaufen lassen. Gott weiß, was sie als nächstes anstellt. Offenbar ist sie geistig verwirrt oder so was. Als Martha in sicherer Entfernung vor ihrem Haus steht, stoße ich die Verrückte auf den Rücksitz, schlage die Türen zu und betätige die Zentralverriegelung des Autos. Sie klopft mit beiden Händen gegen die Fensterscheibe und fummelt hektisch am Türgriff, doch der Wagen ist so sicher wie ein Panzer. Spezialverriegelung. Ausnahmsweise macht sich Curts Verfolgungswahn bezahlt.

Vorsichtig lege ich meinen Arm um Martha und drücke sie sanft an mich. Sie zittert wie ein neugeborenes Kätzchen.

«Lieber Gott, wer ist das?», flüstert sie atemlos. Sie lässt die Frau in meinem Audi nicht aus den Augen.

«Ich habe keine Ahnung. Aber ich werde sie definitiv nicht rauslassen, bevor Ally hier eingetroffen ist und uns das erklären kann.»

31

Ally

«Das war‘s also.» Traurig hebe ich die Arme. Emma lässt die Mundwinkel hängen. «Das ist doch einfach total scheiße», mault sie. «Ich kann mir mein Geschäft ohne Mila gar nicht vorstellen.»

«Du hast genug anderes Zeug zum Verkaufen», versuche ich, sie zu trösten. «Und dann kommt demnächst wahrscheinlich ganz viel Neues von Adam & Eve, dank einer großzügigen Finanzspritze von der Diamond Group.»

Emma schnaubt. «Die kannst du vergessen. Das ist billiger Kram, so was verkaufe ich hier nicht.»

Ich bin wie betäubt, seit ich das leere Büro verlassen habe. Weil es nun endgültig zu Ende ist mit Mila, mit meinem Traum. Weil Evan *verheiratet* ist – mit dieser Ziege! Weil ich ihn vermisse. Weil ich mich verlassen fühle, obwohl Emma natürlich zu mir hält und mich unterstützt und Sam schon auf dem Weg hierher ist. Ich mag auch gar nicht nach Hause gehen, in die Wohnung, die mir in ein paar Monaten wahrscheinlich nicht mehr gehören wird. Der Gedanke, dass ich das Erbe von Tante Lucy an die Bank abdrücken muss, verursacht mir Übelkeit. Ich hatte viel zu verlieren, und jetzt habe ich alles verloren.

«Du könntest vorübergehend bei mir anfangen», schlägt Emma vor und schlingt die Finger um eine Tasse mit heißer Schokolade.

Sie hat die Kalorienbomben besorgt, mit ganz viel Sahne und Schokosauce. Mein Becher ist schon fast leer.

«Ich kann dir zwar keinen großartigen Lohn bezahlen, wie du weißt, aber vielleicht könnte Sam …»

«Nein, auf keinen Fall! Ich werde wohl demnächst erst mal meine Einzelteile wieder einsammeln und mir dann irgendwo einen Job suchen.» Natürlich wartet die Welt nur auf frustrierte, unkreative Produktdesignerinnen …

«Hey! Was ist passiert, du Unglücksrabe? Hast du etwa den Termin verpennt?»

Sam reißt die Tür so heftig auf, dass das Windspiel darüber laut scheppert.

«Quatsch, nein! Aber das Geschäft ist leider trotzdem geplatzt.» In kurzen Worten berichte ich Sam von dem Meeting mit Curt und Liz Diamond.

«Das hätte ich Ben niemals zugetraut.» Emma schüttelt den Kopf. «Wie konnte er dir das antun?»

«Und wieso hast du nichts davon bemerkt? Was hat er denn mit dem ganzen Geld gemacht? Die teure Wohnung bezahlt? Autos gekauft? Er hat auf mich nie den Eindruck gemacht, über seine Verhältnisse zu leben.» Sam runzelt die Stirn.

«Keine Ahnung, ehrlich gesagt. Die Wohnung ist hoch belastet, jedenfalls hat er das behauptet. Ich hab versucht, ihn ans Handy zu kriegen, aber das ist abgeschaltet.» Um meinen Magen hat sich ein fester Ring geschnürt, der mir das Atmen erschwert. Wie kann man sich so in jemandem täuschen, den man jahrelang als Freund und Geschäftspartner gesehen hat? Liegt es an mir? Habe ich mich wirklich zu wenig um das Geschäft gekümmert, weil mir meine eigenen Sorgen wichtiger waren?

«Und dann hat mir auch noch Liz Diamond erklärt, dass sie mit Evan verheiratet ist», beende ich die Erzählung. Mir ist klar, dass meine Freundinnen genau wissen, was diese Information mit mir angerichtet hat.

Emma schlägt mit einem leisen Stöhnen die Hände vors Gesicht.

«Er ist verheiratet und hat es dir nicht gesagt?», fragt Sam. «Das ist allerdings …»

Ich zucke lässig die Achseln, als wäre es mir egal. Dabei ist es alles andere als das. Es ist ein schreckliches Déjà-vu. Offenbar bin ich verflucht und nur auf dieser Welt, um verheirateten Männern als heiße Affäre zu dienen.

«Das ist echt ein starkes Stück!»

Sam schnappt sich Emmas Tasse und nippt daran. Irritiert betrachte ich ihren Schnurrbart aus Sahne. Normalerweise macht sie um so was einen großen Bogen, wegen der Kalorien und der Auswirkungen von Zucker auf ihre Haut, die sie hütet wie einen kostbaren Schatz.

«Ich bin so froh, dass ich euch habe», sage ich rührselig. «Sonst würde ich mich wahrscheinlich von der Tower Bridge stürzen.»

Aus Emmas Radio erklingt jetzt ausgerechnet *Hometown Glory* von Adele, bei dem ich sowieso immer heulen muss. London ist meine Heimat. Ich kann mir überhaupt nicht vorstellen, diese Stadt jemals zu verlassen. Schon der Gedanke lähmt mich vor Panik. Ich war in Paris, in Berlin, in Moskau, in Peking, in Prag, in Kopenhagen, in Wien, in Barcelona … Aber kein Ort, den ich bisher besucht habe, konnte mit meiner Heimatstadt mithalten. Allerdings ist die Chance, hier einen der heiß begehrten Jobs als Designerin zu bekommen, genauso groß wie die Chance, dass ich eines Tages Anspruch auf die britische Krone erheben kann. Gott, mir wird schon wieder schlecht.

«Du schaffst das, Ally. *Wir* schaffen das. Du weißt, dass du dich auf uns verlassen kannst, ja? Und falls du kurzfristig aus deiner Wohnung raus musst, kannst du jederzeit erstmal bei mir einziehen.»

Sam streicht mir über den Kopf und ignoriert Emmas Stoß mit dem Ellbogen.

«Sei doch nicht so unsensibel, Sam!», zischt sie, aber Sam zuckt nur lässig die Achseln.

«Wieso? Ist doch wahr. Die Banken fackeln heutzutage nicht lange. Ich hab immerhin ein Gästezimmer, und ich weiß, dass es Ally nicht stört, wenn gelegentlich komische Geräusche aus dem Schlafzimmer kommen.»

«Definiere gelegentlich.» Emma rümpft ihre winzige Nase. «In deinem Schlafzimmer ist mehr Verkehr als in Paddington am Bahnhof.»

Sam grinst. Das Gute an ihr ist, dass sie einfach nie beleidigt ist, egal, was man ihr sagt. Leider erwartet sie das auch von anderen, wenn sie mal wieder unverschämt ehrlich ist.

«Willst du mit zu mir kommen? Bei dir wartet ja eh niemand auf dich.» Sam zupft mich am Ärmel. «Wir können uns aufs Sofa lümmeln, einen kitschigen Film gucken, Champagner trinken und diese sauren Chips essen, die du so magst.»

Ich muss lachen, obwohl mir wirklich nicht danach zumute ist. «Du würdest mir zuliebe Chips essen?», frage ich skeptisch, und Sam nickt so heftig, dass ihre Korkenzieherlocken wippen.

«Sogar einen Liter Schokoladeneis. Wenn ich dich damit aufheitern könnte.»

Emma kichert. «Mich würde es aufheitern.»

Sam wirft ihr nur einen Blick zu.

«Danke, ihr seid so lieb. Aber ich komme schon klar. Es war nur ziemlich viel auf einmal in den letzten Tagen. Es fühlt sich an, als hätte mich jemand mit einem Schleudersitz in ein anderes Universum katapultiert, und ich muss mich erst irgendwie orientieren.»

«Übrigens war vorhin ein Kunde da, der nach einem Dildo in Form seines eigenen Schwanzes gefragt hat.» Emmas Gehirn ähnelt manchmal einem Pinball-Spiel. Ihre Gedanken fliegen wie die Spielkugeln ständig in Richtungen, die kein

Mensch vorhersehen kann. «Ich dachte, das wäre vielleicht eine Idee für dich?»

«Was, ich soll Schwänze abformen?» Ich reiße entsetzt Augen und Mund auf.

Sam lacht ihr heiseres Lachen. «Das wäre eher ein Job für mich, bei aller Wertschätzung. Geht das überhaupt?»

«Schwierig», meint Emma. «Ich hab so Silikonmasse, aber die braucht ungefähr zwanzig Minuten, bis sie hart geworden ist. Und der Mann müsste die ganze Zeit über seine Erektion halten, ohne sich anzufassen.»

«Kein Problem.» Sam zuckt die Achseln. «Man braucht nur genug visuelle Reize, dann klappt das.»

«Ich war mit Evan in so einem Shop mit 3D-Druckern», fällt mir ein. «Der Scan hat nur eine Sekunde gedauert. Das wäre natürlich die einfachste Lösung. Aus dem Plastik könnte man eine Form für flüssiges Silikon machen und daraus persönliche Dildos fertigen. Sogar mit Vibration, wenn das gewünscht wird.»

«Das klingt super!» Emma ist gleich Feuer und Flamme. «Ich wette, dafür gibt es einen Markt. Du glaubst nicht, wie eifersüchtig die meisten Männer auf Sextoys sind.»

Sam ist irritiert. «Wieso sollten Männer eifersüchtig auf Sextoys sein? Das ist doch Quatsch.»

«Sie haben Angst, nicht mithalten zu können und ihre Frau an einen Vibrator zu verlieren. Und ganz ehrlich, bei einigen kann ich das sogar verstehen.»

«Dein Handy zeigt übrigens fünfzehn neue Nachrichten an.» Emma deutet auf den Tisch, wo ich das Telefon vorhin abgelegt habe. Ich ziehe die Stirn kraus und nehme es hoch.

Mein Herz flattert gegen die Rippen wie ein eingesperrter Vogel, als ich seinen Namen lese. Evan. Evan. Evan. Evan. Mehrere entgangene Anrufe von ihm. Ich hatte das Handy im Büro auf lautlos gestellt und vergessen, den Ton wieder einzuschalten. Die fünfzehnte Nachricht ist von Martha, was mich stutzen lässt. Martha? Seit wann schickt Martha mir Kurznachrichten? Das hat sie noch nie getan. Sie überwindet sich höchstens mal zu einem Telefonat, obwohl sie sogar das nicht besonders mag. Ist zu Hause etwas passiert? Mein Herz klopft plötzlich schneller.

Ally, bitte komm nach Hause. So schnell du kannst!

Ach du liebe Güte! Ich springe panisch auf und stopfe das Handy in die Handtasche. «Ich muss los. Offenbar ist was mit Martha!»Emma ist genauso beunruhigt wie ich. Sie hat so oft Backrezepte mit Martha getauscht, dass sie meine Nachbarin fast so gut kennt wie ich. «Soll ich dich bringen? Mein Wagen steht in der St Martin‘s Lane, aber ich …»

«Ich nehme ein Taxi. Danke.»

Ohne weitere Verabschiedung stürme ich aus Emmas kleinem Laden, laufe durch den Covent Garden, ohne Augen für den Gitarristen und die Artisten zu haben, die sich am Eingang tummeln, und haste auf die Shaftesbury Avenue, um mir ein Taxi ranzuwinken. Mein Herz pumpt heftig. Hoffentlich ist Martha nichts zugestoßen!

32

Evan

Martha beugt sich vor und starrt ungeniert neugierig durch die Fensterscheibe meines Autos, als würde sie ein noch unbekanntes Tier im Labor beobachten. Ich habe Ally die wahrscheinlich hundertste Kurznachricht heute geschickt, aber sie meldet sich einfach nicht. Gottverdammt, wo steckt sie denn? Das Meeting ist seit Stunden vorbei, und ich weiß nicht, ob ich die Verrückte noch länger in meinem Wagen eingesperrt lassen kann. Inzwischen hat sie nämlich die Hupe entdeckt und veranstaltet ein enervierendes Konzert damit. Die ersten Nachbarn haben sich schon beschwert.«Ich bringe sie zur Polizei», erkläre ich, nachdem auch die SMS, die ich von Marthas Handy gesendet habe, unbeantwortet bleibt. «Martha, wenn Ally nach Hause kommt, sagen Sie ihr bitte, dass sie mich anrufen soll. Dringend. Unbedingt. Ich muss mit ihr reden.» Ich fahre mir mit beiden Händen durch die Haare. Das Hupkonzert geht weiter.

«Das mache ich. Natürlich. Aber wollen Sie nicht erst mal bei mir was essen oder zumindest trinken? Sie haben Stunden hier im Auto gesessen, ich habe Sie beobachtet. Sie müssen ja kurz vor dem Verdursten sein.»

«Ich hatte eine Flasche Wasser dabei», antworte ich fahrig und drücke auf die Wahlwiederholung. Wieder erwische ich nur die Mailbox.

«Und ich habe Tee vorbereitet. Es ist zwar schon fast zu spät dafür, aber …»

Martha lächelt. Sie wirkt seltsam verjüngt, als wäre die Aufregung um die Verrückte eine Art Jungbrunnen für sie. Im früheren Leben war sie vermutlich Miss Marple.

«Das ist wirklich reizend, aber ich kann nicht …»

Wieder ohrenbetäubendes Hupen. Ich schlage mit der flachen Hand gegen die Fensterscheibe und werfe einen drohenden Blick in den Wagen. Braune Augen blitzen mich an, dann streckt sich mir ein schlanker Mittelfinger entgegen.

«Trauen Sie sich da rein?» Martha legt den Kopf schief und stemmt die Hände in die Hüften. «Die bringt Sie vielleicht um, wenn Sie in den Wagen steigen. Am besten wir rufen die Polizei, sollen die sich darum kümmern.»

«Ja, Sie haben vermutlich recht.» Seufzend zücke ich mein Telefon, um den Notruf zu wählen. «Ich hätte zwar lieber erst Ally gefragt, ob sie diese Person kennt, aber da sie sich nicht meldet …»

Martha nimmt mir das Handy aus der Hand und nickt mir zu. «Kümmern Sie sich um das Mädchen. Ich kümmere mich um die Polizei. Der ehemalige South Area Commander ist ein alter Freund von James.»

Staunend lasse ich zu, dass Martha sich an meinem Handy vergreift und aus dem Kopf eine Nummer wählt. Dann spaziert sie einige Schritte die Straße runter und fängt an, angeregt mit jemandem zu plaudern. Ich wische meine Hände an der Jeans ab und betrachte die junge Frau, die in meinem Auto eingesperrt ist. Was zum Teufel hat sie an Allys Mini zu schaffen gehabt? Habe ich Liz Unrecht getan? Ich war mir sicher, dass sie Allys Scheibe zertrümmert hat und auch für die anderen üblen Sachen verantwortlich war. Aber offenbar gibt es eine kleine Irre, die hinter Ally her ist.

Als mir jemand von hinten auf die Schulter tippt, fahre ich herum und schaue in zwei strahlend blaue Augen, die meinen Puls sofort auf Trab bringen.

«Ally! Endlich! Wir warten seit Stunden auf dich, warum hast du dich nicht gemeldet?»

Ich möchte sie umarmen. An mich ziehen. Küssen. Ihren Duft einatmen. Die getrockneten Tränenspuren auf ihren Wangen wegküssen. Die dunklen Augenringe zärtlich streicheln. Doch ihre Augen funkeln mich wütend an. Sie hat die Hände in die zierliche Taille gestemmt.

«Mit dir habe ich hier am allerwenigsten gerechnet, du Riesenarschloch!»

33

Ally

Du liebe Zeit! Was macht er denn hier? Warum winkt Martha mir fröhlich, während sie mitten auf der Straße in ein Handy spricht? Sie hält telefonieren in der Öffentlichkeit doch für obszön! Bin ich über Nacht verrückt geworden? Oder alle anderen?«Ally, da ist eine Frau …», setzt Evan an, aber ich unterbreche ihn. Er sieht besorgt aus, unruhig. Und wunderschön.

«Oh ja. Sie heißt Liz Diamond und du bist mit ihr *verheiratet*!», spucke ich ihm entgegen.

Er zuckt zusammen, fährt sich mit der Hand durchs Gesicht und schüttelt den Kopf. «Nein. Ja. Ich meine, es tut mir leid, ich hätte dir von ihr erzählen müssen, aber das ist jetzt nicht wichtig. Da ist eine junge …»

«Es ist nicht *wichtig*? Was bin ich für dich, Evan? Ich bin fast tot umgefallen, als sie heute bei mir im Büro auftauchte und mir süffisant mitteilte, dass sie mit dir verheiratet ist. Verheiratet! Ausgerechnet!»

Ich verschränke die Arme vor der Brust, als hinter ihm ein lautes Hupen ertönt. Ein sehr lang gezogenes Hupen. Gleichzeitig eilt Martha von der Straßenecke auf uns zu, schneller als ihr Alter es eigentlich zulassen sollte. Verwirrt schaue ich auf Evans Audi, wo eine Frau mit brünetten Haaren über dem Steuer hängt und die Hupe betätigt.

«Ernsthaft? Was ist hier los?»

Ich reiße die Augen auf. Evan seufzt laut, bevor er mit der Faust kurz gegen die Scheibe schlägt. Die Hupe verstummt, dafür reißt ein Nachbar sein Fenster auf und brüllt Beschimpfungen zu uns runter. Martha kichert neben mir. Ich bin völlig durcheinander und frage mich, wo zum Teufel ich gelandet bin.

«Bleib ganz ruhig, Liebes. Die junge Frau hat sich an deinen Radmuttern zu schaffen gemacht, und Evan hat sie auf frischer Tat dabei ertappt.»

«Wie bitte?» Unsicher lasse ich meinen Blick von Martha zu Evan gleiten. «Martha hat die Polizei benachrichtigt. Aber ich hätte vorher gern gewusst, ob du die Dame hier kennst?»

Mit klopfendem Herzen beuge ich mich vor, um durch die dunkle Scheibe schauen zu können. Als ich das braune Haar, die braunen Augen und das fein geschnittene, hübsche Gesicht erkenne, rutscht mir das Herz in die Kniekehlen.

«Katie!», rufe ich und zerre am Türgriff, allerdings ohne Erfolg. «Lass sie sofort raus, das ist Katie!»

Wütend werfe ich Evan einen Blick zu. An meinen Radmuttern zu schaffen gemacht? Was für ein Blödsinn! Warum sollte sie das tun?

Evan zieht eine Braue hoch und rührt sich nicht. «Wir warten besser auf die Polizei», sagt er. «Sie ist nicht ganz …» Er macht eine Kreisbewegung mit dem Zeigefinger unmittelbar vor seiner Stirn, und ich schnaube empört.

«Ich glaube, *du* bist derjenige, der nicht ganz dicht ist», fauche ich. «Das ist Katie, Bens Freundin. Also lass sie gefälligst aussteigen!»

Katie schreit, gestikuliert wild mit den Händen, aber ich verstehe kein Wort. Herr im Himmel, ist das ein Auto oder ein Panzer? Wieder rüttle ich an der Tür, bis Evan sich endlich erbarmt und die Fernbedienung betätigt. Katie fällt fast auf den Gehweg, als die Tür urplötzlich aufspringt. Ich halte sie fest und helfe ihr hoch. Sie ist nass geschwitzt und kreidebleich.

«Katie! Was zur Hölle ist hier los?»

«Sie wollte dich umbringen, Ally», raunt Evan hinter mir. Ein eisiger Schauer rieselt mir über den Rücken. Er ist eindeutig durchgedreht. Und ich hasse ihn. Hasse ihn. Hasse ihn. Blöder Evan. Blöde graue Augen. Blöder Dreitagebart. Blöde Hände. Blöde verdammte Grübchen.

«Blödsinn», knurre ich, während ich die schluchzende Katie in meinen Armen halte und ihr Gesicht gegen meine Schulter drücke. Sie zittert wie ein Hundewelpe. Und ich fühle mich, als hätte ich die Hauptrolle in einem Theaterstück, dessen Skript ich noch nie gelesen habe. «Katie?» Vorsichtig löse ich mich von ihr, bis ich in ihr gerötetes Gesicht sehen kann. Ihre Augen flackern, als sie mich ansieht. «Was zum Teufel hat das zu bedeuten?»

«Ich wollte … Ben hat … Ich wollte dich nur erschrecken, damit das mit der Investition nicht …»

Sie wischt mit dem Handrücken über ihre Augen und beißt sich auf die bebende Unterlippe. Mein Herz verkrampft sich. Ich schnappe nach Luft.

«Wovon redest du, Katie?»

Evan und Martha ziehen sich ein Stück zurück, wofür ich sehr dankbar bin. Offenbar hat auch Evan inzwischen gemerkt, dass von Katie keine Gefahr ausgeht. Vielleicht ist sie ein bisschen zu temperamentvoll, aber warum um alles in der Welt sollte sie mich *umbringen* wollen? Das ist einfach lächerlich! Ich setze mich auf den Bordstein und ziehe sie mit mir runter. Dann frage ich behutsam nach.

«Katie, wenn du mir etwas sagen musst …»

«Ben hat … Er hat Mist gebaut.» Sie schnieft leise. «Er ist spielsüchtig, weißt du das?»

Mein Gesicht flammt auf. Schockiert sehe ich sie an, bringe aber kein Wort heraus. Ich kann nur fassungslos den Kopf schütteln.

«Er ist in jeder freien Minute im Casino und zockt. Er hat Geld aus Mila gezogen, und er hat fast alles verspielt. Weil er ständig verliert. Er hat es immer wieder versucht. Er dachte, wenn er mal gewinnt, kann er die Verluste ausgleichen und niemand würde etwas bemerken. Und dann wart ihr so kurz vor der Pleite und ich war froh darüber.»

«Froh darüber?» Mein Herz schlägt mir bis zum Hals.

«Ja, ich war froh!» Katie sieht mich trotzig an. Ihre Augen schwimmen. «Weil ich dachte, wenn er einen ganz normalen Job findet und nicht mehr auf Geschäftsgelder zugreifen kann, hört er mit der Zockerei auf.»

Mein Nacken schmerzt schon vom vielen Kopfschütteln. Ich kann nicht glauben, was ich da höre. War ich eigentlich blind in den letzten Jahren?

«Dann hat er mir erzählt, dass ihr einen Investor gefunden habt. Und dass du vorhast, mit ihm ins Bett zu gehen, um das nötige Geld zu kriegen. Er war auf einmal wieder total euphorisch und glaubte, dass alles immer so weitergehen könnte. Aber ich bekam Panik und dachte, alles würde rauskommen ...»

«Es ist auch alles rausgekommen, Katie. Fast alles zumindest. Aber warum hast du mich ...?»

«Ich bin einfach durchgedreht.»

Katie flüstert nur noch. Ich muss mich zu ihr vorbeugen, um sie zu verstehen. Vorsichtig ziehe ich mein Handy aus der Handtasche und versuche, Ben so diskret wie möglich eine SMS zu schicken. Er muss herkommen und sich um Katie kümmern.

«Ich dachte, wenn ich verhindern kann, dass du mit ihm ins Bett gehst ... dann würde die Investition platzen, Mila wäre bankrott und alles könnte wieder gut werden. Ben würde sich einen ganz normalen Job suchen, und wir hätten endlich heiraten können.»

«Wieso hast du nicht einfach mit mir darüber geredet?», frage ich wütend. Ich greife um ihre Schultern und drehe sie zu mir, sodass sie mich ansehen muss. Gott, ich bin so sauer! Ich möchte sie schütteln, anschreien ... Aber der Schock sitzt zu tief. Endlich hebt sie den Kopf und sieht mich an. Sie schluckt sichtbar. Ihre Augen schwimmen in Tränen, und ihr Anblick zerreißt mir das Herz. Sie muss ihn wirklich sehr lieben, wenn sie sich zu so was hinreißen lässt. Und er ist so ein entsetzlicher Mensch! Ich hab keine Ahnung, was ich ihm antun soll, wenn er mir unter die Augen kommt. Vor Wut würde ich ihn am liebsten umbringen. Ich zittere am ganzen Körper.

«Ich wollte nicht … Ich konnte es nicht, Ally. Ich wollte Ben nicht bloßstellen. Und ich hatte Angst, dass du ihn anzeigen würdest für den Betrug.»

Sie beißt sich wieder auf die Lippe, die sich weiß färbt. Ich will wütend auf sie sein, weil sie mir Angst gemacht hat, statt einfach mit mir zu reden. Ich will sie anschreien und beschimpfen. Aber sie tut mir auch schrecklich leid. Sie war verzweifelt und wusste sich offenbar nicht zu helfen.

«Ich wollte dich aber ganz sicher nicht *umbringen*», flüstert sie und greift nach meiner Hand. Ich ziehe sie weg. «Ich wollte dir nur Angst machen und verhindern, dass du mit diesem Investor …»

«Wir hätten Ben zusammen vielleicht helfen können. So hast du alles nur schlimmer gemacht», sage ich und stehe auf.

Als der Polizist, den Martha bestellt hat, eintrifft, schicke ich ihn weg. Immerhin ist von Katie keine Gefahr zu erwarten. Ben kommt nur fünf Minuten später. Er sieht aus wie ein Gespenst. Ich werfe ihm einen enttäuschten Blick zu, aber ich rede nicht mit ihm. Was auch immer in ihm vorgeht – er hat mich belogen und unser Unternehmen ruiniert. Ich sollte ihn anzeigen wegen des Betrugs, schließlich stehe ich jetzt seinetwegen vor dem Nichts. Aber darüber muss ich noch nachdenken. Es ist nicht meine Art, Rache zu üben. Ich bin verdammt schlecht darin. Auge um Auge – irgendwann wäre die ganze Welt blind, wenn jeder das Konzept verfolgte. Mir wäre lieber, er würde wieder auf den richtigen Weg kommen, weil ich weiß, dass er im Grunde kein schlechter Mensch ist. Ich kann ihm dabei allerdings nicht mehr helfen.

«Ich lasse euch zwei besser allein.» Martha legt mir vorsichtig die Hand auf die Schulter, während ich Katie und Ben nachblicke, die gerade gemeinsam zu Bens Auto gehen. «Ich glaube, ihr habt einiges zu bereden.»

Als ich mich umdrehe und in Evans Augen schaue, rieseln warme Schauer durch meinen Körper. Fast hatte ich vergessen, dass er auch hier ist.

«Möchtest du mit reinkommen?», frage ich und zeige auf meine Wohnung. «Zum … Reden?»

Evan schüttelt den Kopf. «Es tut mir leid, Ally. Alles. Es tut mir leid, dass ich die Sache mit der Finanzierung in den Sand gesetzt habe. Du hättest es mehr als verdient, das weißt du. Es tut mir leid, dass ich dir nicht gleich gesagt habe, was mit deinem Kompagnon los ist, nachdem ich es herausgefunden habe. Dass ich dir nicht erzählt habe, dass ich noch mit Liz verheiratet bin. Ich habe so viele Fehler gemacht, Ally … Ich weiß nicht, wie ich sie je wieder gutmachen könnte. Aber das muss ich wohl auch nicht. Katie hat schließlich vorhin noch mal deutlich gemacht, worum es dir die ganze Zeit ging. Und da ich dir nicht mehr helfen kann, nehme ich an, dass sich dein Interesse an mir auch erledigt hat. Ich wollte dir nur sagen, dass ich fast alles bereue. Aber nicht, dich geliebt zu haben. Es war all den Ärger wert. Auch wenn ich den Preis dafür am Ende leider nicht bezahlen konnte.»

Mein Herz bleibt beinahe stehen. Ich reiße entsetzt die Augen auf. «Evan! Du glaubst doch nicht wirklich immer noch, dass ich nur wegen der Investition mit dir geschlafen habe? Dass du mir nichts bedeutet hast? Weißt du, was heute das schlimmste Erlebnis für mich war? Der Moment, als Liz mir sagte, dass sie deine Frau ist. Ich habe gespürt, wie etwas in mir zerbrochen ist, in genau dieser Sekunde. Es war ein Schock! Es fühlte sich so viel schlimmer an als zu hören, dass Ben mich jahrelang betrogen hat. Es war schlimmer als die Erkenntnis, dass Mila Geschichte ist und ich meinen Traum vom eigenen Unternehmen begraben muss. Schlimmer als zu erfahren, dass Bens Freundin mich gestalkt hat, um mich von dir fernzuhalten und Mila zu ruinieren.»

Ich schlucke und suche seinen Blick. Er antwortet nicht, aber ich sehe, wie seine Kiefermuskeln zucken.

«Vielleicht war es am Anfang ein Spiel. Vielleicht hatte ich geglaubt, dich einwickeln zu können. Aber ich habe mich dabei selbst viel mehr verletzt als dich.»

Er macht einen großen Schritt auf mich zu. Meine Knie verwandeln sich in Pudding, als er die Arme um mich schlingt und mich an sich zieht. Mein Herz pocht heftig. Ich atme tief durch die Nase ein, rieche den vertrauten Duft. Sehe in seine wunderschönen, grauen Augen, die plötzlich aus so vielen Farben zu bestehen scheinen. Sie sind nicht einfach grau. Sie sind der Himmel, kurz bevor die Sonne durchbricht. Sie sind ein See in der Dämmerung, wenn sich die untergehende Sonne darin spiegelt. Sie sind ein Stein, der in der Sonne glitzert.

«Ally …», flüstert er, sein Atem flattert heiß gegen meine Wange und lässt mich erschauern. «Ich schwöre, Liz und ich sind schon seit zwei Jahren getrennt. Ich kann es dir beweisen. Sie hat mich betrogen. Nicht nur einmal, aber ich habe ihr immer wieder verziehen, weil ich wollte, dass es mit uns funktioniert. Vor zwei Jahren teilte sie mir dann mit, dass sie schwanger gewesen war und eine Abtreibung vorgenommen hatte. Angeblich passte ein Kind nicht in ihre Lebensplanung, außerdem war sie nicht sicher, wer der Vater des Kindes war.» Er fährt sich kurz durch die Haare, bevor er weiterspricht. «Obwohl ich bis heute nicht weiß, ob es mein Kind war, das sie getötet hat, habe ich ihr das nie verziehen. Es war der schlimmste Vertrauensbruch, den ich seit dem meiner Mutter je erlebt habe.»

«Oh mein Gott», flüstere ich. «Das tut mir entsetzlich leid, Evan.»

«Glaub mir … Selbst wenn sie die letzte Frau auf dieser Erde wäre, ich würde nie wieder mit ihr …» Er schüttelt sich und sieht mich fest an. «Ich habe den Absprung leider nicht geschafft in den letzten Jahren. Ich hätte viel früher gehen müssen, das weiß ich jetzt, aber ich konnte nicht. Ich wollte meinen Job nicht verlieren. Ich wollte meine Ersatzfamilie, also Curt, nicht verlieren. Doch dann kamst du und hast mir gezeigt, was wirklich wichtig ist. Was mich glücklich macht. Es ist weder Geld noch Ansehen noch eine teure Wohnung in Kensington oder ein angeberischer Firmenwagen. Es ist Lebensfreude. Einen Traum zu verfolgen. Sich selbst zu verwirklichen. Einen Menschen zu finden, mit dem man gemeinsam träumen kann. Für andere da zu sein. Jemanden zu finden, dem man vertrauen kann, weil er ehrlich ist.»

Ich blinzle gegen die Sonne. Streiche sanft über seine Wange. Gott, er ist so wunderschön. Und wieder fühle ich mich so stark in seinen Armen. Als ob er ein geheimes Elixier besäße, das mir Mut macht. Mich glauben lässt, dass ich alles schaffen kann. Vielleicht ist es die Art, wie er mich ansieht. Wie er mich hält. Oder die Hartnäckigkeit, mit der er selbst seine Ziele verfolgt hat. Ich weiß es nicht. Ich weiß nur, dass ich ihn nicht wieder gehen lassen will.

«Ich habe mich längst in dich verliebt, Ally», flüstert er, kurz bevor sich unsere Lippen erneut zu einem langen Kuss treffen. «Bitte gib mir noch eine Chance.»

«So viele du brauchst», erwidere ich atemlos, dann ziehe ich ihn mit mir zur Treppe. Er tritt meine Wohnungstür mit dem Fuß zu, ohne seine Lippen von meinen zu lösen. Stößt mich hitzig gegen die Wand in meinem engen Flur. Keuchend schlinge ich mein Bein um seine Hüfte, will ihn an mir spüren. Ganz fest. Unsere Hände machen sich selbstständig, zerren an Knöpfen und Reißverschlüssen. Mir wird heiß, ich kann nicht aufhören. Will in seinem leidenschaftlichen Kuss ertrinken, bis meine Lippen wund sind. Ich beiße ihm in die Unterlippe, sauge an seiner Zunge. Unsere Zähne schlagen gegeneinander, er presst mich gegen die Wand, während seine Hände unter meinen Rock gleiten und mich von meinem Höschen befreien. Wir fallen übereinander her wie Tiere, ohne jegliche Scham, ohne Beherrschung. Ich habe keine Gedanken mehr für all das Schreckliche, das dieser Tag gebracht hat. Es ist auf einmal wie weggewischt. Nichts davon zählt, weil ich ausgehungert bin nach ihm. Weil ich mich trösten will mit dieser unbändigen Gier, die ich nach ihm verspüre.

Er küsst meinen Hals, während er meine Bluse weiter öffnet und den BH runterzieht, bis seine Lippen meine winzigen, harten Brustwarzen finden. Ich stöhne unterdrückt, als er die andere Hand zwischen meine Beine schiebt. Es ist nicht nötig, mich vorzubereiten. Ich bin feucht und bereit.

Langsam gleitet er zu Boden und zieht mich mit sich. Ich öffne seine Hose und schiebe sie so weit runter, dass mir seine harte Männlichkeit entgegen kommt. Dann setze ich mich auf seine Hüften, lasse meine feuchte Mitte über seiner empfindlichen Spitze kreisen, während ich mich vorbeuge und ihn wieder küsse. Er stöhnt in meinen Mund, seine Haare spielen in meinem Haar. Ich spüre, wie er zwischen meinen Schenkeln vor Begierde zuckt, aber ich lasse ihn noch nicht eindringen. Spiele mit ihm, mit seiner Lust, und gleite über seine Härte, bis das lustvolle Pochen in meinem Schoß so stark wird, dass ich mich selbst kaum noch beherrschen kann. In meinem Nacken bricht Schweiß aus. Ich stütze mich auf die Arme und sehe ihm fest in die Augen, bevor ich mich quälend langsam auf ihn niederlasse und ihn in mir aufnehme. Meine inneren Muskeln schmiegen sich um ihn, so perfekt.

«Du machst mich wahnsinnig, Ally», raunt er heiser.

Sein Kinn zuckt. Ich betrachte versonnen sein entrücktes Gesicht, die wunderschönen, markanten Konturen, dann fange ich an, mich langsam auf ihm zu bewegen. Kreisend, massierend. Er wächst in mir, wird härter und härter, bis ich nicht mehr zwischen unseren Körperteilen unterscheiden kann, weil wir zu einem einzigen Körper geworden sind.

Meine Bewegungen werden schneller. Ein sinnlicher Tanz meines Beckens, den er mit seiner Hüfte erwidert. Wir wechseln uns ab, mal führe ich, und er folgt, dann folge ich seinen kräftigen Stößen, mit denen er uns zu befreien versucht. Ich küsse Schweißperlen von seiner Stirn, umklammere ihn fest mit beiden Händen. Presse meine Brüste gegen seinen nackten Oberkörper und ziehe sein Hemd ganz aus.

Seine Härte pocht in mir, ich spüre das Ziehen im Unterleib, das Pochen in meinem Blut, das meinen Höhepunkt ankündigt. Dann richte ich mich auf, stütze mich mit den Händen auf seiner Brust ab, und reite ihn. Er stöhnt rau, umfasst meine Hüften, um mir zu helfen. Immer schneller, wilder, bis das Pochen sich plötzlich löst und durch meinen ganzen Körper strömt. Mich zucken und pulsieren und keuchen lässt. Mir einen leisen Schrei entlockt.

«Fuck, Ally, ich komme», stöhnt er, und schon spüre ich, wie sich sein Zucken mit meinem vermischt. Atemlos schaue ich ihm in die Augen, während unsere Körper in einem gemeinsamen Takt pochen, sich zusammenziehen, lösen … ein atemloser Wechsel von Spannung und Erlösung, der nie aufzuhören scheint.

«Ich möchte so gern wieder glücklich sein», flüstere ich und lege meine erhitzte Wange auf seine nackte Brust. Er fühlt sich kühl an unter mir. Kühl und fest.

«Dann sei es», flüstert er zurück. Seine Hände spielen mit meinem Haar. «Glück ist doch nur eine Entscheidung.»

Wärme erwacht in meinem Bauch und durchzieht meinen ganzen Körper. Sogar meine Füße fühlen sich warm an, obwohl kühle Luft von draußen durch die Türritzen in den Flur dringt. Ich atme seinen Duft tief ein und lächle mit geschlossenen Augen. Ich habe eine Entscheidung getroffen.

34

Ally

Vielleicht zum letzten Mal betrete ich ein paar Tage später die leeren Büroräume. Ich höre Maggies Lachen. Das Geplapper von Jonathan und Karen aus der Produktion. Bens hektische Schritte, wenn er durch den Flur geht. Nur eine Illusion. Das Einzige, das ich wirklich höre, sind meine Schritte. Sie klingen schwer und dumpf, als hätte ich Schuhe aus Blei an den Füßen. Vorsichtig streiche ich mit den Fingerspitzen über die Souvenirs und Dekorationen auf der Fensterbank, dann greife ich entschlossen zu einem der Umzugskartons und fange an, jedes einzelne Stück in Zeitungspapier zu wickeln, bevor ich es in eine der Kisten stopfe. Es sind nicht nur Gegenstände, die ich verpacke. Es sind geplatzte Träume. Gestorbene Hoffnungen. Vernichtete Existenzen. Ich werde den ganzen Tag brauchen, um überhaupt nur die wichtigsten Dinge mitzunehmen. Und es ist ein verdammt schmerzhafter Abschied. Trotzdem spüre ich tief in mir auch ein gutes Gefühl. So etwas wie Hoffnung. Ich muss nur kurz die Augen schließen und an Evan denken. Er gibt mir Mut, weil er an mich geglaubt hat. Ich finde einen neuen Job, und dann werde ich noch glücklicher sein als jetzt. Weil Glück, da hat Evan vielleicht recht, am Ende wirklich nur eine Entscheidung ist.

Ein leises Klopfen schreckt mich auf. Verwirrt schaue ich zur Tür.

«Maggie? Was machst du denn hier?»

«Evan hat gesagt, dass du einpackst.» Langsam schiebt sie sich durch die Tür. «Deshalb sind wir gekommen, um dir zu helfen.»

Als hinter ihr Dave und Jonathan und Ken und Peggy und Megan und Susan und Mike auftauchen, und sogar Martha grinsend mit ein paar dicken, schwarzen Müllsäcken unter dem Arm durch die Tür kommt, ist es um mich geschehen. Die Tränen, die ich so lange unterdrückt habe, schießen hervor wie Geysire.

«Oh Gott, ihr seid so …», schniefe ich und schlage die Hände vors Gesicht. Eine riesige Gänsehaut überzieht meinen Körper.

«Hast du gedacht, wir lassen dich mit all dem hier allein?» Maggie runzelt empört die Stirn. «Wir sind sauer genug, dass du nicht gefragt hast und wir es von Evan hören mussten.»

«Allerdings.» Martha baut sich vor mir auf, als wäre sie zwei Meter lang und nicht bloß etwas größer als eine Elfjährige. «Du hättest wirklich fragen können, Ally. Wir helfen dir doch gern. Wir alle.»

«Danke», würge ich hervor und versuche gequält, in die Runde zu lächeln. Meine Brust wird eng. «Es tut mir so leid! Ich habe so viel versucht, aber …»

«Wir geben dir nicht die Schuld», sagt Jonathan und legt mir einen kräftigen Arm um die Schulter. Ich erkenne sein gepierctes Gesicht kaum durch den Tränenschleier. Für einen Moment lehne ich den Kopf gegen ihn und lasse mich trösten. «Ich bin mir sicher, dass du das ganze Zeug schon bald wieder auspacken kannst.»

«Ganz genau. Vielleicht sogar irgendwo, wo es viel schöner ist als hier?»

Ich wische mir eine weitere Träne aus dem Augenwinkel und schaue aus dem Fenster. Der Fluss glitzert in der Sonne, die meine Laune heute allerdings nicht heben konnte.

«Und *ich* bin mir sicher, dass ihr das alles gleich wieder auspacken könnt.»

Die Stimme, die von der Tür ertönt, löst bekanntes Kribbeln in meinem Bauch aus. Irritiert richte ich mich auf und starre Evan an, der lässig im Türrahmen lehnt, beide Hände in den Hosentaschen. Er schmunzelt.

«Was zum –? »

Martha klatscht strahlend in die Hände. «Hat es geklappt?»

Evan nickt. Ich bin verwirrt. Ich verstehe kein Wort.

«Wovon redet ihr?»

«Wir haben ein Angebot für dich.» Evan kommt mit großen, sicheren Schritten auf mich zu und bleibt dicht vor mir stehen. In der Hand hält er eine dunkle Mappe. «Und das hier ist unser Vorschlag: Martha und ich möchten Anteile an Mila kaufen. Unsere Investition wird leider nicht ganz so hoch ausfallen wie die der Diamond Group, aber es reicht, um Mila zu retten und weiterzuführen. Und auch, um einige deiner großartigen Ideen für die Zukunft umzusetzen.»

Fassungslos starre ich ihn an, dann wandert mein Blick zu Martha, die mit Maggie Händchen hält und verzückt lächelt. «James hat mir ein bisschen Geld hinterlassen, und Evan hat sein Privatvermögen zusammengekratzt. Er meint, unser Geld reicht aus um Mila endlich zu dem zu machen, was es schon immer sein sollte.»

Ich zittere am ganzen Körper. Evan legt mir schützend den Arm um die Hüfte und zieht mich an sich.

«Was sagst du?», flüstert er an meinem Haar und küsst mich auf den Scheitel. Ich kann gar nichts sagen. Ich kann nicht mal mehr denken. Ein ganzer Film läuft vor meinem geistigen Auge ab, aber diesmal sind es ausnahmslos gute Bilder. Mein Herz macht einen großen Satz.

«Ist das euer Ernst?», flüstere ich. Die anderen stehen um uns herum wie bei einem Ringkampf, und es ist so still, dass man das Rauschen der Themse von draußen hören kann.

«Unser voller Ernst.» Evan nickt. Er löst sich ein wenig von mir, um mich anzusehen.

«Dann … ja. Natürlich. Ja! Was ist mit …» Ich zeige auf meine ehemaligen Mitarbeiter, die noch immer atemlos dastehen.

«Wir können alle wieder einstellen. Also alle, die weiterhin ein Teil von Mila sein wollen. Und wir brauchen jeden Einzelnen, das kann ich dir sagen. Schließlich haben wir eine Menge vor.»

Ich lächle ihn an. «Also keine Billigproduktion in Asien?»

«Ich bitte dich, Ally … Warum sollten an Spielzeug für Erwachsene andere Maßstäbe gelegt werden als an Kinderspielzeug?»

Wir grinsen uns an. Mein Herz wird so riesig, dass es mir die Luft abschnürt.

«So was hat noch nie jemand für mich getan», sage ich leise.

Evan küsst meine Augenwinkel, die schon wieder feucht geworden sind. «Dann wurde es verdammt noch mal Zeit. Denn du hast nicht weniger als das hier verdient.»

Jemand hat mir ein Lächeln ins Gesicht tätowiert. Wir sitzen in der All Bar One am Kai, alle zusammen. Evan hat mehrere Pitcher mit Pimm's bestellt, um mich herum herrscht Gelächter und Geplapper wie auf einem Kindergeburtstag. Wir sind wie eine große Familie. Eine verrückte, euphorisierte Familie. Die Laune ist besser als bei der Ein-Jahres-Feier von Mila. Marthas Wangen sind knallrot, ich weiß, dass sie außer einem gelegentlichen Sherry nur selten Alkohol trinkt, und der Pimm's ist ihr offenbar gleich zu Kopf gestiegen. Sie sitzt neben Maggie und nimmt gerade eine Einladung zu deren nächstem Auftritt entgegen. Hoffentlich hat Maggie ihr verraten, dass sie sich bei diesen Vorstellungen *auszieht*! Auch Emma und Sam sind gekommen. Nachdem Emma Evan einer gründlichen Inspektion unterzogen und ihn mit indiskreten Fragen genervt hat, schiebt sie mir einen Notizzettel zu.

Halt den gut fest!

«Mach ich!», rufe ich lachend zu ihr rüber, und sie zwinkert mir zu.«Was machst du?» Evan beugt sich über mich, um den Zettel zu lesen.

Ich zerknülle ihn hastig und stopfe ihn in meine Tasche. Dann tippe ich mit dem Zeigefinger auf seine Nase und schüttle den Kopf. «Wir haben uns zwar versprochen, künftig ehrlich zu sein, aber es gibt trotzdem noch Dinge, die dich nichts angehen.»

«Na gut.»

Er brummt und spielt beleidigt, also küsse ich ihn. Mein zärtlicher, sanfter Kuss wird zu einem leidenschaftlichen Knutschen, als er seine Hand in meinen Nacken legt und mich auf seinen Schoß zieht. Um uns herum wird gejohlt und geklatscht. Der Alkohol zeigt Wirkung. Oder die Sonne. Das schöne Wetter. Die Tatsache, dass da oben im Büro wieder Leben herrschen wird, und zwar schon sehr bald.

Unsere Zungen tanzen einen sinnlichen Tanz, der meine Säfte zusammenfließen lässt. Ein Ziehen geht durch meinen Unterleib. Atemlos löse ich mich von ihm und knabbere an seinem Ohrläppchen.

«Wollen wir gehen?», flüstere ich ihm zu.

«Oh nein, Miss Ungeduld. Wir sind noch nicht fertig hier», raunt er zurück.

Etwas enttäuscht schlinge ich die Arme um seine Schultern und drücke mich fest an ihn. Ich spüre seine Erregung an meinem Schoß, und das macht mich kribbelig. Am liebsten würde ich ihn gleich hier und jetzt …

Doch da ertönt plötzlich ein Song, an den ich mich nur zu gut erinnere. Erstaunt sehe ich auf und lächle, als der junge Gitarrist hinter Sam auftaucht und die ersten Töne von

Stand by me spielt. Er zwinkert mir zu, offenbar erinnert er sich auch an mich.

Entschlossen springe ich von Evans Schoß und ziehe ihn mit mir. Diesmal wehrt er sich nicht. Seine Wangen röten sich, er fährt sich mit einer Hand durch die Haare und wirkt verlegen wie ein Schuljunge. Aber nach kurzem Zögern stimmt er tatsächlich mit ein.

When the night has come
and the land is dark …

Umringt von Kollegen und Freunden singen wir gemeinsam. Halten uns an den Händen und sehen uns in die lachenden Augen, während die anderen den Takt mitklatschen. «Ich liebe dich, Alicia Sinclair», murmelt Evan, nachdem wir die letzte, ziemlich schräge Strophe gesungen haben, und zieht mein Gesicht an seine Brust.

Ich schließe atemlos die Augen, mein Herz pocht heftig vor Aufregung. Das Gelächter und der Applaus um uns herum gehen im Rauschen meines Blutes unter. Ich höre nur noch unseren gemeinsamen Herzschlag – meinen eigenen und Evans, den ich an meinen Schläfen spüre. Lege die Hände auf seine Pobacken und halte mich an ihm fest.

«Ich liebe dich auch, Evan Hawk», flüstere ich dann und schaue lächelnd zu ihm auf. «Allerdings ist dir hoffentlich klar, dass ich dir trotzdem höchstens fünfundzwanzig Prozent an Mila überlassen werde? Egal, wie oft du mir zuliebe in der Öffentlichkeit singst.»

Seine grauen Augen leuchten, als wäre gerade irgendwo am Horizont die Sonne aufgegangen.

«Solange ich einhundert Prozent von Ally bekomme, soll es mir Recht sein.»

Danke!

Liebe LeserInnen,

ich hoffe, Ihnen hat dieser erste Ausflug ins Pleasure Business gefallen und Spaß gemacht! Wie es mit Mila, Ally und Evan weitergeht, erfahren Sie in den folgenden Bänden, denn natürlich werden wir die zwei darin wiedersehen.

Band 2 – Pleasure Business – Versuchung – erscheint Ende August 2014. Darin geht es um Emma, die sich das Leben mit ihren eigenen Prinzipien schwer macht und gleich zwischen zwei Männer gerät. Ich würde mich natürlich freuen, wenn Sie die Mädels aus dem Pleasure Business weiter verfolgen.

Ein großer Dank gebührt meinen TestleserInnen, allen voran Nicole und Bernadette, die sich immer mit den noch nicht lektorierten Fassungen meiner Romane zufrieden geben und mir mit wertvollem Feedback helfen. Danke, dass Ihr das für mich tut!

Und ohne meine Lektorin Franziska würde ich viel zu oft wie ein Blinder herumtapsen. Sie öffnet mir immer wieder die Augen und weist mit strenger Hand auf Stellen hin, die unbedingt noch Arbeit brauchen. Ohne ihre Arbeit wären meine Bücher nicht das, was sie heute sind. Schön, dass es Dich gibt! Wenn ich Dich nicht gesucht hätte, hätte ich Dich ganz bestimmt trotzdem irgendwann gefunden.

Ich danke meinen Freunden und meiner Familie, die so oft Rücksicht auf mich nehmen und mich stundenlang in meinem Kämmerlein sitzen lassen und versuchen, jegliche Ablenkung von mir fernzuhalten (konsequent klappt das allerdings nur, wenn mein Mann heimlich das WLAN-Passwort ändert).

Das Schreiben ist oft ein einsamer Prozess, und ohne viele liebe Autoren-KollegInnen, die mich per E-Mail oder auf Facebook begleiten, würde ich manchmal verzweifeln. Es ist schön, wie in einem richtigen Büro mit Leuten quatschen und Kaffeepause machen zu können. Auch wenn ich die meisten von ihnen gerne häufiger *live* treffen würde.

Ich danke vor allem Ihnen, liebe/r Leser/in, dass Sie mir Ihr Vertrauen geschenkt und ein Buch von mir erworben haben. Ich hoffe, ich habe Ihre Erwartungen erfüllt. Und falls Sie sie noch nicht kennen, werfen Sie doch mal einen Blick in meine bereits veröffentlichten Romane.

Ich freue mich auch immer über Feedback! Gerne per E-Mail (katelyn@alphafrau.de) oder über Facebook (www.facebook.com/autorinkatelynfaith). Und als selbstverlegende Autorin bin ich auch auf Ihre Werbung angewiesen. Deshalb freue ich mich, wenn Sie mir eine Rezension zu diesem Buch hinterlassen oder es Ihren FreundInnen empfehlen.

Auf meiner Webseite www.katelynfaith.de halte ich Sie stets über Neuigkeiten auf dem Laufenden. Zudem können Sie dort meinen Newsletter abonnieren, der Sie über Neuerscheinungen informiert. Jeden Monat verlose ich ein signiertes Taschenbuch nach Wahl unter allen Abonnenten.

Alles Liebe

Ihre

Katelyn Faith

Weitere Werke

Gefährliche Verlockung

Der Jahresbestseller 2013 – über 100.000 verkaufte Exemplare!

Reich, unverschämt und unverschämt gut aussehend – dieser Mann ist Gift. Emmas Herz bleibt beinahe stehen, als sie auf einer Auktion das lange verschollene Halsband ihrer Urgroßmutter sieht. Sie muss es haben! Doch frecherweise wird sie von jemandem überboten, dem Geld völlig egal zu sein scheint. Und wer hat ihr das Andenken vor der Nase weggeschnappt? Ausgerechnet Jason Hall, ihr ehemaliger Highschool-Schwarm. Leider sieht Jason noch immer so gut aus wie damals, und zu Emmas Entsetzen macht er ihr ein unmoralisches Angebot, wie sie das Schmuckstück zurückerobern kann. Emma weiß: Wenn sie bei Verstand bleiben will, sollte sie sich besser von Jason fernhalten. Aber kann sie etwas gegen seine Anziehungskraft ausrichten? Sexy, quirlig, unwiderstehlich: der berauschende E-Book-Erfolg von Katelyn Faith.

Das ebook erhalten Sie für nur 3,99 Euro überall, wo es ebooks gibt. Das Taschenbuch erschien im Juli 2013 im Rowohlt-Verlag.

Fesselnde Liebe 1+2

Gwendolyn Hamlin liebt Literatur und verabscheut Schund. Als sie auf der Buchmesse über das Lieblingsbuch ihrer besten Freundin lästert, wird sie dabei von keinem Geringeren als Adrian Moore, dem Autor des Bestsellers, belauscht. Zu ihrem Entsetzen unterbreitet er ihr später ein Angebot, das die vernünftige Gwen unmöglich ablehnen kann. Doch schon bald stellt sie fest, dass sich hinter der attraktiven Fassade des Künstlers Geheimnisse verbergen, die sie erschauern lassen …wird sie seiner charismatischen Anziehungskraft widerstehen können? Ein humorvoller, erotischer Liebesroman von Katelyn Faith, der Autorin des Bestsellers «Gefährliche Verlockung».

Zweiteiliger Liebesroman, erhältlich als ebook und als Taschenbuch (Printausgabe exklusiv bei Amazon erhältlich).

Unsichtbare Fesseln

Ella liebt Zahlen und Listen und ihr ruhiges Leben – das jedoch durch den neuen Nachbarn Dave empfindlich gestört wird. Der tätowierte Indie-Musiker raubt ihr nämlich nachts mit lautstarken Affären Schlaf und Nerven! Dafür scheint er sich im Gegensatz zu dem spröden Mathegenie bestens mit Sex auszukennen und kann ihr vielleicht helfen, endlich ihren IT-Kollegen Sean für sich zu interessieren? Aber seine Ratschläge haben folgenschwere Auswirkungen, nicht nur auf Ella …

Prickelnd und spannend – die Lovestory von Ella und Dave.

Der Roman erscheint am 1.7.2014 (ebook) bzw. am 1.9.2014 (Taschenbuch) im Rowohlt-Verlag!

Pleasure Business 2 – Versuchung

Emma Rodrick hat Prinzipien. Niemals etwas mit einem Kunden ihres kleinen Sexshops *Femme Fatale* anfangen. Und da sie auf der Suche nach einem Ehemann ist und die Nase voll hat von Männern, die nur eine Affäre wollen, stellt sie eine eiserne Regel auf – kein Sex vor dem achten Date!

Doch nicht nur der Franzose Mathis, der regelmäßig ihr Geschäft besucht und ihr süßen Kaffee mitbringt, stellt ihre Prinzipien auf eine harte Probe. Auch der durchsetzungsstarke Jonathan, dessen Anziehungskraft sie kaum widerstehen kann, fordert Emmas Geduld heraus. Und dann gibt es da noch den Unbekannten, der vorhat, aus Emmas Geschäftsidee eine lukrative Filialkette zu machen und ihre berufliche Existenz bedroht …

Band 2 aus der Reihe Pleasure Business erscheint am 31.8.2014.

Mad about you

Das Maß ist voll – Jonathan hat Lilly zum wiederholten Mal betrogen, jetzt will sie die Scheidung. Doch als sie den von ihrer Freundin empfohlenen Scheidungsanwalt Braden Bennet trifft, bleibt ihr fast das Herz stehen. Braden ist kein Unbekannter – vor fünf Jahren verbrachte sie eine heiße Nacht mit ihm. Und hat ihn seitdem nie ganz vergessen können. Diesmal muss sie seinem Charme widerstehen, denn für beide steht viel auf dem Spiel …

3832339R00175

Printed in Germany
by Amazon Distribution
GmbH, Leipzig